KB083136

일제 하
작가들 간의
관계를
통해 본
문학적 대응

일제 하 작가들 간의 관계를 통해 본 문학적 대응

초판인쇄 2021년 3월 10일 **초판발행** 2021년 3월 20일
지은이 이덕화 **펴낸이** 박성모 **펴낸곳** 소명출판 **출판등록** 제13-522호
주소 서울시 서초구 서초중앙로6길 15, 2층
전화 02-585-7840 **팩스** 02-585-7848 **전자우편** somyungbooks@daum.net **홈페이지** www.somyong.co.kr

값 14,000원   ⓒ 이덕화, 2021
ISBN 979-11-5905-574-4 93810

잘못된 책은 바꾸어드립니다. 이 책은 저작권법의 보호를 받는 저작물이므로 무단전재와 복제를 금하며,
이 책의 전부 또는 일부를 이용하려면 반드시 사전에 소명출판의 동의를 받아야 합니다.

THE LITERARY RESPONSE THROUGH
THE RELATIONSHIP OF WRITERS UNDER
THE JAPANESE IMPERIALISM

일제 하
작가들 간의
관계를
통해 본
문학적 대응

이덕화 지음

새로운 출판에 앞서

항상 글을 쓸 때마다 새로운 의미를 찾지만 막상 출판을 하기 위해 다시 읽어보면 과연 이런 글이 의미가 있을까 하는 자문을 하게 된다. 그럼에도 용기를 낸 것은 이번 글의 주제인 작가들과의 관계성에 대한 새로운 인식을 다른 분들과 공유하고 싶어서이다. 나혜석과 이광수, 나혜석과 염상섭, 또 김남천과 이원조는 그동안 1920년대, 1930년대의 핫 이슈를 제공한 분들이다. 이분들의 관계성을 통해 새로운 시대적 의미와 문제 인식을 하게 되었다. 또 1920년대 우후죽순처럼 나타난 그 수많은 잡지들의 시대적 의미와 잡지들과의 관계성을 새롭게 인식하는 계기가 되었다.

모든 글들은 항상 새로운 깨달음을 준다. 자신을 찾아가는 길은 여행을 통해서도 명상을 통해서도 이런 글들을 통해서도 이루어진다. 자기 자신을 안다는 것은 자신의 내면만으로도 또 그 당대만의 체험으로는 부족하다. 시대를 통시적으로 거쳐오는 민족성 혹은 인간의 보편적 측면을 다 함께 인식할 때 자신을 제대로 보게 된다.

새로운 성찰은 언제나 기쁨을 동반한다. 이런 이유로 어떤 종류의 글쓰는 작업도 포기하고 싶지 않다. 욕심이 많아서가 아니다. 글쓰기는 나의 삶을 이루는 일상이다. 나에게 글쓰는 작업의 포기는 죽음의 단계로 들어갈 때일 것이다. 항상 새로운 주제를 향해 여행을 할 때마다 긴장을 느낀다. 그리고 잘 논증이 되지 않을 때는 이 작업이 허사가 되지 않을까하는 두려움도 느낀다. 그러다 새로운 문이 열릴 때는 그 기쁨은 어디에도 비교할 수가 없다. 어떤 일이든 마찬가지일 것이며 자연에 대한 성찰 또한 그렇다.

자연에서 받는 기쁨은 천문학자나 해양학자, 식물학자가 아니면 그런 노동으로 인해 느끼는 긴장과 흥분은 없을 것이다. 무상으로 받는 기쁨은 스쳐 지나가 우리 마음 속에 머무르지 않는다. 그러나 자연의 호흡을 우리 것으로 하면 자연 속의 많은 것들을 향유할 수 있다. 자연의 호흡을 같이 느끼면 항상 마음이 안정된다. 아름다운 정원 속에 있거나 숲속을 거닐면 가벼운 흥분과 함께 심리적 안정감을 가진다. 그리고 물론 그 아름다움에 감탄한다. 김우창 교수는 자연 속의 풍광을 보고 아름다움을 느끼는 것은 그런 아름다움을 향유할 수 있는 심성이 있기 때문이라 한다.

일제의 험난한 시대의 작가들을 생각하면 언제나 마음이 아프다. 특히 나혜석이 그렇고 김유정, 채만식이 그렇다. 시대에, 남성에 끝까지 항거 하다 결국 언제 죽었는지도 모르게 행려병자로 사라진 나혜석이나 조금 이나마 고기를 먹으면 몸이 낫겠다고 원고료를 청구하다 죽어간 김유정, 친일이라는 오점 때문에 결벽증 환자인 채만식이 현실을 피해 숨어살다 결핵으로 죽어야 했던 과거사 등은 바로 가슴 아픈 민족사의 한 페이지이 다. 그들에게 조금이나마 위로가 되었으면 좋겠다.

내 글을 보고도 독자들이 함께 향유하고 즐겨 주었으면 하는 마음 가득하 다. 코비드 19로 어려운 분들이 많은 때에 글쓰는 자만이 누리는 마음의 여유에 가슴이 아프다. 빨리 그 상황에 벗어나 생활고로 혹은 다른 어려움으로 힘든 분들에게 조금이라도 낙관할 수 있는 시간이 오기를 기대한다. 항상 내 글을 흔쾌하게 수락해주는 소명출판에 감사드리고, 편집팀의 수고 에도 감사드린다.

2021.2

제주도 애월 노을 카페에서

차례

1부

일제 하 작가들 간의 관계를
통해 본 문학적 대응

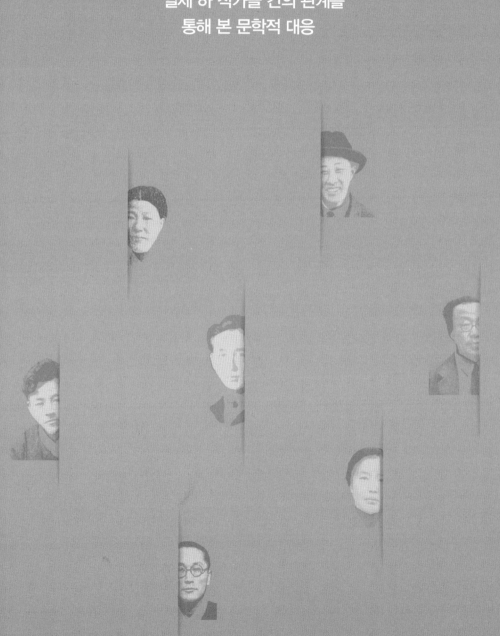

제1장

이광수의 나혜석과의 관계에 대한 문학적 대응

1. 이광수와 나혜석 관계에 대한 문제제기

이광수와 염상섭이 작품 활동을 『학지광』 혹은 그 자매지 『여자계』로 시작했기 때문인지, 두 사람 모두 초기 산문이나 작품에 신여성이나 자유연애에 관련된 내용이 주류를 이루고 있다. 또 두 사람 모두 나혜석과의 염문설에 연루되어 있다. 『학지광』이나 『여자계』 두 잡지 모두 나혜석의 적극적인 참여 속에 이루어진 잡지였기 때문에[1] 유학생이 많지 않았던 그 당시로 피할 수 없는 상황이라 생각된다. 또 그 당시 유학하고 있던 신여성 중 유독 나혜석만이 『학지광』과 『여자계』 두 잡지와 연관을 맺고 있었다. 두 사람의 또다른 공통점은 나혜석의 오빠 나경석과 깊은 관련을 맺고 있었다는 것이다.

나혜석이 이광수나 염상섭과 염문설이 나오기 시작한 것은 나혜석의

---

1   『학지광』의 6호까지 나혜석의 약혼자 최승구가 단독 필자였으며 최승구 사망 이후 이광수가 이어 필진으로 들어오고 『여자계』는 나혜석이 편집위원이었다.

약혼자로 있던 최승구가 사망한 시점인 1916년 3월 전후로 여겨진다. 1910년 말에서 1920년대 전반에 이르는 시기, 소설은 '연애'의 선도적인 전달 매체인 동시에 불분명하고 추상적이었던 연애의 의미를 구체화하고 적극적으로 생산해내는 장소의 하나였다. 염상섭이 그 당시를 "연애 기근까지 겹질러 왔는지 '사랑걸신증'이라는 성적 박테리아가 방방곡곡에 휩쓸어서"[2]라고 말한 것처럼 자유연애가 유행병처럼 사회적 물의를 일으킨 시대였다. 그 중심에는 일본을 유학한 신여성이라는 여학생들이 있었다. '연애'를 통하여 성과 사랑을 해방하려는 신여성을 비롯한 신지식인군과 경제권을 장악하고 있는 집안, 혹은 부모 세대와의 갈등 또한 피할 수 없는 것이었다. '연애' 자체가 가지고 있는 자유가 결혼이라는 제도와 결합될 때 어쩔 수 없이 부딪쳐야 하는 현실의 벽으로 인해 사회적 문제가 되었다. 그 당시 윤심덕을 비롯한 많은 지식인, 신여성들의 자살이 이를 반증한다.

이광수와 나혜석의 오빠 나경석의 관계는 구체적으로 어떻게 만남이 시작되었는지 오직 나혜석의 이미지로 나오는 소설 작품에서만 나타나며 이광수가 허영숙에게 보낸 편지로 추정할 뿐이다. 그러나 염상섭의 경우, 구체적으로 염상섭이 나혜석과 오빠 나경석과의 거주지 주소가 같은 주소를 사용하여 구체적인 관계를 추정 확인이 가능하다.[3] 그러나

---

2 염상섭, 「감상과 기대」, 『조선문단』, 1925, 2~3쪽.
3 『여자계』측의 염상섭에 글을 청탁한 인물은 나혜석으로 추정된다. 염상섭의 첫 글이 실린 『여자계』 2호가 1917년 가을에 편집이 끝난 것으로 염상섭과 나혜석의 교류시기를 김윤식의 경우 1917년부터 보고 있다. 그러나 김영민의 경우 두 사람의 교류시기를 이보다 훨씬 빠른 나혜석이 도쿄에 도착해 사립여자미술학교에 입학한 시기인 1913년으로 보고 있다. 그 근거의 하나로 사립여자미술학부에 기재된 나혜석의 주소가 당시 도쿄의 마포중학(麻布中學)에 다니던 염상섭의 주소와 일치하는 것을 들고 있다. 그러나 이 기간은 길지 않았다. 염상섭이 성학원(聖學院)으로 전학을 하면서 주소지를 옮겼기 때

이광수와 나혜석 관계에 대해 그 당시 동경에 있던 많은 유학생들이 두 사람이 연애 관계에 있음을 소문으로 전했다. 「크리스마슷밤」(『학지광』 8. 1916.3), 「어린 벗에게」(『청춘』 9, 1917.7), 『개척자』(『매일신보』, 1917.11) 등 이광수의 작품에서 나혜석의 이미지로 나오는 등장인물이 오빠의 방해로 두 사람의 연애가 이루어질 수 없었음을 서술하고 있다. 이것을 통해서 두 사람의 연애는 어떤 관계로 어떻게 진행되었는지는 모르지만 서로 사귀는 관계에 있었다는 사실은 분명한 것 같다. 이광수 본인 또한 허영숙에게 보내는 편지에서 나혜석과의 교제가 끝났음을 서술한 것으로 보아 두 사람이 사귀었다는 것을 뒷받침하고 있다. 이광수가 허영숙에게 보낸 편지에서 두 사람의 관계가 끝났음을 천명하면서도 계속 발표되는 작품을 통해 두 사람의 관계에 집착하고 있다. 남녀 관계에서 사귀다가 헤어지는 것은 일반사이고, 또 나혜석은 김우영이, 이광수는 허영숙이라는 결혼할 상대자가 있었음에도 이광수는 연작 시리즈로 1916년 3월 나혜석의 약혼자 최승구가 사망한 그 달부터 1917년까지 나혜석을 소재로 한 소설을 세 편이나 발표했다.

이 책에서 알고자 하는 바의 첫 번째는 이광수와 나혜석의 관계에서 이광수가 기혼자라는 것 때문에 나경석의 반대로 나혜석이 정말 이광수와 헤어졌는가이다. 첫 번째 것이 밝혀지면 두 번째는 그런 반대로 인해 관계를 발진시킬 수 없음에도 이광수는 왜 나혜석과의 관계에 집착했는가이다. 나혜석과의 관계를 작품 속에 반영한 이광수의 진정한 의도는 무엇인가를 살펴보고 이광수가 왜 나혜석과의 관계에 그토록

문이라는 것이다. 같은 집에 조선 유학생이 거주함으로써 어떤 형태의 교유든 교유가 이루어졌을 가능성은 높다는 것이다.

집착했는가를 다시 나혜석과 최승구와의 사이를 통해서 다시 유추해 보겠다.

2. 이광수와 나혜석 관계의 퍼즐 맞추기

이광수의 그 당시의 발표한 위의 세 편의 소설은 「조혼의 악습」(1916), 「혼인에 대한 관견」(1917), 「혼인론」(1917)에 기초한 것이다. 근대화의 한 이념으로 조혼의 악습을 비판하고 조선의 혼인과 서양의 연애에 대해 집중적으로 비교 담론화한 것을 또 다시 소설로 형상화한 것이다.

1910년대는 위에서 서술한대로 근대화의 담론장으로 자유, 연애, 개성, 인간, 독립, 경제 등의 이념들이 부딪쳐 상충하기도 하고 복합적으로 연대하기도 했다. 이 가운데 이광수는 특히 조혼의 악습과 자유연애의 문제를 집중적으로 논의 · 서사화한다.

이광수가 보기에 당시 한정된 신여성 중에서 남매를 모두 동경으로 유학시킬 만큼의 수원 부호의 딸이며 예술적 이상과 신념을 같이 할 수 있는 나혜석이 자신의 연애 대상자로서 선택한 가장 최적의 인물이었을 것이다. 이광수가 나혜석을 반복적으로 작품 속에 '사무치게 그리운, 꿈에 그리는 여인'[4]처럼 작품에 등장시키는 것은 마치 신을 모시듯 자신의 이상적 여인상을 머릿속에 각인시키기 위한 것이다. 실제 이광수가 처가 있는 기혼자라서 나혜석과 이광수와의 이성으로서의 교제 자체를 반대했다는

---

4   이 말은 세 작품 「크리스마슷밤」, 「어린벗에게」, 『개척자』, 『그의 자서전』에서 조금씩 표현은 달라도 반복적으로 사용되고 있다.

나혜석의 오빠 나경석의 경우 역시 유부남이었다. 나경석은 신여성과 중혼했다는 나경석의 딸, 나영균의 말을 참고[5]한다면 미심쩍다. 나혜석의 약혼자였던 최승구 역시 기혼자였던 것을 보면 유독 이광수에게만 기혼자라는 것을 적용, 반대했다는 말은 이광수가 납득하기 힘들었을 것이다. 이광수는 나혜석 측의 전략적 발언이었을 수 있다는 것은 생각하지 못하는 것 같다. 최승구도 처가 있었는데 자신에게만 유독 처가 있다는 것 때문에 사귐 자체를 반대하는 것이 이해하기 힘들었을 것이다. 또 그 당시 동경에 와 있었던 지식인들은 기혼자가 대다수였다.

(가)

어느 곳에 工夫하는 留學生인데, 무슨 文學大家이니 무슨 天才이니 무엇이니 하고 떠드는 生員임이 자식까지 낫코 살든 안해 다려 너는 사람이 아니니 가거라 햇놋코 아즉 離婚도 다 되지 아니하였는데 그저 이 處女 저 處女의게 참사랑을 가졌다하며 結婚請求를 한다더라. (…중략…) 그 者가 或是 글 쓴 것을 보면 自己가 그갓흔 일을 하더래도 아직도 덜 깨인 우리 朝鮮社會에셔는, 反對치 안토록 하겟다는 主意이더라. 그 文學大家는 道德을 등진 者오, 그 가슴속에는 더러운 野心만 잔득 품은 밋친 文學家오, 머리 썩은 天才이다. 只今 그 아들은 四五歲 되엿다 하더라 (…중략…) 나는 그 者를 文學家라 아니하고 色魔大王라고 하겟다.[6]

---

5   나영균, 『일제 시대, 우리 가족』, 황소자리, 2004, 54쪽. 이구열의 『에미는 선각자였느니라』에 보면 춘원이 기혼자여서 아버지가 반대했다는 것인데 아버지의 춘원에 대한 각별한 우정으로 보나 아버지 자신이 후일 기혼자로서 중혼을 한 점으로 보나 그 이야기는 신빙성이 약하다.
6   柳志永, 「이상적 결혼」, 『三光』 1, 1919, 30쪽.

(나)

　전번에 羅景錫氏에게 편지 냈습니다. 蕙錫氏와 나와의 關係를 말하여 誤解를 풀도록 했습니다. 그리고 蕙錫氏나 良善氏와 교제를 끊은 것은 나의 戀愛觀, 貞操觀에서 그런 것이라고 말하고, 나는 英肅氏 以外의 모든 女性과 교제를 끊을 것이며, 또 새로 사귀지 않을 決心이라는 것과, 이대로 實行이라고 말했습니다. (…중략…) 그리고 당신(나경석)과 나와 親分은 없으나 誠意로서 나의 衷情을 理解해 줄 것과 또 蕙錫氏에게 모든 것을 물어 보라 했소이다.[7]

(다)

　저를 잘 알지도 못하고 권하지도 못한 사람들이 저를 어떻게 좋지 못하게 말하였는지는 모르오나 다만 두어 사람의 말만 들으시고 저를 쓰지 못할 놈이라고 판단하지 말으시옵소서. (…중략…) 나○석씨는 오랫동안 따님을 누이로 사랑하여 왔단 말을 들었고 (…중략…) 나형이나 조형이나 제게 대하여 일종 불쾌한 생각을 가지고 제가 따님에게 가까이 가기를 방해하려 하는 것을 실로 사람의 상정이라 면할 수 없는 일이니, 저는 반드시 그네들을 원망하지 아니하나이다.[8]

　인용문 (가)에서 이광수의 여성편력은 (나)의 인용문 허영숙 어머니에게 보낸 편지로 확실해진다. 그러니까 두 인용문을 통해서 유추해 보

7　이광수, 「사랑하는 영숙에게」(1918), 『이광수전집』 18, 삼중당, 1963, 455쪽. 이후 본 책은 『전집』으로 약칭하며, 인용 시 '글명, 전집, 쪽수' 형식으로 표기한다.
8　위의 글, 463~464쪽.

면 이광수의 여성편력을 알고 있는 나경석이 여동생의 약혼자 최승구가 사망으로 인한 심리적 충격으로 인해 발광 상태까지 간 나혜석에게 이광수와의 인연으로 다시 상처받을 것을 염려하여 어떤 이유에서건 두 사람의 사귐을 반대하였을 것이다. (가)의 내용을 보면 어떤 의미로서든 동경을 떠들썩하게 했던 이광수에 대한 것을 나경석이 모를 리 없고 그런 친구를 여동생에게 남편감으로 추천할 수 없을 것이다.

(나), (다)의 인용문에서 이광수는 나경석에 대해 '친분은 없으나', '저를 알지도 못하고 권하지도 못한 사람들'이라고 표현, 「어린 벗에게」 등의 작품에서 나타난 것처럼 친구 관계를 부정하고 있다. 어쨌든 나경석은 이광수가 허영숙 혹은 허영숙 어머니에게 보낸 편지에 몇 번 등장하지만 부정적인 이미지로 등장한다. (다)의 내용에서 허영숙 어머니에게 나경석이 허영숙을 오랫동안 사모해 왔기 때문에 허영숙과의 사귐을 반대하고 있다고 서술하고 있다. 이것으로 보아 이광수와 나경석은 그렇게 좋지 않은 관계인 것으로 추론할 수 있다.

나경석 또한 동생의 남편감으로서 당연히 이광수를 부정적으로 보았을 것이다.[9] 또 나경석이 이광수 본인에게 직접적으로 기혼자이기 때문에 나혜석과의 교제를 반대했다면 굳이 (나) 인용문처럼 나경석에게 두 사람의 관계를 설명할 필요는 없었을 것이다. 어떤 이유에서든 이광수와 나혜석과의 관계는 성사는 되지 않았지만, 수위 많은 사람들에게는 나혜석과 교제한다고 알려져 있었다. 관계가 성사되지 않은 것에 대한 변명을 자신이 기혼자이기 때문에 당사자 나혜석의 의사가 아닌 오

---

9   양문규, 「1910년대 이광수와 나혜석 문학의 대비적 고찰」, 『민족문학사연구』 43, 민족문학사연구소, 2010, 230쪽.

빠 나경석의 반대로 인한 것으로 공식화했다고 생각된다. 실제 또 나경석이나 나혜석 측에서 교제할 수 없는 이유를 전략적으로 구구한 변명보다는 그렇게 핑계를 댔을 수 있다.

실제 나경석의 반대에 관한 것은 그 당시 동경에 머물렀던 유학생에 의한 소문과 이광수의 작품을 통해서만 드러나기 때문에 사실을 증명하기 힘들다.[10] 위에서 서술한대로 나혜석의 약혼자였던 최승구 역시 기혼자임에도 거리낌 없이 약혼까지 한 사이였다. 또 나경석의 딸 나영균은 자신의 아버지, 나경석도 중혼을 한 마당에 이광수가 기혼자이기 때문에 나혜석과의 관계를 반대할 리가 없다며 '두 사람 사이에 결혼까지 갈만한 감정의 고양이 생기지 않아'서 결국 더 이상의 관계로 진전되지 않았을 것이라는 얘기를 한다.[11] 그러나 그 당시 두 사람의 관계를 드러내는 글들을 보면 나경석의 반대도 있었겠지만 그 시기에 얽힌 복합적인 상황, 최승구의 사망과 김우영의 등장, 이광수와 허영숙의 사귐, 나혜석과 염상섭의 사귐 등으로 나혜석과의 인연의 결실을 맺지 못했을 것이다.

최승구가 사망하고 그리고 나혜석에게는 김우영이 이광수에게는 허영숙이라는 약혼자가 공식적으로 알려진 이후 나혜석은 어떤 글에서도 이광수에 관한 글을 한 줄도 쓰지 않았다. 그러나 이광수는 나혜석과의 못 다한 미련 때문에 지속적으로 나혜석의 이미지를 반영한 작품을 썼다고 생각된다. 이것도 나혜석보다는 이광수의 감정의 흐름이 나혜석 쪽으로 흐르고 있다는 것을 보여주는 것이다. 양문규 역시 나혜석을 향

---

10 주인공이 기혼자이기 때문에 오빠가 누이와의 교제를 반대한 내용은 나혜석의 이미지를 반영한 작품 「크리스마슷밤」, 「어린 벗에게」, 『개척자』, 『그의 자서전』에 조금씩 다르지만 다 서술되어 있다.
11 나영균, 앞의 책, 54쪽.

한 짝사랑 때문에 나혜석을 암시하거나 실제로 그녀와 관련된 언급들이 자주 등장한다고 밝혔다.[12]

나혜석에 대해서는 인용문 다음 내용에 상해에서 허영숙에게 보낸 편지에서 나혜석의 좋은 남편감을 찾았으니 허영숙과 나혜석이 같이 상해를 올 것을 종용하고 있다. 이 때는 이미 나혜석이 김우영과 사귀고 있던 시기였다. 그러면 이광수는 왜 나혜석이 사귀고 있는 김우영의 존재 자체를 무시하고 나혜석의 남편감을 추천하고 있을까. 또 이광수는 나혜석과의 구설수로 허영숙에게 편지로 구구절절 변명까지 하면서 다시 허영숙한테 나혜석을 데리고 상해로 오라고 했을까. 이 부분에서 이광수는 자신이 사귀고 있는 허영숙에 대한 예의를 저버리고 있다. 여성으로서 가지고 있는 미묘한 심리, 다른 여성에 대한 경계심은 누구나 가지고 있는데 자신과의 염문설까지 있는 여성을 허영숙에게 남편감을 핑계 삼아 데리고 오라는 것은 허영숙의 심리를 살피는 것보다 더 나혜석과의 미련이 더 컸던 것으로 보인다. 현실에서 이루어질 수 없는 꿈을 작품으로 형상화, 허구의 세계에서나 결심을 보고 싶은 심리가 결국 나혜석을 모델로 작품화했을 것이다.

(나)의 내용대로 이광수가 허영숙 외의 여성과는 일체의 교제를 끊고 허영숙만 사랑한다고 고백한 것처럼 사랑의 결실이 이루어진 사람의 작품치고는 그 시기에 발표한 작품이 너무 어둡고 허무적인 색채가 짙다. 그 당시에 쓰여진 「크리스마슷밤」(1916.3), 「어린 벗에게」(1917.7), 『개척자』(1917.7) 세 작품의 분위기가 어둡고, 배경이 현실과 동떨어져

---

12   양문규, 앞의 글, 230쪽.

있고 고립적이거나, 자기를 비롯한 조선적인 것은 모두 불결하거나 타자화시킨다. 또한 나혜석을 이미지화한 인물이 자살로 마감하는 허무적인 색채를 띠고 있다. 이것은 위의 인용문에서 보는 것처럼 이광수가 동경 유학 시절 많은 유학생들로부터 비난의 대상이었고, 허영숙과 결혼하기 위해 주위 사람들의 비난에 대한 변명을 해야 하는 현실에서 자기 자신에 대한 혐오와 함께 현실에 대한 부정적인 의식을 가졌을 것 같다. 또 이것은 지나친 논리의 비약일지 모르지만, 허영숙과 결혼하기로 쟁취한 마당에 남자로서의 심리, 환희의 기쁨에서 드러나는 작품의 색채가 아닌 허무적인 색채를 드러내는 것은 허영숙을 얻은 쟁취보다는 나혜석을 잃은 슬픔이 더 많이 이광수의 심리를 좌우하는 것 같다. 물론 일본제국주의라는 현실이 주는 비감도 있다. 그것에 개인적 우울까지 덧붙여져 낭만적 허무주의의 색채를 띤다.

3. 이광수의 문학적 대응

『학지광』 8호에 실린 「크리스마슷밤」은 최근에 발견된 작품이지만 이광수의 초기 작품의 특징이 잘 드러난 작품이다.[13] 이 작품은 김경화라는 주인공이 크리스마스 밤에 회당會堂에 갔다가 그날의 피아노 반주자가 자신이 과거 사랑했던 여성임을 알게 되고, 그로 인해 7년 전 사랑하게 된 무렵의 그 때를 회상하는 작품이다. 김경화는 고상한 자신의

---

13 김영민, 「이광수의 새 자료 「크리스마슷밤」 연구」, 『현대소설연구』 36, 한국현대소설학회, 2007.

이념을 실현하기 위해 애인이 필요하고 이를 위해 '애인의 화상'을 그려 놓았을 뿐 아니라 애인을 얻기 위해 마음과 언행을 닦는 수양을 행한다. 그런데 크리스마스 밤 회당에서 우연히 만난 피아노 반주자는 7년 전 어느 여학교 응접실에서 보았던 '내 흉중에 깊이 박혀 있던' 모습이다. 이 피아노 반주자는 나혜석의 이미지를 반영한 것이다.

> 그때에 나는 實世上의 幸福의 첫걸음으로 사랑을 求하려하야 여러 시인의 戀愛詩를 외오고는 혼자 人生의 微妙함 歎服하고 나도 實地로 그것을 맛보앗스면 하였다. 그 때 나는 톨스토이와 木下上江의 眞實한 弟子로 自任하여 사랑을 求호대 극히 淨潔한 플라토닉 사랑을 요구하였다. 그 때 내 생각에 主義와 理想을 가치하는 愛人을 더불어 서로 돕고 서로 權하면서 不潔한 人類社會를 廓淸하리라 하였다. 그 때 나의 생각은 내 純潔과 靈과 精誠과 能力이 足히 이 理想을 實現할 수있으리라하엿다. 그러나 勇氣와 精力의 샘이 될 愛人이 잇스고야되리라고 確信하엿다. 그러고는 晝夜로 未來의 愛人의 畫像을 그리고 善良한 愛人을 어드라면 저부터 善良하여야하리라하야 맘과 言行을 힘써 닥갓다.[14]

위에서 서술한대로 이 당시의 자유연애는 근대화의 한 이념을 실천하는 형태로서 지식인들에게 각인, 언애는 지식인들의 신념을 실현하는 근대화의 장이다.[15] 작가의 신념이 작품 화자인 신념으로 사랑의 대상자를

---

14 이광수, 「크리스마슷밤」, 『학지광』, 35쪽.
15 이 시기에 신지식인군은 과거 양반의 생득적 지위를 통해서가 아니라 사회적 필요에 의해 생겨난 자생적 계층이었다. 그들은 현실으로 폐쇄된 꿈을 글쓰기 자체를 통해 실현애 내려고 했었다. 그들이 이루어 낼 수 없는 꿈은 약속으로서의 근대에 집중될 수밖에

찾아 신념과 이상을 실현하려고 할 뿐, 현실 속에 만나는 대상이 어떻게 현실과 소통하는지에 대한 구체적인 서사는 전혀 없다. 1910년대의 현실이 그런 사랑을 실천하기에는 어떤 문제가 발생할 수 있는지 작가의 통찰력으로 작품 속에 구현해내야 한다. 그러나 작품 속에서는 자신의 신념을 실현하기 위해 소통해야하는 현실과의 소통은 전혀 구체화되지 않고, 자신의 신념과 이념을 같이 실천할 여성을 만나게 해달라고 신에게 빌고 염원할 뿐이다. 이 작품 외의 나혜석의 이미지를 반영한 세 작품 속에 나오는 이미지가 거의 같은 형식, 여학교 기숙사에서 만났고, 주인공이 가슴이 뛰도록 사모했고, '나를 사랑하여주소서 오라비같이 사랑하여 주소서' 라는 말로 반복되는 것도 바로 이광수의 관념 속에 있는 이상적 여인상을 나혜석의 이미지에 덧칠한 것이다.

「어린 벗에게」는 연장자가 어린 청자에게 보내는 서신 형태의 작품이다. 첫 번째 편지에서는 상해에서 심한 감기로 움직이지 못할 때 이웃에 있다는 청나라 여인과 그 여인을 따라 온 소년이 간호하던 이야기를 쓰고 있다. 두 번째 서신에서는 해삼위海參威로 가면서 간호를 해줬던 여인을 찾았지만 찾을 길이 없다. 그런데 그 여인이 두고 간 편지에서 바로 그 여인이 6년 전에 자신이 사랑했던 김일연이라는 것을 알게 된다. 세 번째 서신에서는 해삼위에 가기 전에 자신이 탔던 배의 침몰로 위급했던 상황을 그리고 있다. 거기서도 김일연을 만난다. 네 번째 서신에서는 김일연과 같이 소백산중을 통과하는 열차 안에서의 김일연의

없었다. 즉 그들은 현실 속에 진행되고 있는 근대보다도 당위적인 관점에서 논할 수밖에 없었다. 이덕화, 「나혜석, 날몸'의 시학」, 『여성문학연구』 5, 한국여성문학학회, 2002, 137~138쪽.

자는 모습을 보고 법률과 도덕과 인생의 의지와 정情 중에서 어느 것이 우선인가의 논리를 전개하고 있다. 이 열차 안에서도 김일연이 자는 모습을 보고 자신의 사념 안에 갇혀서 독백만 할 뿐, 김일연과의 소통은 전혀 일어나지 않는다.

> 내가 김양을 사랑함이 과연 이만한 고상한 의의가 있는지 없는지는 모르나 이미 내 전 혼이 그를 사랑한 이상 사회가 나를 악인으로 여겨 다시 나서지 못한다 하더라도 나는 내 영의 신성한 자유를 죽여서까지 육체와 명예를 위하여 안전을 도모하려 하나이다. 나는 일본인의 정사를 부러워하나니 대개 제가 사랑하는 자를 위하여 목숨을 버리기조차 사양치 아니하는 그 정신은 과연 아름답소이다. 저 혹은 명예를 위하여 사랑하던 자 버리기를 식은 밥 먹듯 하는 종족을 나는 미워하나이다. 나도 그러한 유약하고 냉담한 피를 받았으니 과연 저 외국인 모양으로 사랑하는 자를 위하여 생명까지라도 아끼지 않게 될는지는 알 수 없으나 나는 이제 김양을 대하여 이 실험을 하여 보려 하나이다.[16]

이 인용문을 통하여 작가는 나혜석을 반영한 김일연을 얼마나 사랑하는지를 보여주고 있다. 그리고 위에서 서술한 허영숙에게 보낸 편지에서 나혜석의 남편감을 핑계 삼아 나혜석을 상해로 데려 올 것을 종용한 편지와 함께 생각해보면 이광수는 이 소설에서처럼 동경에서의 그 말 많던 조선인을 피해 상해에서 둘만의 조용한 시간을 보내고 싶었을

---

16 이광수, 「어린벗에게」, 『전집』 1, 78쪽.

것이다. 그리고 두 사람의 재회를 꿈꾸고 자신의 연애를 실천해보고 싶었다고 할 수 있다. 그러기에 나혜석이 그 당시 김우영과의 열애에 있었는데도 김우영의 존재를 무시하고 남편감을 구해준다는 편지를 보낼 수 있었을 것이다.

이 작품은 자신이 쓴 「혼인론」 등의 산문에 나혜석의 이야기를 덧붙여 만든 작품이다. 거기에 필요한 상황 설정, 병간호나 배의 침몰 등의 사건이 설정되었을 뿐이다. 6년 후의 만남에도 김일연과의 관계의 진전이나 소통은 전혀 일어나지 않고 단지 김일연에 대한 자신의 결단을 보여 줄 뿐이다. 또 이 작품에서는 청자와의 소통이나 다른 인물과의 소통은 일어나지 않고 대상화되어 있다. 실제로 등장하는 김일연이라는 인물도 작가의 사념 안에 갇혀 있는 인물이지 작품 속의 생동하는 인물이 아니다.

『개척자』[17] 역시 나혜석의 이미지를 반영한 작품이다. 여기에서는 앞의 두 작품보다는 소설적 형상을 갖추고 있다. 초점인물은 나혜석의 오빠를 닮은 공학도[18] 성재로, 그는 새로운 발명을 위해 실험실에 칩거하고 있는 인물이다. 그 여동생인 성순은 오빠의 실험실을 도와주며 오빠의 친구들과의 갈등을 이어나간다. 이광수의 분신이라 할 수 있는 유부남인 화가 민과 성순을 좋아하며 경제적 여유를 가지고 있고 오빠나 엄마가 결혼하기를 원하는 변 사이의 갈등이 이 작품의 주요 구조이다. 이 구조는 현실에서의 이광수를 버리고 선택한 김우영과의 관계를 그대로 작품화하고 있다. 나혜석의 남편 김우영을 이미지화한 변이라는

---

17 이광수, 『개척자』, 『전집』 1, 253쪽.
18 나혜석의 오빠 나경석은 동경공업고등학교를 졸업하고 1918년 당시 중앙학교에서 화학과 물리학을 가르치고 있었다. 양문규, 앞의 글. 226쪽.

인물과 이광수를 이미지화한 가난하면서 기혼자인 민이라는 인물 중 혼인 당사자인 성순은 민이라는 인물을 선택했는데 오빠와 엄마가 강권으로 변과의 결혼을 시키려 하자 성순이 자살하는 이야기이다.

> 그러므로 변과 민과의 부부 관계는 현수(懸殊)한 차이가 있다. 민은 어디까지든지 여성의 인격의 권위의 자유를 인정하여, 부부를 양 개체의 완전한 결합으로 생각하므로 부부 관계는 대등한 관계요, 독립국과 독립국간의 완전한 대등한 관계요, 중주국과 속국과의 관계라. 그러므로 변은 모친과 성재의 허락을 존중하되 민은 도리어 그것을 안중에 두지 아니하고 오직 성순의 허락을 중히 여긴다. 이제 만일 모친과 성재는 성순을 변에게 허락하고, 성순은 자기를 민에게 허락하였다 하면 이에 성순의 소유권 문제에 관하여 대소송이 일어 날 것이다. 성순은 모친의 것이냐, 또는 성순 자신의 것이냐 하는 것이 그 쟁점이 될지니, 법정의 좌우에 늘어앉은 변호사 제씨와 방청인 제씨는 응당 각각 자기의 의견을 따라서 혹 좌, 혹 우 할 것이다.[19]

이 작품에서 정작 작가가 하고 싶은 이야기는 여기에 있는 것 같다. 민과 변과의 대비를 통해 민은 감수성이 예민해 여성의 심리를 읽어 세심한 배려를 통하여 성순과의 정서적 교감을 나누며 무엇보다도 성순을 한 명의 인격체로 대우한다. 그에 비해 변은 단지 동경 유학을 한 부자로서 조건이 좋은 남자일 뿐이라는 논리이다. 성순의 오빠 성재가 7년 동안 실험의 결실을 맺지 못하자 빚에 쪼들리고 집도 채권자에게 차

---

19 이광수, 『개척자』, 『전집』 1, 251~252쪽.

압을 당하고 경제적인 궁핍에 몰린다. 성재와 그 엄마는 여러 가지 경제적 편의를 주는 변에게 마음이 쏠린다. 그러나 성순은 자신이 사랑하는 민을 두고 변을 선택할 수가 없다. 결국 작가가 주장하고 싶은 것은 결혼에 관한 결정권은 혼인 당사자가 스스로 결정권을 가지고 있는 것이지 성순의 오빠나 엄마의 소유물이 아니라는 것이다.

이 작품은 이광수가 기혼자라는 그 이유 때문에 나혜석의 오빠가 결혼을 반대했다는 설을 좀 더 뒷받침하는 이야기이다. 그러나 이 작품에서는 결혼이라고 하는 복잡 미묘한 사건을 극히 단순한 논리로 끌어간다. 사랑하는 사람과 사랑하지 않는 조건 좋은 사람, 결혼의 결정론자는 당사자인데 조선의 우애혼처럼 오빠와 엄마가 조건이 좋다는 이유로 당사자가 받아들이지 않는데도 결혼을 강권, 당사자가 자살을 하게 된다는 이분적인 사고로 단순화하고 있다. 성순의 자살로 결국 마감하는 것은 딸이나 동생이 독립된 하나의 인격체라는 것을 받아들일 수 없는 구세대이기 때문에 더 이상의 소통을 시도하지 않는 작가 의식과 관련이 있다. 민과 성순 사이에는 서로 간의 소통을 위한 대화가 진행되나, 성순과 오빠, 성순과 엄마, 성순과 변과의 대화는 단절되어 있다. 물론 성순과 민과의 대화도 주로 민의 설교식 대화이다. 그러나 이전 두 작품보다 일상의 디테일이 잘 드러나고 특히 성재나 민의 인물형상화에 성공하고 있다.

「크리스마슷밤」에서 경화는 자신을 영혼을 바칠 애인을 위해서 신에게 기도하듯 공을 들인다든가 「어린 벗에게」에서는 고립된 배경의 인물들을 통하여 현실과 소통되지 인물의 사념 안에서 주위 사람을 대상화한다면 『개척자』에서는 성순이 민과의 소통은 이루어지지만 다른 인물과의 소통은 전혀 일어나지 않는다. 그것은 작가 의식에 의해서 이분법적 사고틀을 통하여 개인의 독립적 인격체를 인정하지 않는 성순의 오빠나 엄마, 변과의 대립적인 관계 속에서 현실적 교류가 필요 없다고 생각하기 때문이다. 위에서 논의했듯이 이광수가 동경에서의 자신에 관한 나쁜 소문과 나경석을 비롯한 주위 사람들의 비판적 시선으로 조선민족을 부정적으로 인식하기 때문이다. 그러기 때문에 인물들의 고립적 의식과 배경 등으로 인물이 자살까지 이르게 한다.

4. 최승구와 이광수

왜 이광수는 나혜석을 소재로 한 세 시리즈의 작품을 썼을까. 분명히 나혜석에 대한 의도적인 목적이 있다는 생각이 든다. 양문규의 말처럼 이광수가 나혜석을 짝사랑했기 때문이라는 것에 신빙성이 있다.[20] 한때 교제를 했지만 어떤 이유에서건 발전되지 못했다. 헤어진 이유는 나혜석에게 있었다. 앞에서 서술한대로 이광수와 나혜석이 교제를 했다는 것은 입증이 되었지만, 이광수의 작품에서처럼 나혜석 오빠 나경석이 이광수가 기혼자라는 것 때문에 결혼을 반대, 관계가 더 이상 발전되지 않았다는 결론은 허영숙에게 낸 편지나 나경석 역시 중혼을 한 사람이고, 또 나혜석의 전 약혼자 최승구 역시 기혼자였다는 것을 생각하면 신빙성이 떨어진다. 그럼에도 불구하고 이광수는 작품을 통해서 동

---

20 양문규, 앞의 글, 230쪽.

의 반복을 하고 있다. 이것은 '두 사람 사이에 결혼까지 갈만한 감정의 고양이 생기지 않아'서 결국 더 이상의 관계로 진전되지 않았을 것이라는 나영균의 말을 작품을 통해서 증명이 된다.[21] 그러나 이광수는 작품에서의 동의반복을 통해서 나경석이 자신이 기혼자라고 나혜석과의 관계를 반대했다고 믿고 있다는 생각이 든다.

세 작품에서 나혜석의 이미지를 반영한 인물이 나오지만 작품에서도 더 이상의 관계 진전이 없다. 『개척자』에서 혼인은 당사자의 결정에 의해서 자신을 반영한 민이라는 인물을 선택, 오빠나 엄마를 설득할 자신이 없기 때문에 자살에 이르도록 한 결론은 소설 속에서 자유연애의 당사자의 결정권이 중요함을 역설하기 위해 썼지만, 이광수는 나경석이 기혼자라고 반대, 나혜석이 자신을 거부했다고 믿고 있음을 더욱 더 분명하게 보여주는 것이다. 이 부분에서 나경석은 왜 나혜석과 최승구와의 약혼은 암암리에 허용하면서 이광수는 기혼자라고 반대했는가를 최승구와 이광수를 비교하면서 한번 살펴 볼 필요가 있다.

> S여사(나혜석)의 제일 화려한 시절에는 C씨(최승구)와 약혼시대였을 것이다. 와세다에 춘원, 미다(三田-慶應)에 C씨라고 일컬을 만치 나에게는 외우(畏友)였지만는 그의 장래 촉망은 컸던 것이다. 불행히 요절하지 않았다면 반드시 문학가로서 대성하였을 천재였었다.[22]

염상섭은 이광수와 최승구, 두 사람을 장래 촉망받을 인재로 꼽고 있

21 나영균, 앞의 책, 54쪽.
22 염상섭, 「추도」, 『신천지』 59, ,1954, 106~107쪽.

다. 두 사람은 비슷한 시기에 일본에서 쌍벽을 이루는 와세다와 게이오 학생이었고, 최승구가 미남에다가 재주도 특출났으며 동경유학생학우회의 리더로서『학지광』의 편집 및 인쇄를 맡았고, 최승구가 사망하자『학지광』은 이광수가 맡아서 했다. 그 시기에 최승구는 나혜석과 연애를 해 두 사람은 유학생 사이에 유명했으며 '재자재원'의 예술적 영적 결합으로 선망의 대상이었다. 두 사람은 소월素月(소박한 달)과 정월晶月(밝게 빛나는 화려한 달)로 같은 항렬의 호를 지어 동질적 결속을 맺었다. 최승구가 떠난 그 다음해, 1917년 7월「잡감」(『학지광』)에 나혜석이 쓴 내용은 최승구가 1914년 12월호『학지광』에 발표한「정감적 생활의 요구」와 거의 비슷, 최승구의 사유방식, 감각, 감정까지 내면화하고 있다는 것을 보여준다.[23] 1910년대 일본 유학계의 주요 이슈 중 하나는 연애와 결혼이었고 '영육일체의 연애'가 고상하고 진정한 연애이며 상대의 개성을 존중하고 계발하는 자유연애가 이상적 연애라고 주장했다. 최승구와 나혜석은 이런 분위기에서 사랑과 예술의 통일을 통한 영육일치의 자유연애를 꿈꿨다. 이런 예술과 사랑의 영육일체를 꿈꾸는 두 사람은 비록 두 명이지만 일체 합일된 하나였다.

나혜석이 1921년 1월『폐허』에 발표한「냇물」이라는 시에서 '내 마음 속에 영원히 흐르는 님 최승구를 품고 영원히 그리워한다'는 시를 썼는가 하면 최승구는「보월」[24]이라는 시에서 똑같이 나혜석 정월이 나를 그리워하며 '그 깊은 솔밭에 오르고', '시내로 가서 나를 위무하고', '냇가에 주저앉아' 우는 님으로 표현하고 있다. 두 사람은 글뿐 아니라 일기까지 교환

23 정우택, 「첫사랑의 영원한 연인」, 『나혜석 연구』 7, 나혜석학회, 2015, 43~65쪽.
24 김학동, 『최소월작품집』, 형설출판사, 1982, 19~20쪽.

하며 영육일체의 연애를 실행한 일심동체라고 할 수 있다.

최승구는 동경유학생 중에서 천재라고 할 정도로 능력과 재주가 뛰어나고 당대 시대에 대해 뚜렷한 자신의 철학으로 대응하고 있다. 인물도 미남에 언변이 뛰어나 여성들의 흠모의 대상이었다. 나혜석의 아버지 나기정이 시흥군수였다면, 최승구 형 최승철 또한 고흥군수(안산군)로 있었다. 최승구는 이미 중학교를 마치자마자 바로 결혼을 한 기혼자였다. 그러나 신부와는 무관하게 살았다. 죽기 전 폐병이 심해지자 아내가 있는 고향집보다는 형네 집에서 요양을 할 정도로 부인을 기피했다.

최승구를 통해서 아버지와의 갈등을 빚은 나혜석이나 나경석은 다시 똑같은 일을 겪고 싶지 않았을 것이다. 최승구는 기혼자임에도 나경석에게 별 무리 없이 받아들여졌지만 이광수는 고아라는 것 역시 그 당시는 무시할 수 없는 조건이었을 것이다. 최승구 집안이나 나혜석의 집안이 서로 안다는 것과 전혀 집안을 모르는 무원고립의 이광수와는 다른 것이다. 그럼에도 나혜석과 최승구의 약혼도 부모에게는 알리지 않는 비밀약혼이었던 것이다. 이미 최승구를 통하여 기혼자인 약혼자를 아버지에게 떳떳하게 약혼자라고 소개할 수 없었고, 나혜석이 유학 도중 아버지의 결혼 성화에 1914년 12월 고향인 수원에 귀향까지 했다. 귀국 후 결혼 문제로 아버지와 갈등이 생기자 여주공립보통학교 교원으로 근무하며 유학비까지 벌었다. 최승구는 수원에서도 나혜석을 만날 수 없는 안타까움을 토로한 시, 나혜석의 고향을 사랑의 보금자리로 상징한 「사랑의 보금자리」를 발표하기도 했다. 최승구가 기혼자라는 것으로 떳떳하게 소개할 수 없었던 나혜석이나 나경석은 두 번 다시 그런 결혼 배우자를 선택하고 싶지 않았을 것이다. 그런 이유로 바로 나혜석이나 나경석이 이광수를 나혜석의 결혼 상대자로 받아들이기 힘들었을 것이다.

두 번째로 여기서 밝혀야 하는 것은 왜 이광수가 그렇게 나혜석의 관계에 집착하는가이다. 최승구 관련 자료집을 찾다가 그 해답을 찾았다. 나혜석과 최승구는 위에서 살펴본 대로 글이나 의식이 혼연일체된 관계이다. 두 사람의 연애는 동경유학생들의 선망의 대상이었다. 이광수는 최승구가 사망한 이후 제2의 최승구와 나혜석 관계를 꿈꾸며 예술과 사랑이 혼연일치가 된 연애를 꿈꾸지 않았을까 하는 생각이 든다.

> 그러므로 진정한 연애는 피차의 개성의 이해와 따라서 나오는 존경과 애착의 열정과 영육이 일체가 되겠다 하는 소유의 요구로 성립되는 것이다.[25]

> 우리의 영은 속박을 당하얏다. 우리는 피정복자가 되엿다. 우리는 노예가 되었다. 함으로, 우리의 각관은 동치 못하고, 본능은 발작치 못하며, 량심은 잔각(殘殼)만 남게 되엿고, 통일성은 잊어버리게 되엿다. 고통을 늣기게 되지 못하게 되엿스며, 조선(祖先)이나 재산을 주장치 못하였다.[26]

최승구와 이광수가 시인과 소설가라는 추구하는 장르가 다르기 때문에 사고구조도 다르지만 최승구의 글은 이광수 글과 비교했을 때 감각적이고 선명하다. 그러나 이광수의 『무정』에서 형식의 성격을 두고 우유부단성을 작품의 문제점으로 지적하듯이, 다른 글에서도 역시 우유부단성 때문인지 글의 요지를 파악하기 힘들다. 최승구의 글을 읽으면

---

25 이광수, 『개척자』, 『전집』 1, 260쪽.
26 최승구, 「정감적 생활의 요구」, 『학지광』 5, 1915, 12쪽.

정신이 번쩍 든다. 그러나 이광수의 글의 의도를 파악하려면 시간이 걸린다. 이광수는 최승구의 재주와 모든 것을 자신의 것으로 부러워 할 정도로 최승구를 흠모하지 않았나 생각된다. 거기다 그 당시 동경 유학생들의 부러움의 대상이었던 자유연애를 실천했던 유일한 커플이 두 사람이었다.

> 내가 동경을 떠난 후 일 년에 김양도 모고등여학교를 졸업하고 이어 여자대학교 영문학과에 입학하였나이다. 원래 재질이 초월한 자라 입학 이후로 학업이 일진하여 교문에 조선 재원의 명성이 혁혁하였나이다. 그러나 꽃과 같이 날로 피어가는 그의 아름다운 얼굴에는 취하여 모여드는 호접이 한둘이 아니런듯하여이다. 그중에 한 사람은 성명은 말할 필요가 없으나 당시 조선유학생계에 수재이던 某氏러이다. 氏는 帝國대 문학과 재학하여 재주의 명성이 자자하던 중 그중에도 독일문학에 정통하고 천재적인 시를 짓는 재주가 있어 입을 열면 노래가 흐르고 붓을 들면 시가 솟아나는 者더이다. 조선학생으로 더구나 청년학생으로 일본문단의 명성을 얻은 자는 아직껏 아마 氏밖에 없었으리이다.[27]

이광수가 「어린 벗에게」에서 최승구로 상징되는 인물과 나혜석으로 상징되는 인물의 관계를 소개한 글을 읽으면 두 사람의 관계를 부러워 할 정도로 칭찬하고 있다. 최승구와 나혜석의 그 뛰어난 미모와 시적 재능에 있어서 천재적 적성을 들어 이광수가 주장하는 애인의 자격을 갖춘 '문명의

---

27 이광수, 「어린 벗에게」, 『전집』 1, 86쪽.

이상을 나눌 수 있는 존재'의 커플임을 보여준다. 이광수는 이 멋진 커플 즉 자유연애의 대상자로 나혜석을 선택, 다시 한 번 최승구와 나혜석이 나눈 이상의 멋진 연애를 나혜석과 한번 실현해보고 싶지 않았나 생각이 든다. 그래서 현실에서는 헤어진 것처럼 하면서 작품을 통해서 나혜석에게 구애를 하고 있다고 생각된다. 이것은 허영숙에게 보낸 편지에서도 증명이 된다. 허영숙만을 사랑한다고 하면서도, 허영숙의 감정은 무시한 채 김우영을 사귀고 있는 나혜석에게 남편감을 소개해주겠다고 상해로 데리고 오라고 부탁까지 한 것에서도 증명이 된다.

제2장
염상섭의 향기로운 추억의 여인, 나혜석

1. '향기로운 추억'의 여인, 나혜석

염상섭의 제일 첫 번째로 발표한 글, 「부인의 각성이 남자보다 긴급한 소이所以」가 『여자계』(1918.3)[1]에 실렸다는 것은 여러 가지로 상징적인 의미가 있다. 첫 번째 글이 여성에 관한 글이며, 그곳도 여성전문 잡지에 실렸다는 사실 자체에서 염상섭의 의식의 단면을 읽을 수 있다. 염상섭의 초기 산문 전반에 걸쳐 드러냈던 가장 큰 관심사는 여성문제였다.[2] 염상섭은 『여자계』의 자매지 『학지광』과는 1910년대는 거의 교류가 없었고, 1920년대도 늦은 1926년에야 「지는 꽃을 밟으며」를 발표했다. 이것은 일본에 적을 두고 있던 염상섭이 남성들의 잡지인 『학지광』의 인물보다 『여자계』의 여성인물과 먼저 인연을 맺어 문학을 시

---

1 『여자계』는 1910년 중반부터 일본의 도쿄에서 발간된 잡지로, 조선유학생학우회의 기관지였던 『학지광』과 함께 근대 초기의 유학생 잡지를 대표한다.
2 김영민, 「염상섭 초기 산문연구」, 『대동문화연구』 85, 성균관대 출판부, 2014, 462쪽.

작했다는 사실과도 관련이 있을 것이다.

『여자계』측의 염상섭에 글을 청탁한 인물은 나혜석으로 추정된다.[3] 염상섭의 첫 글이 실린『여자계』2호가 1917년 가을에 편집이 끝난 것으로 김윤식의 경우 염상섭과 나혜석의 교류시기를 1917년부터 보고 있다.[4] 그러나 김영민의 경우 두 사람의 교류시기를 나혜석이 도쿄에 도착해 사립여자미술학교에 입학한 시기인 1913년으로 보고 있다. 그 근거의 하나로 사립여자미술학부에 기재된 나혜석의 주소가 당시 도쿄의 마포중학麻布中學에 다니던 염상섭의 주소와 일치하는 것을 들고 있다.[5] 그러나 이 기간은 길지 않았다. 염상섭이 성학원聖學院으로 전학을 하면서 주소지를 옮겼기 때문이라는 것이다. 같은 집에 조선 유학생이 거주함으로써 어떤 형태의 교유든 교유가 이루어졌을 가능성은 높다는 것이다.

이 지점에서 김영민은 염상섭과 나경석과의 관계를 주목하고, 나경석이 1915년 1월부터 9월까지 오사카의「재판조선인친목회在阪朝鮮人親睦會」의 총 간사를 맡아 활동할 시기, 염상섭 역시 교토로 옮겨 간 시기와 일치, 이들의 교류의 가능성을 추정한다. 그 이후 나경석과 염상섭의 교유가

---

3 김영민은 위의 글에서『여자계』2호 편집에 허영숙과 나혜석이 관여했다는 사실을 감안하며, 이 글을 쓰게 된 것이 나혜석과의 교분으로 추정한다.

4 김윤식,「모델소설의 유형」,『염상섭 연구』, 서울대 출판부, 1987, 265쪽. 김윤식은 '나혜석과 염상섭이 사귀기 시작한 것은 소월 최승구가 죽은 1917년 이후이다. 경의숙 예과생인 최승구가『학지광』에「벨지움의 용사」등으로 문명을 날렸지만 폐병으로 26세에 죽고 만 것이다. 그 공백을 메우는 기간 동안인 1918년 무렵, 나혜석은 염상섭과 사귀었던 것이다'라고 기술하고 있다.

5 김영민은 하타노 세츠코가 제시한 나혜석의 유학시절 연표를 정리하면서 염상섭의 학적부 주소와 같다는 사실을 지적했다는 근거로 이 사실을 지적하고 있다. 또 일본의 한국 근대문학 연구자 시라카와 유타카 교수는 이들이 2층 건물의 아래층과 위층에 거주했을 가능성을 시사했음을 들고 있다. 하타노 세츠코, 최주한 역,『일본 유학생 작가연구』, 소명출판, 2011, 589·616~617쪽.

지속, 1920년 염상섭이 귀국 후 동아일보 창간 기자로 근무하던 시기 나경석이 고정 필자로 연재, 이들의 관계가 긴밀하게 이루어지고 있음을 시사하고 있다. 염상섭이 『동명』에 쓴 글 「니가타현新潟縣 사건에 鑑하여 이출노동자에 대한 응급책」(『동명』, 1922.9.3.~9.10), 이 사건을 조사하기 위해 니가타로 파견된 조선인 대표가 나경석이었다. 이런 두 사람의 인연은 1930년 후반까지 이어진다. 나경석이 1930년대 후반 민주에서 만주협화 위원으로 활동했고, 이 시기 염상섭은 『만선일보』 편집국장으로 만주에서 거주하며 오족협화에 함께 관계했다.[6] 염상섭과 이런 나경석의 친밀한 관계로 미루어 볼 때 지금까지 염상섭과 나혜석의 관계를 추정하는 이상의 친밀한 관계가 형상되어 있음을 알 수 있다.

나혜석이 염상섭의 첫 창작집 『견유화』의 표지를 그려주었다든가, 나혜석과의 절대적인 신뢰가 바탕이 되지 않으면 쓰기 힘든 나혜석의 심리를 최영희라는 인물에 반사해서 쓴 『해바라기』의 집필은 이를 반증하는 것이다. 또 염상섭이 발표한 「지상선을 위하여」(『신생활』, 1922.7)에서는 「인형의 家」의 주인공 노라는 반역을 통해 지상선을 성취한 인물이라며 「인형의 家」를 읽은 후, 노라가 집을 뛰쳐나온 반역에 주목하고 쓴 글이다. 매일신문에 연재되었던 「인형의 家」(1921.1.25~4.3) 최종회에 덧붙여진 나혜석의 시나 나혜석의 삽화 역시 염상섭에게 이 글을 쓰게 된 내면적 동기가 되었을 것이다. 또 「추도追悼」[7]에서 나혜석이 세계 여행 후 남편과의 불화로 어려움에 처했을 때 염상섭을 만나려고 한 동기 역시 나혜석이 염상섭에 대한

---

6   김영민, 앞의 글, 471쪽.
7   염상섭, 「추도」, 『현대문학단편문학전집』 14, 금성출판사, 1953. 이후 본 책 인용 시 '글명, 쪽수' 형식으로 표기한다.

이성간의 친밀함 이상을 보여주는 예라고 할 수 있다.

염상섭이 「추도」에서 쓴 대로 나혜석이 일본에서 염상섭의 아이의 출산을 축하하며 보낸 선물에 아내가 나혜석과의 과거에 대하여 의문을 가지는 것에 질색하였다는 말처럼 이성간의 문제는 전혀 없었냐고 하면 그것은 아닌 것 같다. 이 부분에 대해서는 김윤식은 약혼자 최승구가 죽은 후 그 공백기를 메우는 기간 동안 염상섭과 사귀었다고 기술하고 있다.[8] 그리고 다음 글을 인용하고 있다.

> 나에게도 염정사가 있었다 할지? 22세에 경도에 있을 때 소위 초연이란 경험이 있었다. 그 상대자는 약혼하였던 여성이므로 나는 물론 얼른 손을 떼었다. 그러나 그 결과는 부지중 내 마음에 여성에 대한 멸시적 편견을 심어 주었던 것.[9]

위의 글과 1980년대 쓴 조용만이 쓴 글[10]과 함께 인용하며 김윤식은 염상섭의 도덕적 결벽함 때문에 나혜석에게 마음의 문을 열 수 없을 것이며 이 여인으로 말미암아 여인에 대한 혐오감을 일생 동안 지녔던 것으로 결론을 내린다. 물론 김윤식의 염상섭과 나혜석의 관련된 글은 여러 군데에서 오류를 보이기 때문에 신뢰할 만한 글은 아니다.[11] 그러나 위의

---

8 김윤식, 앞의 글, 266쪽.
9 염상섭, 「소위 모델문제」, 『조선일보』, 1932.2.24.
10 조용만, 「30년대의 문화계」, 『중앙일보』, 1984.11.2. 이 글에서 조용만은 "정월 나혜석은 횡보를 꾀어내 식당이나 어디서 만나 같이 식사를 할 때면 횡보는 성난 사람 같이 뚱하고 말없이 앉아 먹기만 했다고 횡보 자신이 이야기 하였다. 그래도 나혜석은 단념하지 않고 자주 구애하였는데, 횡보가 끝내 반응을 보이지 않았으므로 나혜석은 마침내 단념하였던 모양이라고 했다"라고 인용하고 있다.
11 김윤식은 염상섭의 『제야』의 모델을 나혜석으로 잘못 추정하고 있다. 그 이후 필자나 장

인용문에서 추론하자면 염상섭은 나혜석과 긴 기간은 아니었지만, 이성 간의 교제가 있었던 것은 짐작 할 수 있다. 남녀 교제를 통하여 나혜석의 심리를 이해하지 않고는 창작하기 힘든 『해바라기』를 쓸 수 없었을 것이다. 그 일말의 단초를 읽을 수 있는 것은 「추도」에서이다.

> 그러나 불행히 애인을 잃고 난 S여사는 인생관이 돌변하였었다. 인생의 모든 희망을 예술에 붙이고 예술을 애인 삼아 붙들고 다시 일어나면서부터 실제 생활면에 있어서는 무척 타산적이요 실질적이었었다. 실제적 타산적으로 골라잡은 상대자가 K씨였었다. 사랑의 상대자이기보다는 평범한 남편을 구하였고, 자기의 예술을 살리고 생활의 안정과 보장을 위하여 파트너로서 K씨를 택하였던 것이다. 여기에 메꾸기 어려운 틈이 있었고 옆 엣사람의 눈에 위태롭게 보이는 불안정감을 주는 것이었다.[12]

위의 인용문으로 통해서 짐작할 수 있는 것은 나혜석은 약혼자 최승구가 죽은 후, 김우영과 염상섭을 거의 비슷한 시기에 사귀었고, 최종적으로 김우영을 선택했다는 것이다. 그것은 김우영의 열정때문임에도 염상섭은 나혜석이 실제적이고 타산적으로 골라잡은 상대가 김우영이라는 것이다. 김우영의 나혜석에 대한 열정은 이혼하기 전까지 결혼 생활 내내 나혜석에 대한 헌신적인 사랑으로 나타난다. 염상섭은 나혜석을 사랑했음에도 불구하고, 남의 약혼자였었다든가, 다시 김우영의 등장 등의 이유로 이지적이고

두영이나 심진경, 윤영옥 등은 김명순으로 추정하고 있다. 또 나혜석의 남편 김우영의 관계에서도 많은 자료에서 오빠 나경석의 소개로 두 사람의 관계가 이루어졌음이 드러 났는데, 김윤식은 나홍석으로 관계가 매개되었다고 기술하고 있다.

12 염상섭, 「추도」, 164쪽.

타산적인 염상섭으로는[13] 적극적으로 나혜석과의 사랑의 결실을 맺지 못했을 것이다. 이는 「추도」에서 최승구와 나혜석의 데이트를 했던 거리이고, 다시 김우영과 또 다른 사람을 끼어 나혜석과 함께 거닐었던 거리를 '향기로운 추억'[14]의 거리로 회상하는 것으로 충분히 짐작할 수 있다. 나혜석과의 둘만의 데이트도 아니었고, 다른 사람을 동반한 데이트였음에도 염상섭은 나혜석을 '향기로운 추억'의 여인으로 회상한다는 것은 염상섭의 나혜석에 대한 의식을 짐작할 수 있다.

「추도」에서 서술된 대로 세계 여행에서 돌아온 후 김우영과의 이혼 위기설로 혼란스러울 때 나혜석이 염상섭을 다른 사람들 눈에 띄지 않게 만나자고 한 것이라든가, 염상섭이 첫 아이를 낳았을 때 동경에서 선물까지 챙겨서 보냈다는 것은 김윤식이 서술한대로 염상섭의 사랑을 거절당한 여인이 취할 수 있는 행동은 아니다. 나혜석이 취한 행동은 남녀 간의 이성 이상의 신뢰 관계를 보여주는 것이다. 위에 서술한대로 한 때 일본에서 같은 집에 거주했고, 오빠 나경석과의 절친함으로 인해 가족 같은 친밀함과 염상섭의 사랑을 받아주자 못함에 대한 애틋함이 나혜석의 마음속에 자리 잡고 있다.

> 나이는 한두 살 차이밖에 아니 되지마는, 스물을 겨우 넘어선 나에게는 저만치 치어다 보이는 노성한 범하기 어려운 존재였고 그만치 존경하는 누님이기도 하였다. 또 그는 나를 발랄한 귀여운 손아래 오래비로 여겼던지 몰랐다. 그러기에 첫아들을 축복하여 주고 보지도 못한 아내에게 손아

---

13 서영채, 「사랑의 리얼리즘과 장인적 주체」, 『사랑의 문법』, 민음사, 2004, 145쪽.
14 염상섭, 「追悼」, 164쪽.

래 올케에게나 대하듯이 비단 스토킹을 선물하여 준 것이다. 지금 생각하면 그의 가정적 파탄이나 사회적 지탄은 별 문제로 그저 그지없이 그 마음이 고맙고 그리울 뿐이다.[15]

위의 인용문에서 보여주는 것처럼 염상섭의 나혜석에 대한 감정은 범하기 어려운, 존경과 한없이 그리운 존재로 그려지고 있다. 앞의 인용문에서 염상섭의 '멸시적 편견'이라고 한 표현이나 조용만의 글에서 나타나는 것과는 상당히 모순된 감정이다. 염상섭이 나혜석에 대해 멸시적 편견을 가졌다는 표현을 앞·뒤 문맥을 살펴 해석하자면 나혜석이 약혼자를 잃은 이후의 현실의 타산적 관계에 의해 김우영을 선택했다는 것 때문이라는 것을 알 수 있다. 그로 인해 염상섭과 나혜석과의 사귐이 끝이 났고, 염상섭은 나혜석에 대한 사모의 정을 다 풀지 못하고 헤어지게 된 것이다.

김윤식의 말대로 한때 염상섭이 나혜석에 대한 혐오의 감정이 있었다면 불륜으로 남편과 이혼한 후 사회에 물의를 일으켜 행려병자로 죽은 나혜석에게 그런 감정을 지속적으로 품을 수 없었을 것이다. 염상섭이 작품의 인물들을 통하여 그려내는 연애로 미루어보건대, 쉽사리 상대방에게 다가가지 못하는 신중함을 염상섭 역시 가지고 있었을 것이고, 그런 상대방에 대한 신중함으로 쉽게 다가가지 못하는 사이 나혜석은 열정적으로 부딪쳐오는 김우영을 현실적인 타산에 의해 선택했을 것이다. 그런 가운데 염상섭은 마음의 상처를 받았을 것이다. 그러나 존경의 마음을 품었을 정도로

---

15 염상섭, 「추도」, 165쪽.

사랑했던 나혜석은 마음속의 그리움의 대상이었을 것이다.

2. 1920년 전후의 염상섭 문학

우리나라 최초의 소설이라 일컬어지는 계몽주의자 이광수의 『무정無情』이 삼각연애를 바탕으로 서사가 진행되고, 염상섭의 초기 소설들이 신여성의 연애 문제를 서사의 중심으로 다루고 있다. 1920년대를 전후로 한 시기의 '연애'는 근대적 삶으로의 이입을 의미하는 유행적 풍습이었다.[16] 『무정』에서 구식여자인 영채를 버리고 선형을 선택한 것은 근대주의자의 이형식의 표상으로서 자유연애 때문이다. '연애'는 즉 인습적인 삶에의 예속을 거부하고 신문명적인 삶을 지향하는 이형식과 같은 인물들의 변화된 세계 인식을 드러내는 중요한 수단이다.

일본 제국주의 하에서 제한된 직업은 고등교육을 받고도 실업자로, 사회의 부랑자로 이리저리 몰려다니며 식민지 지식인으로서의 비애를 그린 채만식의 「레디메이드 인생」이나 염상섭의 「표본실의 청개구리」, 『만세전』에서 잘 나타내 주고 있다. 신여성 역시 부모의 돈으로 일본 유학을 했기 때문에 아무리 자아 각성을 한 인물이라고 해도 부모에게 예속된 삶을 살 수밖에 없으며, 뚜렷한 직업을 가지지 않고는 결혼을 해도 남편의 경제력에 의해 구속될 수밖에 없다.

염상섭은 자아 각성에 이른 주체적인 신여성이라도 경제력을 가지지

---

16 김지영, 「'연애'의 형성과 초기 현대소설」, 『현대소설연구』 27, 한국현대소설학회, 2005, 52쪽.

않고는 남편에게 예속될 수밖에 없고, 현실에 대한 철저한 인식이 전제되어야 함을 작품을 통해 역설한다. 신여성의 자유연애가 사회적 이슈로 등장, 김동인의 「김연실전」을 비롯한 염상섭의 『제야』, 『해바라기』, 『너희는 무엇을 얻었느냐』 등 김명순, 김일엽, 나혜석을 모델로 한 모델소설들이 발표된 것은 우연이 아니다.[17] 그러니까 구체적인 신여성의 연애를 소설의 형식을 빌어서 그 당대의 자유연애의 의미를 재점검하고 현실의 교섭에 관심이 많은 염상섭은 연애를 통해 주체가 현실과 어떻게 교섭하는가, 혹은 주체의 진정성을 확인해보고 싶었을 것이다. 또 염상섭은 장차 자신이 선택해야 하는 결혼 대상에 대한 천착이 필요했을 것이다.

> 아직도 '신여성'이란 이름에 콧대가 높고 그중에도 일본 가서 고등교육을 받고 코 위에 매달린 눈이 워낙 한층 드높고 보니, 돈 없고 술이 고래라는 평판이 자자한 삼십 총각쯤 눈에 찰 리가 없었다. 신랑감에는 친절한 누님이나 부전부전한 아주머니로 보였을 것이다. 보기 좋게 퇴짜를 맞고 뒤통수를 친 셈이나, 나 역시 이왕이면 센스가 예민하고 당당히 맞설만한 진정 현대의식에 눈뜬 발랄한 이성이 아니라면, 차라리 가정부인―동양적인 미덕을 갖춘 살림꾼이 필요하다고 생각하기 때문에 별 애착도 없이 흐지부지해 버렸었지마는 하여튼 그런 문제로 S여사가 파리로 떠날 무렵에는 한층 더 왕래가 빈번하였던 것이다.[18]

---

17 김윤식이 이 소설들을 모델소설이라 부른 이후 장두영, 심진경, 윤영옥 등 모델소설로 분류하고 있다. 김윤식, '앞의 책, 266~169쪽.
18 염상섭, 「추도」, 161쪽.

위의 인용문은 이미 나혜석은 결혼했고, 나혜석이 일본 유학한 조카를 그때까지도 결혼하지 않고 있던 염상섭에게 소개해 준 후에 퇴짜를 맞았지만 그 일로 인해 나혜석을 수차례 만났다는 내용의 일부분이다. 이 인용문을 통해 우리는 염상섭의 신여성에 대한 의식을 찾을 수 있다. "센스가 예민하고 당당히 맞설만한 진정 현대의식에 눈뜬 발랄한 이성"이라는 인용문에서 센스가 예민하다는 것은 현실적인 교섭에서 문제점과 나아갈 방향을 빨리 파악해내는 감각과 인습과 제도에 당당히 맞설만한 주체적인 의식으로 제시하고 있음을 엿볼 수 있다. 염상섭의 신여성과 관련된 소설, 『제야』(1922), 『너희는 무엇을 얻었느냐』(1923~1924), 『해바라기』(1924)는 현대 여성인 신여성의 자유연애에 바탕이 되는 현실과의 교섭과 그들의 근대성을 소설이라는 형식을 통해서 확인해보고 싶은 것은 당연하다고 할 수 있다. 신여성에 관한 소설이 발표되기 전 염상섭의 산문, 「지상선을 위하여」(1922), 「개성과 예술」(1922)은 신여성을 비롯한 지식인의 근대성과 예술, 현실과의 교섭이 어떠해야 되는가를 서술하고 있다.

염상섭은 「지상선을 위하여」에서 입센의 『인형의 家』를 예시하면서 자아의 각성을 통해 실현되는 자아주의야말로 새로운 도덕의 기축이며, 결코 타협은 있을 수 없고, 타협이란 '위선의 극치, 자기 만착瞞着의 제일 단계, 자기 부정의 모母'라고 역설하고 있다.[19] 1922년 『개벽』지에 발표된 「개성과 예술」에서는 자아의 각성을 제시하고 있다. 여기에서의 자아각성은 기존의 권위를 부정하고 우상을 타파한 후의 자신의 현실을 자각하는 정신이며, 있는 그대로의 현실 파악과 개체의 존엄성의 문제를 제시하고 있다.

---

19 염상섭, 「지상선을 위하여」, 『염상섭 전집』 12, 민음사, 1987, 45쪽. 이후 본 책은 인용 시 '글명, 『염상섭 전집』, 쪽수' 형식으로 표기한다.

또 자신의 당면한 현실을 인식하고 난 후의 주체의 자각이다. 염상섭의 『만세전』에서 일본 제국 하의 현실을 핍진하게 그려, 주체적 삶이 아닌 허깨비와 같은 삶을 사는 조선 식민지 백성을 '묘지' 같은 현실로 묘사함으로써 염상섭에게 자아의 각성이란 현실 인식 후의 철저한 자기 성찰을 전제로 한다. 거기에는 자신을 둘러싸고 있는 현실에 대한 환멸로 시작해 자신의 환멸까지 이어진다. 이러한 주위의 환경에서 오는 환멸에서 자아 각성에 도달하는 일련의 과정이 신여성을 소재로 한 『제야』, 『너희는 무엇을 얻었느냐』, 『해바라기』에서 그대로 드러난다. 『만세전』에서 현실을 인식하는 힘을 매개하는 것은 비록 사이비 근대의식(식민지 지식인의 시선)이라 할지라도 삶의 진정성을 볼 수 있는 근대인으로 가지고 있는 주체 의식이다. 주체 의식을 통해서 환멸의 비애를 경험할 때에야 철저한 자기인식에 도달할 수 있는 것이다.

3. 『해바라기』를 통해서 연애와 결혼

염상섭 초기 작품, 「암야」, 『만세전』, 『제야』, 『너희는 무엇을 얻었느냐』 등의 작품에서 인물들은 탐욕과 허위로 가득찬 현실 속에서, 그것을 벗어나려는 수단으로 강박적으로 연애, 유학 혹은 예술을 택하지만, 그 택하는 인물들이 그것들을 통해 자기실현의 과정이 진정성과는 거리가 먼 유희적 기분에 지나지 않음을 지적한다.

유희적 기분을 **빼놓으면**, 그들에게 무엇이 남는가! 연애를 유희하고,

교정을 우롱하고, 결혼문제에도 유희적 태도...소위 예술에까지 유희적 기분으로 대하는 말종이 아닌가. 진지, 진검(眞儉), 성실, 노력이란 형용사는 모조리 부정하고 덤비는 데카댄쓰다...고뇌? 인간고? ...그런게 있을 리가 있나! A두,B두, C두, D두, E두....모두 한씨다....엣!...그러나 대체 그들이란 누구다? 그들이라 하며 매도하는 자기 자신이 벌써 그 한 분자가 아닌가? 아닌가가 아니다. 그 수괴다..[20]

위의 인용문에서 보는 것처럼 「암야」의 주인공을 통해서 삶의 모든 측면에서 유희적 기분으로 대하는 그 당대 지식인들을 통해 자기비판에 이르는 자아 각성은 『만세전』에서는 현실의 일상적 삶을 통하여 그 허위와 허영에 가득찬 삶을 비판하고 있다. 『제야』에서는 유희적 기분으로 연애를 일삼던 주인공이 다른 남자의 아이를 임신한 몸으로 중매결혼, 남편으로부터 소박을 받고 쫓겨나와 있다 용서하겠다는 편지를 통해 남편의 진정성을 깨닫고 자기 성찰에 이르는 과정을 보여주고 있다. 결국 자살까지 하게 된다. 인물들의 삶에 대한 유희적 기분과 경제권을 쥐고 있는 사회의 가부장적 강권이 삶의 진정성을 훼손하고 있음을 작품 전반을 통해 보여준다. 염상섭의 초기 산문, 수필과 소설 두 분야의 글쓰기는 작품의 인물들을 통해, 혹은 염상섭 자신의 현실 인식을 통한 자아 각성에 이르는 과정을 글의 형식으로 선택하고 있다. 『해바라기』는 위의 작품과는 차별성을 보여주는 작품이다. 혼신을 다한 진정한 사랑과 진정성은 없지만, 현실적 교섭에 의해서 이루어진 신뢰 관

---

20 「암야」, 『염상섭 전집』 9, 55쪽.

계가 부부 사랑을 이어주고 있음을 보여주는 작품이다.

『해바라기』는 여러 연구자[21]들에게 평가를 받은 작품인데 김윤식은 탁월한 심리묘사로 주인공 최영희의 모델인 나혜석의 내면풍경을 누구보다도 깊이 통찰하고 있음을 지적하고 있다.[22] 서영채 역시 최영희의 복합심리를 포착해 내는 염상섭의 감수성을 높이 사고 있다.[23] 심진경은 신여성의 시대적인 전형적인 모습을 다루고 있음을,[24] 김지영은 소설의 주인공들은 소설 속에 설치된 상황 및 사건들을 충실히 경험하고 성찰함으로써 내면적 변화를 맞는 인물이라고 평가한다.[25]

『해바라기』의 서사는 두 층위로 이루어져 있다.[26] 초반부는 결혼식에서 제례의식을 싫어하는 신부의 눈치를 보는 신랑을 통해 폐백으로 인한 시아버지와의 갈등을, 후반부는 영육간의 완전한 결합을 이상적 연애라고 생각하는 낭만주의자 영희가 옛 약혼자 전애인의 무덤으로 가는 과정 속에서 신부의 내면적 갈등을 통해 생활의 방편으로 선택한 남편과의 현실적인 교섭에 의해서 신뢰가 이루어지는 과정을 잘 보여주고 있다.

미남이면서 영희의 예술혼을 인정하고 적극적으로 지지해주었던 옛 애인 홍수삼의 죽음은 영희에게 환멸의 비애를 안겨준 시기였다. 환멸의 비애를 경험한 영희는 이제 연애의 열정보다는 예술을 지속하기 위한 삶의 방편으로서의 결혼을 선택한다. 이 관계는 열정에 의한 감격보

---

21 『해바라기』는 김윤식, 서영채, 이덕화, 심진경, 김지영, 윤영옥 등 많은 연구자들에 의해 연구되어 왔다.
22 김윤식, '심리적 묘사와 그 한계', 앞의 책, 272쪽.
23 서영채, 앞의 글, 176쪽.
24 심진경, 「세태로서의 여성」, 『대동문화연구』 82, 성균관대 출판부, 2013, 81쪽.
25 김지영, 앞의 글, 68쪽.
26 이덕화, 「염상섭의 작품을 통해서 본 신여성에 대한 오인 메카니즘」, 『현대소설연구』 24, 한국현대소설학회, 2005 참고로 재구성함.

다는 신뢰에 의한 지속적인 노력이 요구되는 관계이다.[27] 갈등의 중심이 되는 초반부의 제례의식을 둘러싼 갈등과 후반부의 제례의식에 대한 영희의 태도는 단적으로 이 차별성을 보여준다.

『해바라기』 이전 작품에서 주인공 남성은 부모로부터 경제적인 독립을 하지 못한 인물이라면, 이 작품에서는 경제적 독립을 한 인물, 자신의 결정을 주체적으로 감행할 수 있는 인물이라는 것이다. 염상섭의 작품에서 인물이 경제권이 있느냐 없느냐는 서사의 향방에 중요한 역할을 한다. 최영희의 남편, 이순택은 스스로의 경제적 자활 능력을 가지고 있고, 초혼도 아닌 '재취 장가를 가는 노신랑'이다. 경제권 독립을 이뤄 아버지의 결혼 허가를 받을 입장이 아니고, 제례의식을 싫어하는 신여성 최영희를 선택한 이순택 역시 최영희를 선택한 입장에서 제례의식을 고집할 형편이 아니다. 거기다 최영희의 사랑을 얻는 것이 지상목표인 이순택이다.

신랑의 아버지는 아들의 결혼에 자신이 주장할 수 있는 형편이 아님을 간파한 인물이다. 그러나 결혼식에도 참석하지 않은 시아버지께 주위 인척들의 폐백이라도 받아야 한다는 권유로 거절도 허락도 아닌 어정쩡한 태도로 일관한다. 문제는 제례의식을 싫어하는 신부 최영희의 태도이다. 영희는 자기의 신념대로라면 예식 같은 것은 필요 없지만, 첩이라는 말을 들을까봐 목사를 주례로 하는 신식 결혼식을 올렸다. 그것은 자신의 그동안 주장해온 신념과 모순되어 심리적으로 꺼림칙하다. 폐백에 관해서도 제례의식을 폐한다는 점에서는 폐백을 받고 싶지

---

27 김지영, 앞의 글, 72~77쪽.

않지만, 시아버지가 폐백을 받지 않겠다고 하자 자신이 거절당한 기분이 들어 폐백을 해야겠다고 생각하는 인물이다.

"아마 폐백을 아니 받으신다는 게로군. 그러기로서니 무슨 이야기가 저렇게도 긴구?"

이것은 숙모가 속살거리는 소리다. 영희도 벌써부터 그만한 짐작은 하고 있었다. 그러나 필경 그렇게 된다 하면 무슨 꼬락서니가 될꾸? 하는 생각을 하여보고 영희는 벌써부터 얼굴이 벌겋게 상기가 되었다. 여기로 올 때까지는 예식을 전폐하라고 주장하던 죄로 구식까지 톡톡히 다 해보는구나 하는 불쾌히 생각하였지만, 지금은 또 폐백을 못 드리게 될까 보아서 걱정이다.

"며느리를 보아오지 않고, 난봉자식이 기생첩이나 떼어들었단 말인가…"

영희는 이런 생각을 속으로 하고 혼자 얼굴이 푸르락붉으락하였다.[28]

남녀가 만나 결혼에 이르는 과정이 당사자 간의 합의가 우선이지만, 그 다음에는 부모를 찾아뵙고 인사를 드리는 것은 부모에 대한 최소한의 예의이다. 그런 것이 폐백이라는 형식을 통해서 나타난다. 그러함에도 인용문에서 보여주는 것은 자신의 신념이나 자신의 자존심만을 생각하고 신랑 아버지로부터 거절당한 기분 때문에 '얼굴이 벌겋게 달아오르고' '푸르락붉으락'하는 인물이다. 이런 영희에 대한 묘사는 열정에 의한 감격으로 이어진 결혼이 아니고 타산적으로 계산하고 현실적

---

28 『해바라기』, 『염상섭 전집』 1, 118쪽.

으로 선택한 결혼이기 때문이다. 신랑이나 그 가족에 대한 배려나 노력은 전혀 없는 인물이다. 단지 자신의 진보적 의식과 자존심만 생각하는 인물로 그려진다. 이것은 영희가 신봉하는 진보적 의식이 자신의 이기심을 합리화하는 수단으로 작용하고 있기 때문이다.[29] 이렇듯 초반부에 묘사된 영희는 사사건건 결혼식, 시아버지에 대한 폐백, 다례, 자신의 연설 등 모든 것에 대해 비판적 시각을 보여준다. 이것은 영희와 이순택의 관계가 열정적인 사랑에 의한 결혼이 아니라 타산적으로 한 결혼이기 때문이라는 것을 보여주기 위한 것이다.

인물은 어떤 문제에 대한 근본적인 성찰이 없고, 그 당대의 관습이나 부모 세대에 대한 반발을 드러내는 사이비 근대인의 모습을 통해 문제의 본질을 꿰뚫고 있는 봉건 세대인 시아버지의 논리 사이에 모순을 드러낸다. 시아버지가 폐백과의 관련된 실랑이 끝에 내뱉은 말은 "…엣, 망할 놈들, 조상두 애비두 모르고"[30]이다. 그는 폐백을 받고 안 받고는 중요하지 않다. 부모에 대한 신랑 신부의 최소한의 예우를 문제 삼고 있다. 그러니까 그런 자식 며느리에게 폐백을 받고 싶지 않다는 것이고, 결국 폐백을 받지 않는다. 신랑 이순택 역시 아버지의 심기가 불편한 것은 아랑 곳 없고, 단지 영희에게 무어라고 변명해야 할지가 걱정스럽고 난처할 뿐이다. 오직 신랑의 관심은 영희의 사랑을 얻는 데 있다. 이것은 위에서 논의한 대로 합리적인 인간 간의 윤리보다는 시아버지와 신랑 간에는 경제적인 역학 관계, 신부와 신랑 간에는 사랑의 열

---

29 장수익, 「이기심과 교환 관계 그리고 이념」, 『한국언어문학』 64, 한국언어문학회, 2008, 310쪽.
30 『해바라기』, 『염상섭 전집』 1, 119쪽.

도와의 역학 관계에 의해 움직이고 있음을 보여주는 것이다. 상징적인 장면을 인용해 보자.

신랑신부도 앉았다. 이 때까지 신랑은, 거울을 사이에 두고 거울 밖에 섰는 자기는 거울 속에 있는 신부를 바라보고, 거울 속에 있는 자기는 거울 밖에 있는 신부를 바라보고 있었으나, 인제야 체경을 등에 지고 기역자로 앉은 신부의 얼굴을 거울의 힘을 빌리지 않고 마주 보게 되었다. 그러나 광선의 작용으로 그러한지 신랑의 눈에는 거울 속에서 보던 얼굴이 더 화려한 것 같았다. 그래도 여러 사람의 눈을 끌면서 애를 써가며, 흘끗 마주치는 그 눈만은—마음의 빈 곳을 채우려고 무엇인지 호소하며 찾는 듯한 그 눈만은, 여전한 것을 깨달았다.[31]

위의 인용문은 피카소가 가장 존경했던 스페인의 17세기 궁중화가 벨라스케스의 〈시녀들〉[32]을 방불케 하는 장면이다. 이 인용문 역시 광선의 힘이라는 외부의 작용에 의해서, 현실 속의 영희보다는 거울 속의 화려하게 꾸며진 영희를 보아왔음을 신랑 이순택이 인식하는 장면이다. 거울속에는 광선의 힘으로 신부의 화려함만이 보일 뿐이다. 거울을 통해서는 영희의 내면을 볼 수 없기 때문이다. 거울 밖에서 마주보는 영희를 통해서만 영희의 내면을 들여다 볼 수 있는 것이다. 그것은 여전히 채워지지 않는

---

31 위의 책, 113쪽.
32 스페인 펠리페 4세의 궁중 화가였던 17세기 화가 벨라스케스의 〈시녀들〉이라는 그림은 거울을 두고, 왕과 왕비를 광선의 효과를 이용해 유령화시키고, 시녀들을 조명한 그림으로 피카소, 달리를 비롯한 많은 현대 화가들이 카피한 그림이다. 또한 라캉에 의해 시각을 통한 심리적 효과를 분석한 그림이다. 지금도 스페인 마드리드 프라도 미술관에 가면 이 그림을 카피하고 있는 화가들을 만날 수 있다.

텅 빈 눈이다. 즉 '마음의 빈 곳을 채우려고 무엇인지 호소하며 찾는 눈만'을 보게 되는 것이다. 이 텅 빈 눈은 신랑이 영희를 바라보는 내면이기도 하다. 즉 결혼까지 하게 되고 자신은 열정적이고 헌신적인 사랑을 퍼붓지만 여전히 영희의 내면은 자신의 열정으로 채워지지 않는 불안한 요소를 가지고 있음을 간파하고 있다. 그것은 영희가 자신의 헌신적인 열정에 의해 결혼을 결정했지만, 상대방의 자신에 대한 사랑의 확신을 가질 수 없기 때문이다. 신랑 순택은 근대인이기 때문에 사랑이 전제된 결혼이 되어야 한다고 생각하는 인물이다.

후반부에서는 영희는 옛 애인 홍수삼의 무덤으로 신혼여행지를 잡고 남편에게 어느 시점에 알릴 것인가에 대한 내면적 갈등을 보여주지만, 남편의 깊은 사랑에 의해서 무화된다. 그 사랑에 의해 두 사람간의 신뢰 관계가 형성되면서 묘비명과 다례 절차를 거치는 두 사람의 현실적인 교섭이 이루어진다. 후반부에서 영희의 진보된 의식은 과거의 열정과 감격으로 아무런 힘을 발휘하지 못한다.

영희의 홍수삼에 대한 사랑은 '가슴에서 솟아나는 뼈에서 우러나는 피의 방울방울이 끓어오르는 사랑'이었고 순택에 대한 사랑은 '감사하다, 가엾다 불쌍하다는 감정에서 나오는 사랑'[33]이다. 영희는 이미 삼년 전 자신이 사랑하던 약혼자 홍수삼이 죽었을 때 행복은 끝난 것이라 생각했다. '좀 먹은 사랑'은 다른 사랑으로 회복 될 수 없다고 생각하고 있다. 예술의 힘에 매달려 어느 정도의 열정은 회복될 수 있을지언정, 예술은 밥을 먹여주지 않기 때문에 이순택과의 결혼을 선택한 것이다.

---

33 『해바라기』, 『염상섭 전집』 1, 124쪽.

사랑을 받아주는 대신 밥을 먹여 달라는 것이다. 작가는 이 두 사람의 결혼이 서로가 영혼을 불태우는 사랑이 아니라 신랑의 헌신적인 사랑에 대한 보답과 여러 가지 결혼하기에 좋은 조건을 갖춘 사람이었기 때문에 결혼이 성립될 수 있었음을 서술자를 통해서 강조한다. 어느 정도의 집안의 재산과 신랑의 사회적 지체는 영희에게 밥을 제공할 수 있는 충분한 조건이다. 영희는 더군다나, 사랑이 아니라도 영혼을 불태울 수 있는 예술의 세계가 있었기 때문에 이제 사랑 같은 것은 상관없다. 그러나 신랑 이순택은 영희의 마음이 빈 것을 알고 있다.

> 그러나 내려서 어떻게 할까? 아주 목표까지 표를 샀더라면 이러니저러니 말이 없을걸. 역시 맘이 약하기 때문에 공연히 안 할 고생까지 (…중략…) 안 가기야 할까마는 거기까지 속이고 간다는 것이 너무 심한 일이다. 도리어 노엽게 생각할지도 모를 것이다.[34]

위의 인용문을 통해서 알 수 있는 것은 영희가 이순택에 대한 신뢰를 가지고 있고, 상대방의 마음을 다치게 할까봐 신경을 쓰고 있다는 것이다. 그러나 목포에 도착, 여관 주인으로부터 홍수삼의 이야기를 전해 듣는 순간, 이순택은 지금까지의 의문이 풀리면서 노여움과 분노가 치받아 오른다. 그러나 영희의 '근심스럽게 방그레 웃고 쳐다보는 그 눈을 볼 때 모든 것을 용서해주어도 아깝지 않다'[35]고 생각한다. 영희는 남편의 헌신적인 사랑에 대한 신뢰를 가지고 있지만, 혹시 신혼여행지

---

34 위의 책, 146쪽.
35 위의 책, 153쪽.

로 선택한 옛 애인의 묘지 방문이 남편의 마음을 상하게 하지 않을까 하는 염려를 통하여 남편의 심리를 가늠하고 저울질하는 교섭이 이루어짐을 볼 수 있다. 그리고 옛 애인과 신랑 이순택과의 관계의 차별성 또한 뚜렷하게 그려지고 있다.

> '가신 님의 아직도 따뜻한 품에 안기고자 임의 모든 것이요 나의 모든 것인 이 몸을 대신하여 바치나이다. 계해년 사월 일, 최영희' 라고 꼭꼭 박아서 써가지고 또 다시 들여보다가 하녀가 사가지고 온 백지를 받아서 우선 사진을 네모반듯하게 싸들고 또 한 장에는 재를 모아서 쌌다.[36]

위의 인용문에서 '아직도'라는 말에서 알 수 있는 것은 옛 약혼자 홍수삼과의 시절의 자신을 잊지 못하는 것이고, 이것은 그 당시 자신이 혼신을 바친 사랑의 진정성을 잊지 못한다는 것이다. 그 때의 자신의 진성성은 사라지고 '사랑의 폐허' 속의 삶, 생활이 있을 뿐임을 암시하고 있다. 작품의 마지막 장면은 아무리 이순택이 노력해도 영희가 홍수삼을 사랑했던 그런 혼신을 불태우는 사랑을 얻지 못함을 보여주는 상징적인 장면이다.

작품 속에서 작가는 영희가 홍수삼을 회상하는 부분에서는 감각적으로 처리되고, 신혼여행을 온 두 사람의 관계는 밥상을 받고도 서로 말 없이 밥만 먹는다는 둥, 목포를 떠난 이후 신혼여행 같은 생각은 없고 무슨 볼일을 온 사람처럼 내외의 재미도 없는 의무적 관념, 오직 홍수

---

36 위의 책, 172쪽.

삼의 묘비를 세우는 일에만 서로 열성을 보이는 관계로 그려내고 있다.

> 순택이는 영희의 거동을 일일이 바라보며 곁에다가 영희의 어깨가 떨
> 리는 것을 보고 외면을 하였다. 한숨이 저절로 휘 하며 나왔다. 그러나 껄
> 껄 웃고 싶은 생각이 났다. 순간에 별안간 부친이 폐백도 안 드리고 다례
> 도 지내려 하지 않았다고, 화를 내고 떠나던 혼인날 밤의 광경이 눈에 떠
> 올랐다.[37]

위의 인용문에서 보여주는 것은 묘비를 세우기 위한 절차에서 보여주는
영희의 거동은 긴장과 감격으로 온몸이 감각화되어 흘러나온다. 몸과 영혼
이 일체화된 사랑만이 저절로 몸을 열게 한다. 영희의 모습을 지켜보고
있던 이순택은 저절로 한숨이 나올 수밖에 없다. 자신의 헌신적인 사랑으
로는 한계를 느꼈기 때문이다. 홍수삼의 묘비를 세우기 위한 제례는 아무렇
지 않게 받아들이는 영희가 결혼식에서 폐백도 다례도 안하겠다고 한 이유
를 깊이 깨달은 이순택은 허탈한 웃음을 웃을 수밖에 없다.

염상섭은 이 작품을 통해 영육간의 결합으로 완전한 사랑을 바탕으
로 한 연애와 현실적인 타산 관계에 의해 이루어진 부부 관계가 형성되
는 과정을 면밀히 보여주고 있다. 영희의 홍수삼의 무덤에 참배를 가는
과정과 묘비를 세우는 제례의 과징 속에 진정한 사랑의 모습과 혼신의
사랑은 아니더라도 이순택과 영희의 현실적인 교섭에 의해서 두 사람
의 신뢰를 쌓아가는 관계를 뚜렷이 보여주고 있다. 그러나 현실적인 교

---

37 위의 책, 177쪽.

섭에 의한 신뢰는 서로간의 지속적인 노력에 의한 관계임을 마지막 장면을 통하여 보여주고 있다. 이것은 실제 나혜석과 김우영의 관계를 생각하면 상징적이다.

나혜석이 후에 이 소설을 읽고 '히스테리에 걸릴 뻔 했다'[38]는 반응은 나혜석과 김우영의 관계의 정곡을 찔렀다는 의미가 된다. 이것은 향기로운 여인으로 그리움의 대상인 나혜석을 객관적으로 그리려는 염상섭의 노력의 성과로 나온 작품이다. 이지적이고 타산적인 염상섭은 처음부터 한계를 가지는 나혜석과의 연애를 포기할 수밖에 없었을 것이다. 또 염상섭은 『해바라기』를 통해서 생활의 방편으로서의 선택할 수밖에 없는 현실과의 타협과 예술혼을 불태우고 싶은 자신의 진정성과의 사이에서 고민하는 자신의 모습을 투영했을 것이다.[39] 현실과 낭만적 삶과의 사이에서 흔들릴 수밖에 없는 인간의 삶에서 비록 현실적으로 비참했지만, 자신은 그렇게 살 수 없었지만 진정한 삶을 살다 간 나혜석이야 말로 영원한 그리움의 대상으로 남겨 두었을 것이다.[40]

4. 오인된 자유연애의 허구

1920년대와 1930년대는 우리 민족사에서 근대화와 함께 전체주의적

---

38 염상섭, 「횡보문단회상기」, 207쪽, 이 글은 김윤식의 글에서 재인용, 앞의 책, 266쪽.
39 이동하, 「한국 예술가 소설의 성격과 전개 양상」, 『현대소설연구』 15, 한국현대소설학회, 2001.
40 염상섭이 「追悼」에서 나혜석이 이혼 후에도 그리움의 대상인 나혜석을 자신 쪽에서 한 번도 찾지 않았다는 것은 타산적인 계산으로 자신에게 돌아올 현실적 불이익을 계산했기 때문이다.

파시즘이 대두된 시기이다. 민족적 위기로 인식되는 어느 때보다 민족적 동질성을 갈구하는 시대였다. 국가를 잃은 위기를 맞음으로써, 새롭게 민족-국가의 정체성을 인식하는 시점이 바로 일제 하였다. 1910~1920년대는 민족 동질성을 확보하기 위하여 모든 전통을 해체, 삶을 뿌리 채 뒤흔드는 경험을, 문화, 예술, 제도, 의식 모든 영역에서 하게 된다. 또 이 시기는 '자유연애'를 화두로 근대성이라는 본질적 문제의 천착보다는 파편화된 지엽적인 연애가 사회적 이슈가 된 시기였다.

또한 1920년대는 여성문학사에 특별한 의미를 가지는 시기이다. 나라 빼앗긴 아픔으로 인한 당위적인 측면에서 선각자들이 대중의 계몽을 역설, 선각자들은 누구나 계몽의 중요성을 인식하고 있었다. 초창기 신여성 역시 여성해방의식을 계몽적인 관점에서 자유연애와의 관련선상에서 논의하고 있었다. 그러나 이 시기는 선각자들을 중심으로 한 지식인 위주의 의식혁명의 의미를 띠고 있었다. 그 당시의 새로운 근대 이념으로 설정한 자유연애를 기반으로 한 해방의식은 이념태와 현실태의 괴리에서 오는 균열로 결국에는 비난받을 수밖에 없었다. '자유연애'라는 근대 새로운 신념에 의해서 오인 메커니즘이 형성되고, 이 오인 메커니즘에 의해서 전통을 부정하고 가족주의를 해체함으로써 권력인 아버지를 부정하게 된다.[41]

근대 이념의 실현으로서의 자유연애, 『해바라기』 서사에서 나타난 대로, 남성 파트너로서의 신여성들은 남성들에게 여신에 가까울 정도로 동경의 대상이었고, 그리움의 대상이었다. 그러나 조선의 현실을 무시한 성 이데올

41 이덕화, 「주체 훼손을 통해서 본 소설의 권력」, 『현대소설연구』 18, 한국현대소설학회, 2003.

로기에 의해서 신여성의 타락과 몰락이 그들 스스로가 사치와 허영에 들떠 자초한 것으로 알려진 사실은 아버지 (국가)를 상실한 남성들이 남성성을 회복하기 위해 위협적인 요소들을 제거하기 위한 감정 행위가 혐오발화로 드러난 것이다.[42] 김동인의 「김연실전」은 여성 혐오 발화의 정점에 있는 작품이다. 염상섭의 『제야』, 『너희는 무엇을 얻었느냐』, 『해바라기』 역시 한 몫을 했다. 그러나 염상섭의 경우 『해바라기』의 분석에서 드러난 대로 경제적 역학 관계, 연애, 결혼의 역학 관계에 있어 관계 형성이 어떻게 달라지고, 삶의 진정성은 무엇이며 그런 것들이 현실과 어떻게 교섭하느냐에 관심의 초점이 모아져 있다. 식민지 현실 하에서 자아실현으로서의 자유연애는 경제적 독립이 우선되어야만 이루어질 수 있는 처음부터 실현 자체는 한계를 가지는 이념이었다. 염상섭은 자신의 이념을 소설이라는 형식을 빌려서 현실과 어떻게 교섭하느냐를 실험한 과정 속에서 신여성 문제 역시 놓치지 않았다.

---

42 이덕화, 「1920년대 자유연애론과 신여성 배제 메커니즘」, 『현대문학연구』 23, 한국현대소설학회, 2004.

제3장
이원조와 김남천, 두 사람의 신뢰 관계를 통해 본 비평의 전개

1. 들어가기

이원조와 김남조는 1930년대에 평론 활동을 가장 활발하게 한 평론가들이다. 1920년대 후반부터 김남천은 카프계의 소장파로 임화와 함께 등장해 임화가 카프 이론의 심화를 위해 노력한 반면 김남천은 카프밖의 현장에서 조직운동에 심혈을 기울인 조직운동가이다. 한편 평양고무공장의 현장 체험은 「공장 신문」이라는 작품을 통하여 실제 현장 체험이 문학반영으로서 어떻게 작품화하느냐의 메카니즘을 우리 문학계에 처음 제시한 작가이다. 또 현실의 변화 과정에서의 카프문학의 현단계를 끊임없이 고찰하고 해답을 제시한 작가이자 평론가였다.

이원조는 1920년대 학업 중에도 마르크시즘과 카프문학에 대한 관심을 키워온 평론가였다. 학연을 중시하는 우리 민족의 성향으로 봤을 때 두 사람은 같은 호세 대학을 나온 선후배로 서로 간에 신뢰와 믿음을 가지고 있었다. 1930년대 이원조가 대학 졸업 후 『조선일보』 기자로 일하면서 서로가 서로에게 힘이 되는 존재였다. 1930년대 후반에 조선 문단계에 이원조가 등장한 시기는 카프 2차 검거와 카프 해산으로 카프계 문인들이 상당히 위축되어 있는 시기였다. 더군다나 저널계가 차츰 부르주아화 되어 감에 따라 카프계가 설 자리를 잃어가는 시기 이원조는 시종일관 공개적으로 카프문학을 지지하고 그에 대한 이론적 근거를 탐구해 왔다. 그 탐구 과정 속에 나온 것이 이원조의 평론 주류라고 할 수 있는 '포즈론' 시리즈이다. 이 포즈론을 비롯한 일군의 이원조의 평론은 마치 쌍둥이처럼 김남천의 고백문학론 등 소시민성의 고발을 주창해온 문학 이론과 동궤에 있는 것이다.

이것은 김남조와 이원조는 똑같은 사고주조의 토대 위에 있었음을 보여주는 것이다. 카프의 해체로 인한 슬럼프에 빠져 있던 카프 맴버들에게는 역량 있는 이원조의 등장은 새로운 빛과 같은 것이다. 김남천은 든든한 후배의 등장과 카프문학의 확실한 지지를 천명한 이원조가 고마웠을 것이다. 이런 카프계의 이원조에 대한 신뢰는 해방이 되면서 해방 직후의 진보 문학단체 '문학가동맹'이 결성되었을 때 가장 중요한 직책인 서기장 자리를 선뜻 내주는 데서 확인할 수 있다. 이 글은 김남천과 이원조의 평론을 비교하면서 어떻게 신뢰 관계를 이루어 왔나를 고찰한 것이다.

2. 이원조와 김남천의 등장 배경

이원조와 김남천 두 사람 다 평론 활동을 했던 가장 활발한 시기가 1930년 대였다. 이원조는 1931년 「자살론」을 시작으로 1932년 두 편, 1933년 5편, 1934년 3편, 1935년 9편, 1936년 12편, 1937년 23편, 1938년 28편, 1939년 16편, 1940년 16편 등, 이원조는 35년 이후로 본격적으로 활동을 시작하면서 80퍼센트 이상 『조선일보』를 통해 발표한다. 김남천 역시 전체 평론 글 130여 편 중에서 1920년대에 5편, 해방 직후 20편 정도를 제외하면 대부분 1930년대에 발표했다. 그러니까 이원조와 김남천은 30년대에 가장 활발하게 문단 활동을 했다는 공통점을 가지고 있다.

1930년대는 우리나라 역사에서 문필 활동을 하기에는 가장 어려웠던 암흑기라고 부르는 시기였다. 이원조는 일본의 대학을 졸업하고 완전 귀국한 시기가 1935년이다. 이 시기는 본격적인 전시체제로 들어가면서 1930년에 카프 2차 검거를 시작으로 1935년에는 해산계를 낸 때이다. 그래서 카프 멤버들의 활동이 소강상태에 들어가면서 정지용이나 김기림, 9인회 등 모더니즘, 초현실주의, 세태소설 등 현실과 유리된 작품들이 등장하게 된다. 프로문학 쪽에서도 1920년대에 공을 들였던 대중의 조직 확대를 위한 정치적 실천이 거의 불가능한 시기였다.

자본주의의 경쟁에 힘입어 저널리즘이 활발해지며 몇 개의 신문과 잡지가 대표적인 발표 지면으로 떠오른다. 이 시기의 특징은 카프 문단의 퇴조와 부르주아 저널리즘의 문단의 장악이다. 그동안 카프 작가들은 조직의 확장이나 현실정치운동으로 대중화 조직 사업에 열중할 때는 잡지나 신문에 특별히 지면이 요구되지 않았다. 그리고 1920년대는 잡지가 우후죽순처럼 창간되어 누구든지 발표지면에 크게 제약을 받지 않았다. 그러나 카프 문단 조직이 열악한 현실로 인해 대중화 사업이 불가능했다. 그럴 때 할 수 있는 것은 지면을 통한 이론적 토론 내지 작품의 발표를 통해서 간접적인 영향력을 넓혀 나가는 것이다.

그러나 1920년대를 거쳐 1930년대는 신문이나 잡지가 현대적 기업적 형태를 갖추어 경제적 지반이 확립되어 갔다.[1] 문제는 '현저히 반동화한 부르주아 저널리즘이 카프 측의 일체의 문화적 활동을 보이콧한다'[2]는 것이다. 이에 출판자본가에 대항해 결속해야 할 단체가 문단 전체를 아우르는 문필가협회이다. 이 협회 회원 중에 몇몇 카프 작가가 보이는데 이 몇몇 작가의 참가는 조직적으로 움직이는 카프 단체가 개인으로 움직이지는 않았을 것이고 단체 전체가 승인한 것으로 보인다는 것이며 이에 이원조는 카프 단체는 태도를 분명히 하라는 메시지를 전한다.

이원조의 글로 미루어보자면 부르주아 저널리즘의 반동화로 카프 작가들은 1930년대에서는 다른 작가들보다 더욱 힘든 시기였다고 할 수 있다. 그럼에도 1935년 부르주아 저널의 하나인 『조선일보』 기자가 된 이원조가 발표 지면을 통해 공개적으로 프로문학에 대한 적극적인 관심을 보인다.

이원조의 프로문학에 대한 관심은 현실에 대한 실천이 불가능할 때 진실을 내면화한 태도 즉 포즈의 문학으로 일관된다. 이것은 이원조를 비롯한 만형과 둘째 이육사 등의 형제가 지속해 온 민족 해방을 위한 실천이 불가능할 때조차 지조를 지킨다는 '님(조국)'에 대한 어릴 때부

---

1   이원조, 「문필가협회와 카프의 태도에 대한 사견」, 양재훈 편, 『이원조 비평 선집』, 현대문학, 2013, 79~85쪽. 이후 본 책 인용 시 '글명, 쪽수' 형식으로 표기한다.
2   위의 글, 83~84쪽.

터 학습해 온 주자학적 신념이다. 문학가로서 이원조는 이광수, 최남선 등 우익 민족주의자들이 친일을 걷고 그 당시 많은 작가들조차 현실 타협을 하는 가운데 유일하게 현실적 타협을 않고 끝까지 버티고 있는 카프 진영에 대한 관심 또한 주자학적 신념을 중시해온 것이다.

이원조의 「불안의 문학과 고민의 문학」[3]에서 부르주아와 프롤레타리아 사이의 중간층으로 카프 진영을 포함한 문학가들이 여기에 속하는데, 이 중간층이 역사의 발전 법칙이나 사회의 구조를 이론상으로 체득, 객관에 대한 주관의 통일이 상호 변증법적으로 통합하지 못한다. 그렇기 때문에 그들의 작품이 생경한 이론의 반복이나 묘사한 객관에 주관적인 감각의 뉘앙스가 없는 메마르다는 것이다. 이것은 진실로 실천을 통해 주체를 형성하지 못했기 때문에 현실적으로 불안할 수밖에 없다는 것이다. 끊임없이 변화하는 미래를 예측할 수없는 상황이 그들을 불안하게 하기 때문이라고 했다.

이 때 등장한 이원조는 이런 전시체제에서의 일본 군정을 건드리지 않고 문학적 진실을 지켜나갈 수 있는 길을 모색한 것이 바로 이원조의 '포즈론', '교양론' 등의 '태도' 문학론이다. 이 글들은 그 당시 전시체제에서 행동을 제약받던 시대의 문학인들이 살아가기 위한 최소한의 행동인 작품 활동에 대한 지침이다. 민족적 굴욕 속에서 자존심을 꺾지 않고 살기 위한 최소한의 몸짓으로 나온 것이 '포즈론' 등으로 여기에 이원조의 비평의 의미가 있다. 이는 문학의 암흑기에 활동을 접고 시골로 내려 간 작가들, 침묵으로 일관한 작가들, 친일로 돌아 간 작가들, 다양한 문학인들 가운데 전시 체제

---

3 이원조, 「불안의 문학과 고민의 문학」, 103~108쪽.

에도 유일하게 문학적 모색을 통해서 목소리를 낸 몇 안 되는 문학인이 이원조였다. 이원조의 글들은 그가 1935년 『조선일보』 신문기자가 되면서 주로 신문지상을 통하여 발표된다.

3. 이원조와 김남천의 상호 교류

이원조가 「현 단계의 문학과 우리의 포즈에 대한 성찰」을 발표한 시기가 1936년 7월이라면 김남천의 「고발의 정신과 작가」는 1937년 6월이다. 물론 김남천은 앞의 글을 발표하기 전부터 임화와 김남천이 발표한 「물」이 발표된 1933년부터 줄기차게 창작방법론과 세계관, 그리고 그 결과로 나온 작품을 두고 작가의 소시민성에 대한 토론을 해왔었다. 임화와 김남천은 그 당시 발표된 김남천의 「물」 그리고 이기영의 「서화鼠火」, 『고향』 등을 두고 격론을 벌이고 있었다. 김남천이나 임화의 글이 대부분 『조선일보』나 『동아일보』를 통해서 발표되었기 때문에 이원조도 물론 읽었을 것이다. 이원조가 그 당시 프로문학에 대해, '문학과 시대상이 이처럼 접근한 때도 일찍이 없었다'[4]며 높이 평가하고 관심을 가지고 있었다. 그런 분위기 속에서 이원조의 '포즈론'이 나왔다고 할 수 있다. 그러나 이원조는 김남천과 임화 혹은 카프 멤버였던 박승극 등이 합류해 「물」을 두고 격렬한 논쟁을 하는 중에도 끼어들지 않는다.

이원조가 창작평을 시작한 것은 「최근의 창작평」(1933.8)부터이다. 김남

---

4 이원조, 「현단계의 문학과 우리의 포즈의 성찰」, 206쪽.

천 「물」(『대중』, 1933.6)이 발표된 시기와 거의 같은 시점이다. 이원조는 김유정의 「떡」, 「산골」, 계용묵의 「백치 아다다」, 이북명의 「오전 3시」, 안회남의 「상자」, 이효석의 「계절」 등의 문예시평을 해오던 터였다. 이 대부분의 작가들은 오히려 나이가 김남천보다 더 많은 작가들이었다. 그런데도 자연스럽게 작품평을 한 이원조가 김남천에게는 역시 조심스러웠다고 할 수 있다. 김남천은 호세이 대학 선배이면서 1920년대 카프문학을 재건하고 대중화로 조직 확대에 기여했을 뿐만 아니라 1930년대에서 또 카프 논객으로 카프 단체의 1·2인자로서 자리를 확고히 굳힌 인물이다. 김남천의 작품을 임화의 편에서 함부로 비평하거나 섣불리 김남천에 동조하기도 조심스러웠을 것이다. 더군다나 이미 해체된 카프 단체지만 여러 글에서 프로문학을 동경하고 있는 이원조로서는.

물론 그렇다고 해서 나 자신이 맑시스트인 것도 아니지마는 내가 정씨로 더불어 자유주의자라는 영광을 같이 쓰려고 하는 한에서는 내 아무리 천견박식(淺見博識)이라고 하더라도 내가 본 바로서의 사회주의적 리얼리즘은 안가(安暇)한 합리화도 아니고 자위도 아닌 것 같다. 그야말로 인류 문화 사상의 가장 높은 수준에서 평가될 문학이론이라고 아니 할 수 없는 것이다. 이것은 내 개인만도 아니라 금번 파리에서 열린 국제 작가협회의 회록을 보더라도 얼마나 많은 작가들이 사회주의 리얼리즘에 대해서 최대의 경의와 찬사를 받는가를 보아도 알 수 있는 것이다.[5]

5　이원조, 「문단이의」, 170쪽.(『조선일보』, 1935.11.12~19)

이 논설은 해외문학파의 한 사람인 정인섭이 그 당시 신자유주의 문학을 문학적 대안으로 추천하며 4부로 된 논설로 맑시즘문학은 소련의 국민문학에 지나지 않는다며 프로문학을 반박하는 글에 대한 이원조의 글이다. 이원조의 그 당시 저널리즘에 대한 진단에 의하면 '조선 신문 잡지는 완전히 현대적 기업형태로 존재, 경제적 지반이 확립, 그 경향이 부르주아지의 계급적 이익의 대변 기관화하였다'[6]는 것이다. 그럼에도 1935년부터 『조선일보』 기자가 된 이후에도 인용문의 줄 친 부분처럼 지속적으로 카프문학에 대한 전폭족인 지지를 하고 있다는 것은 카프 진영에도 큰 힘이 되었을 것이다.

김남천은 1920년대는 주로 카프 단체의 제일선에서 조직이나 정치적 실천운동에 앞장 서 왔었다. 1919년 3·1운동이 실패로 돌아가자 민족적 미래에 대한 불확실성 속에서 1920년대는 『폐허』나 『백조』파 등의 퇴폐적 문학 분위기가 팽배했다. 이에 반기를 들고 일어난 현실에 근거를 둔 힘의 문학이 바로 신경향 문학이다. 신경향 문학 역시 현실에 대한 객관적 진단보다는 현실에 대한 과도한 절망과 낭만으로 가득 차 작품 형상화에 문제를 노출했다. 그 다음에 나온 카프문학 역시 처음에는 도식적이고 생경한 이데올로기가 그대로 드러나는 독자들의 감동을 자아내기에는 너무 이념 전달에 급급해 작품의 완성도가 떨어졌다. 카프 단체가 더 이상 현실에서 실천이나 조직운동을 할 수 없었던 1930년대에 와서야 작품과 그에 대한 토론을 통해서 프롤레타리아문학에 대한 서로 간의 공감대를 형성해 나가고 있었다. 이 때 이원조가 나타난 것이다.

---

6 이원조, 「문필가협회와 카프의 태도에 관한 사견」, 81쪽.(『삼천리』 33. 1932.12)

김남천은 카프 2차 검거가 시작되고 구속까지 당해 더 이상의 조직
운동이 불가능해지자 글을 발표하기 시작했다. 1930년 「영화운동의
출발점 재음미」를 『중외일보』에 발표하면서부터이다. 1930년대에는
작품을 사이에 둔 프로문학의 미학에 관련하여 깊이 있는 논쟁을 통해
프로문학의 창작방법론과 세계관, 그에 따른 작품 형상화에 상당한 발
전을 가져왔다. 그런 가운데 카프문학의 정점이라고 할 수 있는 이기영
의 『봄』, 한설야의 『탑』, 김남천의 『대하』가 탄생할 수 있었다.

카프 진영에서는 대중화에 의한 조직 확대에 관심을 가졌던 1920년
대와 달리 작가의 주체의 재건이나 세계관에 의한 창작방법론, 현실의
올바른 반영의 문제 같이 작가의 작품 형상화에 꼭 필요한 문제를 천착
한 중요한 시기였다. 1920년대가 현실의 정치적 반영을 어떻게 실천하
는 것인가라는 현실 반영의 문제가 큰 쟁점이었다면 1930년대는 주체
재건의 문제가 가장 큰 쟁점이었다.

이런 담론의 전개에 김남천과 이원조의 '포즈론', '고발문학론', '모
랄론'이 큰 부분을 차지했다. 깊이 있는 임화와 김남천의 토론 때문이
었다. 시작은 김남천의 「물」을 둔 두 사람 간의 치열한 논쟁이었다. 이
원조는 카프 소장파인 임화나 김남천이 적극적으로 활동하던 시기인
1925년 이후 조선에 없었기 때문에 카프 단체와는 인연이 없었고, 귀
국한 이후에도 카프 단체가 해산되어 직접적인 연관을 가지고 있지는
않았다. 그러나 이원조는 일본에 머무는 동안에도 사회주의에 많은 관
심을 가졌고, 대학 재학 중이던 1931년 11월 일본의 좌경 모임인 '아
카하다 도모이가이'에 가담, 29일간 구류를 산 적이 있을 정도로 사회
주의운동에 관심이 많았다.[7] 물론 그 당시는 사회주의에 관심을 보이지

않은 사람이 드물 정도였다. 이원조는 그 당시 동경의 마르크시즘을 중심으로 형성된 동경 지성계의 분위기에도 영향을 많이 받았다고 할 수 있다. 이찬, 안막 등과 같이 사회주의 학습을 한 바도 알려져 있다.[8]

카프 진영에 대한 동경과 이원조의 조심스러운 성격, 어릴 때 주자학적인 배경 속에서 자란 교육의 영향으로 함부로 김남천과 임화의 논쟁에 끼어들지 않았을 것이다. 더군다나 김남천의 작품인 「물」과 그 당시 카프 진영의 최고 소설가 이기영의 작품 「서화」, 『고향』을 사이에 두고 임화와 벌인 격론이 아니었는가. 천황제국 군파시즘이 극에 달해 모든 문학적 행위가 길을 잃었을 시기조차 이원조는 이기영, 한설야, 이태준, 박태원 등 여러 작가들의 작품평을 통해 창작방법론으로서의 리얼리즘의 길을 모색한다. 이런 이원조의 성향은 카프 진영에 대한 높은 관심을 보이면서 초기에 선불리 끼어들지 않는 조심스러움에서 벗어나 결국 리얼리즘에서 현실을 모색하는 새로운 길을 찾는다. 이러한 모색을 거쳤기 때문에 해방 직후 '조선문학가 동맹'이 결성되어 이원조가 주장한 '완전한 민족 해방과 진정한 민주주의 실현'이라는 그 당대에 필요한 리얼리즘의 길을 찾았을 것이다. 또 카프 진영에서도 인정을 받고 해방 이후 진보진영 문학단체인 「문학가동맹」의 서기장으로 발탁된다.

---

7   박규준, 「이원조의 문학비평 연구」, 대구대 석사논문, 1999, 25쪽.
8   김윤식, 「부르주아 저널리즘과 비평」, 『김윤식 선집』 3, 솔, 1996, 202쪽.

4. '포즈론'과 '고발문학론'의 전개 과정

김남천과 임화 사이에 있었던 「물」과 이기영의 「서화」, 『고향』 등의 작품을 두고 한 창작방법론과 소시민성에 대한 논쟁은 정치적 실천만이 진정한 실천이라는 문학운동의 볼셰비키화에 의해 연유된 왜곡된 실천관을 해소시키는 데 큰 공헌을 한 논쟁이라 할 수 있다.[9]

카프 조직의 해체로 더 이상의 노동 대중의 조직 확대가 불가능한 시점에서 볼세키화론은 의미가 없었다. 그런 의미에서 김남천 「물」, 이기영의 「서화」, 『고향』을 두고 김남천과 임화 사이에 있었던 논쟁은 객관적 현실의 악화로 인해 카프 조직의 해체 등 카프 작가들이 방향을 잃고 있을 때 카프 작가들의 작품 창작에 대한 지침을 주는, 그 당시에 꼭 필요한 논쟁이었다. 이 논쟁으로 인해 카프 진영에서는 정치적 실천을 할 수 없을 때 프롤레타리아 아닌 작가의 소시민성을 어떻게 극복하느냐가 가장 큰 이슈로 떠오르게 된다.

일단 김남천의 「물」[10]의 내용을 소개해 보면, 「물」의 화자는 과거와 미래와는 단절된 채 현재 물에 대한 욕망에만 지배되고 있다. 이전의 민족 해방 일선에서 투쟁하던 그의 철학, 그의 사상, 민족, 이 모든 것은 이제 뒷전이고 한 모금의 물만이 그의 현실이다. 온 몸에 물러 터진 땀띠, 진물러진 살, 흘러내리는 땀으로 마치 물주머니처럼 된 옷, 이러한 극한 상황에서 오직 할 수 있는 일은 물을 얻기 위한 투쟁뿐이다. 그러한 상황에서 이성적인 사고나 인간적인 노력은 전혀 불가능하다. 결국 한 양동이의

---

9 이덕화, 『김남천 연구』, 청아출판, 1992, 78쪽.
10 김남천, 「물」, 『대중』, 1933.

물을 얻기 위해 간수와 타협하고 얻어 마신 물로 배탈이 나 고통을 당한다는 이야기이다. 이 이야기에서 임화는 평범한 인간의 생리적 고통만이 있을 뿐 계급적 인간의 정치적 투쟁은 없다는 것이다.

김윤식은 이 논쟁에 대해 임화와 김남천은 숙명적 라이벌 관계에 있음으로 하여 서로가 서로에게 빛을 던져 성장하고 역사 발전에 각자의 몸을 담당했다고 규정하면서 김남천과 임화를 두고 다음과 같이 논하고 있다.

> 임화를 두고 작가의 실천과 창작평을 분리한 이원론자로 규정하고 있는데, 이 점에서만은 김남천 쪽이 당당하지만, 정치적 행위로서의 작가적 실천이 「물」에서처럼 생리적 수준에 멈춘다면, 그것이 설사 불가피한 그리고 가장 정직한 것이라 하더라도 실천행위의 미흡함이 지적될 수 있다는 점에서 임화 쪽이 당당한 점이라 할 수 있다.[11] 이 「물」 논쟁은 문학사적으로 과거의 추상적이고 모호한 비평 태도를 극복하고 문예비평의 토대를 마련하였으며 반영론을 확립하여 조선적 현실을 대상으로 하는 현실주의론을 발전시켰다.[12]

이런 배경에서 나온 이론이 '고발문학론'과 이원조의 '포즈론'이다. 카프 작가가 프롤레타리아 계급 출신이 아니기 때문에 지식인층이 가지고 있는 소시민성의 극복은 객관적인 현실이 악화되었을 때 자기 속의 소시민성을 고발함으로써 극복이 가능하다는 것이다. 일단 김남천의 '고발문학론'을 먼저 고찰하고 이원조의 '포즈론'을 함께 보기로

---

11 김윤식, 「임화와 김남천」, 『문학사상』 195, 1988.
12 김외곤, 「「물」 논쟁의 미학적 연구」, 『외국문학』 24, 열음사, 1990.

하겠다. 앞의 이원조의 「문단이이」에서 인용한 글을 다시 인용해 해 보면.

금번 파리에서 열린 국제 작가협회의 회의록을 보더라도 얼마나 많은 작가들이 사회주의 리얼리즘에 대해서 최대의 경의와 찬사를 받는가를 보 아도 알 수 있는 것이다.[13]

김남천의 '고발문학론'은 작가동맹 국제회의에서 나온 사회주의 리 얼리즘 논쟁으로부터 시작되었다고 보아야 할 것이다. 소련의 코민테 른에서 나온 사회주의 리얼리즘은 객관적 현실의 올바른 반영으로서의 현실에 대한 객관성, 예술에 대한 형상성, 세계를 바라보는 시각에 있 어서의 민중성을 제시함으로써 볼셰비키화론과는 구분되는 예술적 인 식을 전제로 한다. 바로 이전의 볼셰비키화에 의한 노동 대중의 다수자 획득으로 조직의 확대라는 정치적 테제[14]를 문학에 적용, 그동안 김남 천을 비롯 카프 진영에서는 조직 확장이라는 정치적 실천을 문학운동 과 동일시, 그동안의 과오를 반성하는 기회가 바로 사회주의 리얼리즘 에 의한 문학적 창작방법론에 대한 논의를 시작한 것이다.

사회주의 리얼리즘의 수용 이후, 우익적 일탈은 카프의 해체를 야기한 객관적 정세의 악화와 함께 사회주의 리얼리즘 이론의 자의적 해석에서 비롯된 것으로 다양한 문학적 경향으로 나타난다. 그중 하나가 김남천의 '고발문학론'과 이원조의 '포즈론' 등을 포함한 일군의 태도의 문학이다.

---

13 이원조, 「문단이이」, 171쪽.
14 이덕화, 「정치적 실천으로서의 문학운동」, 『김남천 연구』, 청하출판사, 1991, 66~88쪽.

김남천은 정치적 실천을 할 수 있을 때는 소시민적 세계관을 가진 지식인은 실천에 의해서 현실과 한 치의 간극도 없기 때문에 리얼리스트의 면모를 그대로 보여줄 수 있다고 주장한다. 그러나 정치적 실천을 할 수 없을 때는 소시민적 세계관을 극복할 수 있는 유일한 길은 소시민성의 격파라는 것이며 그것만이 지식인의 한계를 극복할 수 있다는 것이다. 자기 폭로를 통하여 소시민성을 극복하려고 하는 정열이 남아 있다는 것은 그나마 아직도 정치적 여력이 남아 있다는 것이고 그것은 바로 정치적 실천을 의미하는 것이다.

> 이때까지 신흥문학의 작가나 비평가가 자격을 획득하는 날부터 생활은 의연히 소부르주아 인텔리의 그것이었으니 이러한 작가나 비평가는 그 내부에 이데올로기와 생활감정의 氷炭不相容의 모순된 양극을 포장하고 있는 것이다. 그러나 신흥 작가나 비평가의 자격은 형식상으로라도 이러한 모순이 객관적 기준에 의해서 통일되지 않으면 인정되지 못하는 것이므로 항상 이데올로기에 의해서 자기 자신을 통일시키며 근로인의 생활감정을 유발하려 하나 소부르주아의 생활면 ― 생산면에 이탈 된 것 ― 에서 근로인의 생활감정이 생겨날 이치가 만무하고 따라서 정당한 의미의 신흥문학이 생겨 날 이치도 만무한 것이다.[15]

이원조는 카프 작가가 소부르주아이기 때문에 '근로인의 생활감정'을 재현하기 힘들어서 이러한 모순을 극복하기 위해 그동안의 행동의

---

15 이원조, 「비평의 잠식」, 121쪽.(『조선일보』, 1934.11.6~11)

문학에서 태도의 문학으로 바뀌어야 된다고 주장한다. 이 태도의 문학이 포즈의 문학으로 발전한다.

> 그러나 힘의 패배가 반드시 사실의 패배를 의미하는 것도 아니며 또 한 문학의 임의 顯化가 아닌 때문에 문학의 행동 그것보다는 도리어 '포즈'에 있는 것이다. (…중략…) 이것은 한 개의 진리를 위한 사람의 '포즈'이다. 이것이 '모럴'이다.[16]

위의 인용문에서와 같이 이원조는 프로 작가가 먼저 포즈를 가지기 전에 갈팡질팡하는 '제스처만으로 날뛰다보니 문학과는 동떨어진 허무의 경지에서 느끼는 자기부정이 생기는 것'이라고 말한다. 결국 문제는 프롤레타리아문학은 프롤레타리아 계층이 주도해야 하는 문학이건만 아직 노동 대중의 의식이 미성숙하기 때문에 과도기의 소시민 지식인 계층이 대신 주도하다 보니, 의식과 생활과의 괴리로 모순이 발생한다는 것이다. 결국 세계관의 확립이 아직 되어 있지 않기 때문에 자기부정이 생기고 그 사이의 모순 때문에 불안하다는 것이다. 이원조는 이러한 불안은 중간층인 지식인층이 결국 세계관의 확립으로 끈질기고 성실한 주체가 없기 때문에 현실에 이리저리 흔들린다는 것이라고 말한다. 앙드레 지드 연구로 호세대를 졸업한 이원조는 앙드레 지드의 문학관, 성실성에 영향을 많이 받았다. 그가 주창하는 성실성은 외부의 억압에 굴복하지 않는 진리를 수호하는 저항적 태도로 규정된다.[17]

---

16 이원조, 「현 단계의 문학과 우리의 포즈에 대한 성찰」, 197~207쪽.(『조선일보』, 1936.7.11~17)

김윤식은 이원조를 제3자적 굽어보기라는 시각으로 보며 순수문학을 주장하는 안티 카프 진영이나 카프 진영 양쪽을 다 제3자적 객관적 시각으로 바라보고 있는 절묘한 균형 감각을 유지하고 있다고 극찬했다. 그로 인해 이원조가 몸담고 있는 부르주아 저널리즘 쪽에서도 카프 진영 쪽에서도 안전지대에 서 있을 수 있었다는 것이다.[18] 그것은 균형적인 지식 때문에 가능했다는 것이다. 어릴 때의 주자학적 교육으로 동양적인 교육과 앙드레 지드 연구로 서양의 충분한 지식을 섭렵한, 거기다 학습하지 않으면 쉽게 이해할 수 없는 맑스즘에 대한 해박한 지식은 그 당시 웬만한 지식인들도 갖추기 힘든 우월한 입장이었을 것이다. 그러기에 자신은 맑시즘자가 아니리고 공표하면서 그 당시 카프 진영 밖에서는 쉽게 할 수 없었던 카프문학의 도식성을 지적하고 카프 해체 이후의 카프 진영의 심각한 문제에 적극적으로 대안을 제시하기도 한다.

이원조는 1930년대 초반을 자본주의 문화적 표현인 부르주아 저널리즘의 파쇼화와 자본주의의 제국주의적 파쇼화 상황으로 인식했다. 이런 정황은 프롤레타리아 계급으로부터 나온 생산주체의 등장을 필연성으로 보고 있다. 그러나 그런 상황이 무르익기 전까지는 카프의 위기 극복을 위해서 소시민의 냉정한 자기비판과 반성으로 자신들의 체질을 개선, 대중의 생활감정과 일치하려는 노력을 통해서 대중을 선도하는 문학의 실천성을 강조했다.[19]

즉 이원조는 프롤레타리아의 생활감정과 괴리된 지식인 출신의 소시

17　이원조, 「이원조의 횡단적 글쓰기」, 462~380쪽.
18　김윤식, 「이원조론, 부르주아 리얼리즘과 비평」, 『한국학보』 17-3, 일지사, 1991.
19　박규준, 「이데올르기 주체로서의 마르크시즘」, 앞의 글, 28쪽.

민 계층의 프로 작가의 모순을 지적하고 그 괴리감을 지적한 것이다. 이원조의 '포즈론'이나 '태도론', '모럴론' 등의 이원조의 이론에 직, 간접적으로 영향을 받은 김남천이 그 이후 고발문학론이라 할 수 있는 「자기 분열의 초극」이 더 세련된 이론으로 등장할 수 있었던 것이다.

그렇기 때문에 우리들에게 있어서는 객관세계의 모순이나 분열이 문제인 것보다도 주체의 자신의 타고난 운명에 의한 동요와 자기 분열이 중심이 되어 우리의 앞에 대사(大寫)되어 있다. 객관세계의 모순을 극복하느라고 자기 자신을 돌보지 않았던 주체가 한번 뼈아프게 자신을 돌아보는 순간 비로소 자기 속에서 분열과 모순을 발견하게 되었던 것이며 이것의 정립과 재건 없이는 객관세계와 호흡을 같이 할 수 없으리라는 자각이 그의 마음을 혼란케하는 과정으로 묵시되었다는 것이 보다 정확한 통찰일 것이다.[20]

위의 두 사람의 글은 모두 카프 해체에는 이전 정치적 실천에 의해서 자신들의 소시민적 세계관과 변혁을 요구하는 현실과의 간극을 메울 수 있었지만, 객관적 정세의 악화와 카프 조직의 해체로 정치적 실천을 할 수 없는 시점에서는 프롤레타리아가 아니라 소시민이라는 한계 인식에서 그 극복의 일환으로 고발문학론과 포즈론 등이 의미가 있다는 것이다.

이원조와 김남천은 1930년대, 마지막 1940년까지 이념을 드러내 놓을 수 없는 현실에서 문학인들의 포즈와 태도에 관해 끊임없이 담론을 생성하고 새로운 이론을 내놓은 문학인들이었다. 이원조는 카프에 대

---

20 김남천, 「자기 분열의 초극」, 『조선일보』, 1938.1.26~2.2.

한 비평과 끊임없는 관심을 보여주면서도 30년대 창작방법론과 우리 문학사에 그토록 진지한 논쟁이 없었을 김남천의 「물」, 이기영의 「서화」, 『고향』 논쟁에 뛰어들지 않은 신중한 모습을 보여주었다. 그러나 1940년 「현역작가론」[21]에서는 작가들을 분류하는 가운데 유진오와 김남천을 분류하며 '이 분들은 자기의 창작방법론을 리얼리즘으로 정하고, 이념에서 현실로 새로운 출발을 도모한다는 것이며'라며 당시의 이념이 상실된 천황제국군 파시즘 시절의 방향성을 끊임없이 모색한 비평가였다. 이원조는 이념과 현실의 모색을 담론과 월평으로 김남천은 실제 창작을 통한 창작방법론 제시를 통해서 현실과 이데올로기, 문학과의 관계를 줄기차게 모색해왔다.

5. 해방 직후의 '조선문학가 동맹'

해방 전 항일 독립운동가들의 끝없는 투쟁에도 불구하고 해방이 우리 민족의 손으로 이루어진 것이 아닌, 미소 연합군에 의한 이루어졌다는 사실은 해방 후 현실적으로 복잡한 문제를 함유하고 있었다. 미소 연합군은 우리나라를 영구 분단시킬 의도는 아니었고 일정 기간 남과 북을 신탁통치 후 우리 민족의 손으로 돌려준다는 복안이었다. 그러나 양극단주의자인 김일성과 이승만은 권력에 혈안이 되어 민족의 미래를 아랑곳하지 않았다. 북한은 북한대로 인민을 내세운 사회주의 국가로,

---

21 이원조, 「현역작가론」, 『조선일보』, 1940.3.5.

이승만은 이승만대로 자본주의를 내세운 자유 민주주의로 자신들의 신념을 꺾지 않았다.

임화, 김남천은 해방이 된 바로 그 다음날 '조선문인보국회'의 간판을 내리고 '조선문학건설본부'의 간판을 거는 것으로 해방직후 문학운동의 첫발을 디디게 된다. 이기영, 한설야 중심의 조선프롤레타리아 문학동맹은 노동자 빈농 계급의 영도성을 명시하는 프로문학을 주장하였으며, 임화, 김남천 중심의 조선문학건설본부는 인민을 영도적 지도자로 하는 농민, 중간층, 진보적 시민이 결합하는 민족운동을 주장했다.

일제 하 카프 문단이 와해되고 10년 이상 흐른 뒤, 즉 해방 후 다시 카프를 재규합했다. 김동리 등 몇몇을 제외하고는 순수문학자로 알려진 이태준, 박태원까지 대부분의 작가가 가입한 조선문학건설본부의 인기는 하늘을 찌르듯 했다. 그 당시 대부분의 작가들의 현실 진단이 조선문학건설분부에서 내건 이원조의 '완전한 민족 해방과 진정한 민주주의 실현'이 그만큼 설득력이 있었다는 것을 반증하는 것이다.

이원조, 임화와 김남천의 민족 통일 전선은 박헌영의 '8월 테제'를 쫓아 문화 통일 전선을 주장하고 있다. 당의 외곽 단체로서 문학 단체 역시 통합이 요구되는데, 조선문학건설본부와 조선프롤레타리아 문학동맹의 통합모임인 조선문학자 대회에서 이원조가 주장한 '완전한 민족 해방과 진정한 민주주의 실현'을 위한 현 단계의 문학은 민족문학이어야 한다는 인식에 도달하며 그에 상응하는 창작방법론으로 진보적 리얼리즘을 전면에 내세우게 된다. 이에 두 단체의 통합 모임인 '조선문학가 동맹'이 탄생했다.

두 단체의 통합 모임인 '조선문학가 동맹'에서 서기장으로 이원조를 선임했다는 것도 상징적인 사건이었다. 이원조는 해방 전 위에서 논의된 것처럼 일관되게 프로문학을 지지해 왔고, 현실과 작품을 통해 리얼리즘의 길을 모색해 왔지만 카프 진영의 한 사람으로 나서지 않는 신중함을 보여주었다. 이원조가 주장한 소시민 지식인층이 세계관을 확립함으로써 불안에 흔들리지 않는 주체의 확립은 주체의 재건을 주장하는 김남천의 주장과 일맥상통하는 것이다.

그것은 김남천을 비롯한 카프 진영으로부터 신뢰를 받는 원천이 되었을 것이며 김남천 역시 호세 대학의 후배인 이원조가 든든했을 것이다. 이원조의 프로문학가로서보다는 형 이육사를 통하여 이미지화된 독립운동가로서의 면모 역시 프로 작가나 다른 진영 쪽에서 신뢰를 주었을 것이다. 그리고 이원조가 먼저 '인민민주주의 민족문학노선'을 주창하고 김남천이 이에 동참함으로써 '조선문학가 동맹'의 노선이 결정되었다는 것은 그동안 해방 전 문학담론으로 끝없는 이데올로기와 현실과의 모색을 해온 이원조의 균형감각 덕분이었다.

또한 '조선문학가 동맹' 측에서 보자면 신뢰할 만한 이원조를 끌어들임으로써 카프 작가들 외 다른 작가들에게도 더 큰 지지를 받을 것을 이미 계산하고 있었을 것이다. 그런 의미에서 이원조는 부담 없는 파트너였을 것이다. '조선문학가 동맹' 측에서 내건 '완전한 민족 해방과 진정한 민족 해방'의 이원조의 주장은 프로 작가와의 다른 작가에게도 그 진영으로 포섭할 좋은 구실이 되었을 것이다. 프로문학 진영에서도 중도파이면서 확실한 신뢰를 주는 이원조를 끌어들임으로서 보수 진영까지 끌어들이는 효과가 더 컸을 것이다. 그 당시 '조선문학가 동맹'에서 이원조와 이태준의 적극적 끌어들임으로 완전한 민족 해방이라는 캐치프레이즈로 민족 통일의 큰 그림을 그렸다고 할 수 있다.

이원조가 서기장으로 있었던 「조선문학가 동맹」에서는 계급문학이 아닌 반제국주의적, 반봉건적 문화를 제시하고 있다. 그러나 이러한 활동도 길지 못했다. 미군정의 사회주의자에 대한 압박으로 자금줄이 막히자 사회주의자들은 정판사라는 인쇄소에서 위조지폐를 만들다 쫓기게 된다. 임화, 김남천, 이태준, 이원조 등도 그 이후 인민항쟁으로 더욱더 현실의 압박이 심해지고 활동하기에 불리한 조건으로 변하자 그나마 객관성을 확보했던 현실인식이나 문학운동의 특수성을 몰각하고 전문적인 운동가로 변모하게 된다.

이러한 급박한 상황 속에서 문학적 위기를 정치적 위기로 인식하고 인민의 투쟁과 결합되지 않는 문학은 문학주의에 빠질 수밖에 없다. '조선문학가 동맹'은 현실이 급박해지자 투쟁 중심으로 나아간다. '조선문학가 동맹' 측의 이러한 변모된 논리는 남한의 복잡다단한 현실의 현상과 이념과는 변증법적 논리를 통해 획득한 것이 아니라 북한의 현실 논리에 따라 남한의 현실을 재단하려는 극좌적 행동에서 나온 것이다.

임화, 김남천, 이원조는 해방 직후의 문학 활동은 초반부에는 인민에 대한 역사적 역할, 세계관에 대한 심화된 인식과 함께 정치적, 역사적 견해에 따라 미학적 특질이 나타난다는 창작방법과 세계관이 일치됨을 보여준다. 이에 따른 우리의 민족적 전망, '완전한 민족 해방과 진정한 민주주의 실현'이라는 올바른 방향을 제시하고 있다. 그러나 남북한의 현실이 긴박한 상황으로 빠지자 북한 현실을 추수, 인민성에 기초한 통일전선적 민족문학이라는 오류를 그대로 답습, 권력의 한계에서 오는 오류를 보여준다. 우리 민족의 통일전선은 한 순간에 회오리 속으로 빠져든다. 그리고는 정판사사건이나 10월 인민항쟁 등으로 인한 객관적 정세의 불리로 '조선문학가 동맹' 측은 정치투쟁가로 변모된다. 그 이후 북한으로 간 임화, 김남천, 이원조 등은 북한에서 실권을 잡는 듯 하다가도 정파싸움으로 권력을 잡지 못한 비운의 길을 걸을 수밖에 없었다. 따라서 통일은 먼 이야기가 되어버렸다.

제4장

1919년 3·1절을 전후한 동인지 간의 관계성

1. 1919년 3월 1일 이후의 동인지의 문학사적 의미

비교적 초기 일본유학생이었던 1910년대의 유학생과 1919년 3월 1
일 이후 동인지 문학을 개시했던 유학생들 사이에는 일정한 차이가 있
다. 1910년대 계몽주의적 지식인 등은 활동 영역을 민족 전체에 두고
있었으며 그들은 조선 사회 미래에 대해 가지고 있던 것은 '실력양성'
을 통한 자주적 근대화였다. 그것은 사회진화론 '힘'의 양성을 통하여
국권을 회복하고 자주적인 근대문명을 수립할 것을 꿈꾸었다고 할 수
있다. 그러나 '실력양성론'은 한일합방 이후 객관적 현실성은 사라졌
다. 지식인들은 이제 더 이상 조선 사회 전체를 향해서 제시할 수 있는
기획을 가지고 있지 않았다. 3·1운동이 어떤 의미에서 계급적 계층적
분화를 현실적으로 깨닫게 하는 계기로서 작용하여 유학생 지식인들은
과거와 단절, 미래에 대한 불투명, 식민지로서의 조선에 대해 하나의
특정한 계층으로서 지식인 자신에 대해서도 구체적으로 인식하지 못한

상태에서 동인지 문학이 놓여 있었다고 할 수 있다. 동인지 문학에서 반복해서 나타나는 '무덤'과 '폐허'의 이미지는 그들이 조선의 현실에서 이러한 정체停滯, 미래의 부재를 보거나 느꼈다는 사실을 말해준다.

경험공간으로부터는 미래에 대한 예측을 건져 올릴 수 없고, 열려진 기대지평은 자신들의 것이 될 수 없는 곳에 고립되어 있기 때문에, 이렇듯 고립된 자신들끼리 강한 결속감을 느끼지 않을 수 없었다. 이러한 결속감이 그들을 동인同人으로 묶어주는 심리적 동인이 되었으리라 여겨진다.[1]

2. 동인지 잡지 창간의 의미

한국 사회는 19세기 후반에 이미 동학혁명과 의병전쟁이라는 커다란 격동의 소용돌이를 거쳐 왔다. 일제의 강제합방 이후 1910년대에 들어와서도 국경지역에서의 '소요'는 만주에 근거지를 둔 대규모 군사 활동과 연관돼 일제의 통치 권력을 끊임없이 위협했으며, 마침내 이는 전 민족 봉기인 3·1운동으로 이어졌다. 그 이전의 동학혁명이 지상에서 제국주의의 인간 중심 평등세계 실현을 지향했다고 한다면 3·1운동 정신은 제국주의 시대의 민족주의 혁명으로 일컬을 수 있을 것이다.

민족 혁명의 고양된 분위기는 1920년대로 접어들면서 마르크스, 레닌주의 이념과 결합해 식민지국에서는 새로운 삶의 활력을 찾는 계기가 되었다. 3·1운동이라는 항의 시위 이후 1920년대 일제가 채택한 문화정치는 '전

---

1   차승기, 「폐허의 시간」, 『1920년대 동인지 문학과 근대성연구』, 깊은샘, 2000, 67쪽.

통'의 부활과 관련 일정 부분 전통을 묵인·장려한다는 정책으로 식민지에서 도덕적 타락과 무규범 상태를 조장했다. 이러한 문화운동은 학교 같은 제도 교육을 통한 문화운동으로 확산되면서 일제가 자연스럽게 운동의 주도권을 쥐게 되었다. 민족독립운동도 내부에서 분화가 일어나고 동학혁명부터 전통적인 민족운동을 해온 그룹과 새롭게 발돋움하는 마르크스운동의 영향을 받은 민중 중심의 공산주의운동이 헤게모니 구축을 위해서 서로 전취하려는 그룹들로 양분되었다.

　문화정치의 일환으로 나온 것이 출판·잡지의 자유였다. 이 때 3·1운동 이후 우울과 참담함을 벗어나지 못했던 지식인들은 우후죽순처럼 잡지를 창간하여 그나마 삶의 돌파구를 찾았다. 1910년대의『소년』,『청춘』에 이어 1920년대 와서『창조』,『동명』,『개벽』,『장미촌』,『금성』,『폐허』,『퇴폐』 등 무수한 잡지가 이 시기에 발간되었다.

　최남선이 창간한 잡지 1908년『소년』의 창간호에 발표한「해海에게서 소년에게」에서의 소년의 이미지도 망해가는 조선 전체의 이미지를 소년으로 이미지화, 바다의 웅대 광활한 기상을 닮은 소년들만이 우리 민족의 꿈이요, 희망이라는 이미지를 강조한 것이다. 여기서 소년도 개인의 이미지가 아니라 소년의 기개를 닮은 민족의 이미지를 상징화한 것이다.

　1919년 3·1운동이 어떤 의미에서 계급적 계층적 분화를 현실적으로 깨닫게 하는 계기로서 작용, 유학생 지식인들은 과거와 단절, 미래에 대한 불투명, 식민지로서의 조선에 대해 하나의 특정한 계층으로서 지식인 자신에 대해서도 구체적으로 인식하지 못한 상태에서 동인지 문학이 놓여 있었다고 할 수 있다. 동인지 문학에서 반복해서 나타나는 '무덤'과 '폐허'의 이미지는 그들이 조선의 현실에서 이러한 정체停滯,

미래의 부재를 보거나 느꼈다는 사실을 말해 주고 있다.

　예술의 세계는 1920년대를 전후한 시기, 3·1절의 좌절로 삶의 좌표를 잃어버린 식민지 지식인들이 품었을 법한 세계의 보편성에의 의지가 쉽게 만날 수 있는 영역이었다. 이미 굳어져버린 식민-지배의 관계 속에서는 사회 전체적으로 보편성과 동시대상을 획득할 수 없었다. 오직 예술행위와 미적 탐구 속에서만 보편성과 동시대상에 참여할 수 있었다. 예술 행위를 통해 어떤 작품을 산출한다면 동시대의 문학을 숙지하고 그에 대한 입장을 정립한다면 그것은 그 자체로 '보편성'과 '동시대적'인 속에 자리를 잡고 보편적인 언어로 발언할 수 있음을 뜻한다. 예술이라는 것이 본래 개별자인 동시에 보편자로서 존재하게 되어 있는 바, 지극히 구체적이고 개별적인 것을 통해서 보편적인 삶의 문제를 그 예술적 수준이 어떻든지 간에 '예술'로서의 보편성을 획득하게 되는 것이다.

3. 『창조』와 근대적 자아

　『창조』(1919~1921)지는 1919년 3·1운동이 발발하기 한 달 전 1919년 초에 일본 동경 유학생인 주요한, 김동인, 전영택 중심이 되어 동경 요코하마에서 인쇄·발간했다. 2호까지 일본에서 9호까지는 서울에서 발간 이후 폐간되었다. 근대 최초의 시 주요한의 「불놀이」, 김동인의 「약한 자의 슬픔」, 「일본근대시초」 등 근대문학의 정수라고 하는 작품들이 실려 있다. 최초의 근대시 「불놀이」는 다른 사람들이 대동강가의 연등제를 구경하느라 흥청대는 대중과 상대적으로 그것을 즐길 수 없는 식민지 지식인의 외로움과 울분을 홍청대는 분위기 속에서 상징적이며 서정적으로 잘 드러내고 있다. 이전까지의 작품에서 드러내는 우리, 민족이라는 집단이 아닌 서정적 자아의 외로움을 드러내는 것은 「불놀이」에 와서야 시적 표현이 가능했다.

김동인의 『조선근대소설고』 3부 「나와 소설」에서는 『창조』에 관한 내용을 다루고 있다. 3부 「나와 소설」이라는 부분은 『창조』 동인들과 염상섭, 나도향, 현진건, 전영택, 최서해의 작품을 다루고 있다. 염상섭의 「표본실의 청개구리」는 일제하의 지식인들이 겪는 불안, 번민을 잘 보여주고 있다며 그 소설이 주는 충격을 '동통과 같은 아픔'이라며 극찬하고 있다. 현진건은 비상한 기교의 천재로, 나도향은 재능의 미숙을 지적, 전영택은 간결한 묘사와 인도주의 사상을 들고 있다. 최서해는 그의 특유의 빈곤문학이 주는 충격을 지적, 자신의 소설에 대해서는 자신이 이룩한 구어체 문장과 처음으로 '그'를 사용, 일원一元 묘사, 즉 한 사람인 화자의 눈을 통하여 본 세계를 그린 최초의 작가임을 강조하고 있다. 이러한 김동인의 분석은 현재의 비평의 관점에서 보아도 손색없는 훌륭한 평문이라 할 수 있다. 이렇게 초기의 김동인의 문학적 업적을 근대문학을 형성하는 시기의 문학의 관점에서 보자면 타의 추종을 불허할 정도로 탁월하다고 생각된다.

이 시기에 김동인은 자신의 사재私財를 들어 동인지 『창조』를 창간했지만, 사재이기 때문에 한계가 있을 수밖에 없었기에 결국 9호까지 발간하다 중단했다. 『창조』는 김동인의 사재로 동년배의 고향 친구인 전영택과 의기투합, 주요한과 김환까지 끌어들여 4명이 시작한 잡지이다. 시작한 동기가 바로 그 위 선배인 이광수와 최남선 문학에 대한 반발이었다.

육당(六堂), 춘원이 선구자로서 작지 아니한 일을 하고 있지만 춘원의 대승(大勝)한 반동적인 신예작품의 그릇된 영향을 입어서, 문학이라면 으레히 연애소설이나 연예시로 알고 그 따위 글이 흔하게 나오는 것을 유감으로 여기며 분개해서 우리나라에 참된 문예 세계를 개척해 보고자 데서 두 사람과 의견이 맞고 분에 넘친 야심이 생긴 것이다.[2]

이 글은 전영택이 쓴 글로 전영택은 김동인과 함께『창조』핵심 멤버이며,『창조』창간호에「혜선의 死」를 발표했다. 전영택은 나중 신학을 전공해 목사가 된 작가이다. 목사가 된 이후 목회 활동이나 신학교 쪽에 관여 작품을 많이 쓰지 않았지만『창조』창간 멤버로 문학사에 확실히 각인된 인물이다. 위의 인용문의 강조된 부분이 보여주는 것처럼『창조』는 최남선, 이광수류의 계몽문학과 연애소설, 연애시에 반발하여 참된 문예를 보여주고자 창간된 잡지라는 것을 알 수 있다. 그렇다면『창조』창간호의 작품들을 전부 거론할 수 없지만 김동인의「약한 자의 슬픔」, 전영택의「혜선의 死」주요한의「불놀이」정도를 거론할까 한다.

그 당시 핫 이슈였던 전영택의「혜선의 死」는 여성으로 태어나 갖은 학대를 받는 이야기이다. 그 당시 자식들과 여성을 가장家長의 소유물로 여겨 일어나는 여러 가지 사회적 이슈 중에 하나가 바로 자유연애였고, 그에 대한 문학적 발현이 바로 연애소설로 나타난다. 전영택은 이광수류의 연애소설을 쓴 것은 아니지만 그렇다고 더 발전한 형태의 의식을 보여주었거나 새로운 형식을 보여준 것도 아니다. 그렇게 천대를 받던 초점

---

2 「나의 문단 자서전」,『자유문학』, 1956.6월, 139쪽.

인물이 결혼할 나이가 되어 부모가 죽자 자신도 자살한다는 것은 극히 이전 이광수 소설에서 빈번히 나타났던 것이다. 인물의 개성에 의한 필연성이 아니라 운명에 맡긴 우연성이 빈발, 발전한 형태의 작품이라 할 수 없다. 구박을 받았기 때문에 독립 의식을 가지게 되고 그래서 홀로 독립하고 성공하는 이야기라면 시대적 의미가 있었을 것이다. 그렇다고 김동인이 보여준 새로운 기법이나 형식의 진전도 없는 작품이었다.

그러나 『창조』 창간호의 주요한의 「불놀이」와 김동인의 「약한 자의 슬픔」은 충분한 문학사적 의미가 있다. 「불놀이」는 좀 전에 발표된 신체시의 대표시 최남선의 「해에게서 소년에게」와 비교하면 비약적인 발전을 보여주는 문학사에 기념비적인 시이다. 「해에게서 소년에게」는 파도 소리가 가지고 있는 웅대한 힘과 포효 소리를 소년에 비유, 그런 힘과 기개 있는 소년이 되기를 바라는 시이다. 이 시에서는 개인적 서정보다는 소년이라는 집단에게 파도와 같은 웅대하고 힘찬 포부를 가지라는 당부 내지 부탁하는 메시지가 담겨 있는, 소년들을 설득하고 계몽하는 시로 읽힌다. 시적 화자는 국가로 상징되는 소년에게 부탁하고 당부하고 싶은 것이다.

그러나 「불놀이」에서 시적 화자는 사월 초파일 불놀이를 하고 있는 흥성거리는 대동가에서 애인을 잃은 슬픔과 고독에 찬 개인이었다. 이 애인은 개인적인 것이지만 일제하의 민족을 잃은 망국의 백성으로 시를 읽는 독자는 국가의 이미지와 겹친 슬픔으로 개인적 서정은 더 고조된다. 흥성거리는 불놀이 속에서 느끼는 슬픔과 고독을 더 절실하게 느껴진다. 이런 모순된 시적 상황을 통해서 느끼는 고독감은 자유시가 가지는 형식적 자유에 힘입어 시적 카타르시스가 생성된다. 그 때까지 근대시라고 일컬었지만 고전 시조부터 신체시까지 개인적 서정을 바탕으로 시가 나온 적이 없었다. 형식 또한 그전의 시조 형식을 벗어난 완전히 형식이 파기된 자유시가 등장한 적이 없었다. 시적 형식의 자유를 통해 독자들은 자유가 무엇인지를 인지하고 개인이라는 고독한 자아를 인식하는 계기를 마련하게 되었다. 「해에게서 소년에게」까지 보여준 형식은 시조 형식이 3·4조 그대로 남은 형식이었다. 이렇게 「불놀이」는 자유 산문시로 파격적인 형식과 근대인의 서정인 고독감을 드러낸 완벽한 현대시로의 탈바꿈이었다.

그렇다면 김동인의 「약한 자의 슬픔」을 보자. 김동인의 「약한 자의 슬픔」은 결국 근대의식이라고 하는 개성이 어떻게 소설 속에서 발현되는가를 보여준 작품이다. 개성의 발현이 바로 근대인이고 근대적 참자아라고 말은 하지만, 실질적으로 근대의식이라고 하는 개성의 발현이라는 것이 어떤 것인지 그 당시 대부분 이해하지 못했다. 그런데 이 작품에서 약간 삐치기 좋아하고 우울증을 가지고 있는 초점 인물을 통해서 알게 된다. 초점인물 엘리자베스는 고아였고, 고아가 가지고 있는 특징대로 자기 환상에 젖어있는 인물이었다. 이런 인물의 특징은 고아이기 때문에 누가 호의를 베풀면 쉽게 넘어간다는 것이다. 성적 호의는 결국 자신을 파멸로 이끄는 것임에도 그녀는 당장의 호의의 몸짓에 빠져들었다.

엘리자베스는 자신이 짝사랑하는 이환이라는 인물이 있는데도 불구하고 가정교사로 들어 간 집에서 주인남자에게 강간을 당할 때 강하게 뿌리치지 못한다. 정조를 잃어버린 후 주인남자에게 분노하거나 남자를 피하지 않고 오히려 강간을 기다리기까지 하는 것으로 느껴진다. 엘리자베스는 처음부터 남자를 받아들이는 장면에서 도저히 근대여성이라고 할 수 없는 무방비 상태에서 남자를 받아들였다. 임신을 하고 쫓겨난 상황에서 나중에 그 남자가 어떤 병원으로 오라고 해서 약을 받아먹었고 결국은 유산을 하게 되었다. 그런 과정을 통해서 고아 출신의 엘리자베스가 선병질적인 우울증으로 순간적인 결단을 하지 못함으로 자신을 파멸로 이끄는 요인임을 알지 못했다. 자신의 파멸에 도달해서야 자기 자신을 되돌아보고 자신이 무엇 때문에 이렇게 되었는지, 무엇이 잘못되었는지를 반성하면서 남자를 비판하는 심리적인 과정이 점진적으로 이뤄지는 게 아니라, 어느 날 갑자기 '아니다, 이것은 남자의 잘못이다.' 라고 하면서 이광수가 계몽하는 듯한 결론을 내리면서 재판을 하게 되지만 결국은 재판에서 지게 되었다.

「약한 자의 슬픔」에서 김동인이 나타내고자 한 것은 결국은 가부장적인 남성의 횡포에 의해서 불행을 당한 여성의 슬픔이었다. 그런데 그 불행은 엘리자베스가 가지고 있는 자아로부터 오는 것이라는 것이었다. 즉 앞에서 얘기한 것처럼 약간 삐침성과 우울성을 동반한, 환상적인 기질의 엘리자베스를 주인공으로 설정, 그 이후의 엘리자베스의 행로는 개성적 자아인 우울성과 삐침성과 그로 인한 환상성에서 오는 것이라는 것이었다.

예를 들면 남자로부터 병원으로 오라는 연락을 받았다. 엘리자베스는 병원에 가서 부끄러워 다소곳하게 앉아 있었다. 그 때 치마에 구멍이 나 있는 걸 보고, 그 구멍을 통해 자기가 치마 속에 들어가 숨어버리고 싶어하는, 그런 환상적인 장면이 나온다. 이런 환상적인 장면은 최근 내면 심리를 다루는 현대소설이나 『이상한 나라의 앨리스』 같은 동화나 영화에서 차용되었던 기법인데, 그 당시 그런 환상적인 장면을 작품에 도입한 사람은 김동인밖에 없었다. 여기서 엘리자베스가 가지고 있는 환상적이고 약간 병약적인 그런 특징들이 불행을 초래한다는 것이었다. 김동인은 결국 이런 개성을 통해서 이야기가 전달된다는 것, 개성이라고 하는 것은 바로 이런 것이다, 하는 점을 보여주고 싶어서 소설을 쓴 것이었다. 이것이 이광수가 소설에서 서술로 일관 계몽하려는 이광수와는 차별되는 부분이었다.

김동인의 「약한 자의 슬픔」에서는 신교육을 받았으나 자기의 삶이나 성적 주체성 등 어느 것 하나 분명하게 이끌어 나갈 수 없는 여인이 우왕좌왕하는 사이에 자신은 운명의 장난에 빠지고 헤어날 수 없는 파멸을 그리고 있는 작품이다. 근대의 삶은 자신이 주체적으로 이끌어 나갈 때 자신의 삶의 주인공이 된다는 것인데, 그것 자체가 과도기에 삶을 사는 여성들에게는 쉽지 않다는 것을 보여준다.

이처럼 『창조』 창간호부터 이루어 온 공적은 이광수의 대척점에서 문학사에 새로운 기운을 불러일으킨 잡지라고 할 수 있었다. 김동인이 그 이후 『창조』에 발표한 단편들에서 보여 준 다양한 실험은 그 당시로는 괄목할만한 것이었다.

이후에 『창조』에 김관호, 김억, 김찬영, 이광수, 이일, 박석윤, 오천석, 최승만, 김환 등이 합류, 최초의 권위 있는 문예지로 등장하게 된다. 이광수, 최남선의 민족의식적 계몽문학을 벗어나서 동경유학을 다녀온 일본 문단과 번역된 외국문단의 영향을 받은 『창조』 멤버들은 '예술을 위한 예술'의 기치를 걸고 계몽문학과는 다른 자연주의의 영향을 받아 인생을 있는 그대로 바라보려는 새로운 문학 형식을 창조하려는 의식을 가지고 시작되었다. 그들은 그동안 식민지의 설움과 불만을 문학 작품 속에서 녹아내리려는 열정 속에서 시작, 우리 근대문학의 주춧돌의 역할을 한 잡지가 바로『창조』였다. 주로『창조』를 통해 소설을 발표했던 김동인의 작품은 문체에서부터 형식, 내용 모든 면에서 이광수의 소설 작품과는 다른 파격적인 것들이었다. 이광수 작품에서 볼 수 없었던 액자소설, 심리소설, 자연주의소설 형식, 이광수 스타일의 고백체가 아닌 객관적 삼인칭 시점 등 다양한 시점의 실험 등을 통해 근대문학의 장을 열었다.

이광수가『무정』에서 보여준 전통 가옥에 유리문만 달면 현대 가옥이 되고, 손가락이 긴 현대 미인의 모습만 갖춘 여인과의 대화만 해도 연애가 되던 자유주의 연애가 '김동인'·'염상섭' 시대에 와서야 실체로서 다가오게 된 것이다. 그들은 일본을 통하여 근대를 경험했고, 개성과 자아의 개념을 관념으로만이 아닌 실제로 경험하고 돌아 온 유학파였다.『창조』8호(1920.8)에 이광수가 쓴「문사와 수양」이라는 글에서 '문사'란 '학교를 졸업하지 말 것, 물론 술, 붉은 술에 탐닉할 것, 반드시 연애를 할 것, 의관을 야릇하게 할 것, 신경 쇠약성 빈혈성 용모를 가질 것, 불규칙, 불합리한 생활을 할 것 등의 속성을 가진 인물을 의미하는 것으로 극도의 퇴폐주의적 성향까지 가지며 근대 생활이 가지고 있는 자유를 만끽한 유학생들이었다.

이『창조』로부터 소설 작품에서는 서술적 작가와 화자가 분리되지 않은 계몽적 작품에서 벗어나 작가와 화자의 분리가 뚜렷한 근대소설이 시작되었다. 이광수 소설에서는 자아 정체성이 뚜렷하지 않던 개인이되 우리라는 단체 혹은 민족의 이미지가 투영된 고백체 형식의 작가

서술형 소설이 대다수였다. 작품의 심미적 가치를 통해서 작품의 구성이 전개되고 내용이 확립되는 현대적 소설의 기법인 문체, 화자, 구성이 비로소 소설의 형식으로 정립되었다.

4. 『폐허』(1920.7~1920.1), 『백조』(1922.1~1923.9) – 병적 낭만주의

1920년대 3·1운동의 좌절 후 제1차 대전 직후의 세기말적 징후, 러시아 내전의 장기전으로 인한 우울주의 등 낭만주의가 유입, 동경 유학생 중심으로 만든 잡지 『폐허』, 『백조』, 『장미촌』 등 우울과 퇴폐적인 암울함이 주류를 이루는 시적 정조를 보여주는 시들이 많았다. 낭만주의는 이성과 지성을 강조하는 신고전주의의 형식과 규범에 얽매인 경직된 분위기를 거부하고 상상력과 인간의 자연스런 감성의 발로 및 주관적인 세계인식을 토대로 문학을 유기적이고 창조적인 생명의 힘으로 보고자하는 시대사조의 흐름을 반영한 사조였다.

주요한 「불놀이」로부터 시작된 현대시는 『장미촌』, 『폐허』, 『금성』 등의 잡지가 창간되면서 새롭게 불이 붙었다. 3·1운동의 실패는 우리 민족을 더 이상 희망을 꿈꿀 수 없게 했고 사람들은 좌절과 절망 속에서 민족의 갈 길을 가늠할 수 없었다. 그 때의 통한의 분출은 시를 통해 새로운 돌파구로 작용한다. 『폐허』 창간호에 오상순의 「시대고와 희생」이라는 글을 시로 쓴 「아시아의 밤」은 우리 민족이 지금 어쩔 수 없이 침묵 속에 갇혀 있을 수밖에 없음을 역설하고 있다.

어둠에 잠들 제 아시아는 수락한다

지금 아시아는 잠들었다

어둠의 육체적 고혹(蠱惑)에 빠져 취생 몽사(醉生 夢死)하는 수면 상태다

태양보다 더 밝은 자―

밤보다 더 어둔자는 무엇이며, 그 정체는 무엇이며 어디 있느냐

이 물음이 실로 아시아의 교양이요. 학문이요. 영원한 숙제요, 과제이다

—「아시아의 밤」 일부

폐허가 된 이 땅의 어둠 속에 침묵할 수밖에 없으며, 그 위에서 더 밝은 태양을 위해 공부하고 폐허 위에서 새로운 생명을 태어나게 하기 위해 우리는 학문을 하고 태양, 즉 희망과 꿈을 영원한 과제로 삼아야 한다는 것이다. 자신들의 원대한 꿈과 미래를 마음껏 펼칠 수 없었던 당시 일본제국주의 식민지 현실을 그들은 폐허로 인식하고 우울한 심정을 유령이나 무덤으로 노래한다.

『백조』는 1922년 1월 1일에 창간되어 1923년 9월 6일 통권 3호로 종간된 순수문예지이다. 동인으로는 홍사용, 박종화, 박영희, 현진건, 나도향, 이상화, 안석주, 원세하, 김장환, 이광수, 방정환, 김기진 등의 다양한 분야의 필진들로 구성되어 있다. 이 당시의 시들은 3·1운동의 이후의 절망에서 나온 영탄과 감상이 주류를 이루고 죽음과 유령을 찬양하는 시들이 많았다. 그래서 이때의 시들을 '병적 퇴폐주의'라는 말로 지칭하기도 했다. 『백조』 3호에 실린 박영희의 「월광으로 짠 병실」을 보자.

한숨과 눈물과 후회와 분노로

앓는 내 마음의 임종이 끝나려할 때

내 병실로는 어여쁜 세 처녀가 들어오면서

당신의 앓는 가슴 위에 우리의 손을 대이라고,

달님이 우리를 보냈나이다.

이 때부터 나의 마음에 감추어두었던

희고 흰 사랑에 피가 묻음을 알았도다

나는 고마워서 그 처녀들의 이름을 물을 때,

나는 '슬픔'이라 하나이다.

나는 '두려움'이라 하나이다.

나는 '안일'이라 부르나이다.

그들의 손은 앓는 내 가슴 위에 고요히 닿도다.

이 때부터 내 마음이 미치게 된 것이

끝없이 고치지 못하는 병이 되었도다.

— 「월광으로 짠 병실」

이 작품에 등장하는 '병실'은 현실적 공간으로서의 병실이 아니라 '달님'을 사랑하게 되면서 마음의 병을 앓게 된 시적 화자가 거처하고 있는 정신적 공간이다. 이름이 의인화된 정서는 그를 '끝없이 고치지 못하는 병'에 빠뜨리게 한 유치한 감상으로 시인의 현실 인식태도를 보여준다. 결국 시는 갈 바를 모르는 방황하는 마음으로 '부질없이 달빛만' 사모하는 어린애 같이 저급한 감상적인 수준이다.

백조파의 문학을 흔히 몽환夢幻의 문학이라고 한다. 이것은 그들이 현실 감각에서 유리적, 현실 도피적이고 영탄조로 떨어지기 때문이다. 이 시는 박영희의 「유령의 나라」, 「꿈의 나라」와 같이 현실도피적이면서 건강한 감성보다는 '죽음' '유령' '꿈' 등의 도피적이면서도 퇴폐적인 낭만성을 부추기는 1920년대의 전형적인 시들이다.

창간호(1922.1)	박영희, 「밀실로 들어가다」, 「미소의 허화시(虛華詩)」, 「幻影의 황금탑」
	이상화, 「말세의 회탄」
제2호(1922.5)	박영희, 「꿈의 나라로」, 「유령의 나라로」
	박종화, 「흑방비곡」
	홍사용 「봄은 가더이다」
제3호(1923.9)	홍사용. 「흐르는 물을 붙들고서」
	이상화, 「나의 침실로」, 「이중의 사망」
	박영희, 「월광으로 짠 병실」
	김기진, 「한 개의 불빛」
	박종화, 「사의 예찬」
	홍사용, 「나의 왕이로서이다」
	노자영, 「불 사루자」

위의 창간호부터 3호까지의 목록을 보면 그 당시 대표적인 시가 총

망라되어 있다는 것을 알 수 있다.

1910년대 말 김억과 황석우의 시에서 시작되어『폐허』를 거쳐『백조』시대에 절정을 이룬 낭만적 유미주의는 언어의 미적 선택이나 내밀한 개인의 감정의 표현은 그 이전의 시에서 볼 수 없었던 현대적 감각이라 할 수 있다. 그러나 추상성과 관념성에 치우쳐 뒤이어 광풍처럼 불어 닥친 힘의 문학인 카프문학이 들어서면서 힘없이 사라진다.

5.『개벽』의 개방성과 대중성

1920년대 대부분의 잡지가 동인지로 출발하여 동인이 아닌 다른 작가들이나 독자들에게는 폐쇄적이었다.『창조』의 경우 외부 인사의 글이나 독자투고를 인정하였으나 글이 게재되기 위해서는 동인들의 추천이 필요했다. 특히『백조』에서는 동인지임으로 미안하나 동인으로 추천되기 전에는 지면을 할애할 수 없다는 식의 노골적인 배타성까지 보이고 있다.[3] 이런 폐쇄성은 독자들에게 외면당하고 대중성을 확보하기 어려웠고 1920년대 초 대부분의 잡지가 1·2년 만에 폐간될 수밖에 없었다.

그런데 비해『개벽』은 1920년 6월 창간, 1926년 8월 강제 폐간 될 때까지 압수 34회, 정간 1회, 벌금 1회 등 연속되는 악재 속에서도 6년 이상 버틴 일제 강점기 동안 최고의 잡지로 우리 민족사에 우뚝 서있다. 그런 현실적 어려움 속에서도『개벽』은 대부분이 문맹에 신문잡지

---

3   홍사용,「六號雜記」,『백조』2, 1922, 164쪽.

구독자 수가 10만이 채 안 되는 그 당시에 매호 8,000권 내지 9,000권을 발행하고 판매가 7,000권이 되었다니 놀라운 대중성을 확보했다고 할 수 있다. 물론 천도교 조직에서 조직 사업의 일환으로 발행한 잡지였기 때문에 대중성 확보에 치중하였고, 또 내용도 그 당시 청년층이나 지식층의 욕구를 반영한 예술, 종교, 역사, 천문, 음악, 제도 등 모든 영역이 망라되어 있었다.

그중에서도 『개벽』의 문학란은 가장 큰 비중을 차지하는 부분이었다. 『개벽』은 3·1운동 이후 독립운동이 전반기에 문화운동에서 후반기 사회운동으로 변화하는 과정을 가장 잘 보여주는 잡지이다. 『개벽』 주체들이 일제의 가혹한 탄압에도 굴하지 않고 정치 시사에 집착한 가장 큰 이유는 3·1운동 전의 민족운동이 독립운동에서 다시 문화운동, 사회운동으로 변천하면서 운동 내부에 급진파와 온건파가 생겨 민족운동이 분화되었기 때문이다. 문화운동의 궁극적 지향으로 민족 의식적 각성이 되었기 요구되었기 때문이 민족현실을 극복하기 위해서는 국민 대중 정치의식의 각성이 필수적이라고 보았기 때문이다. 이에 우리 국민 대중들의 호응이 클 수밖에 없었다.[4]

『개벽』의 개방성은 결국 독자를 어떻게 끌어들이냐 하는 문제와 관련이 있고, 독자를 끌어들이는 것은 그 당대에 대한 관심과 연결이 되어 있다. 3·1운동 이후 정치적으로나 사회적으로 막힌 현실 공간에서 좌절과 우울 속에서의 돌파구는 그들의 심리에 같이 공감하는 소통이었다고 할 수 있다. 그럴 때 잡지 속의 시나 소설, 수필 같은 양식을 통

---

4   최수일, 「『개벽』의 근대적 성격」, 『1920년대 문학의 재인식』, 깊은샘, 2013, 39쪽.

해 심리적 공감대를 얻을 수 있는 것은 큰 위안이 되었을 것이다. 3·1 운동 후 병적 퇴폐적 낭만주의 시가『폐허』나『백조』를 통해서 큰 위치를 차지할 수 있었던 것도 그런 같은 민족으로서의 좌절과 불안을 나눌 공감대 형성이었을 것이다. 마찬가지로『개벽』에서도 문화운동으로서의 문학이 다른 분야보다 큰 비중을 차지한 것도 그런 현실적인 기반이 가능했기 때문이다. 이런 독자들과의 공감대 확보는 후에『부인』,『어린이』,『새벗』,『별건곤』,『학생』,『혜성』등 다른 잡지를 창간하는 성과를 이루었다.

『개벽』에 실린 문학작품들은 염상섭의 등단작이면서 자연주의 작품으로 핫이슈를 제공했던「표본실의 청개구리」(1921), 현진건「빈처」(1921),「타락자」, 이기영의「농부 정도령」. 박영희의「사건」, 김기진의「몰락」, 김소월의 주옥 같은 시들, 1922년에만「금잔디」,「엄마야 누나야」,「진달래꽃」, 또 박영희와 김기진의 힘의 문학을 두고 벌였던 열띤 문학 이론, 1926년 이상화「빼앗긴 들에도 봄은 오는가」등 우리 문학사에 영원히 남을 작품들이『개벽』의 문학란을 채워주고 있었다. 이상화의「빼앗긴 들에도 봄은 오는가」는 들도 빼앗기고 봄마저 빼앗긴 조선민들의 울분을 터뜨리기 쉬운 내용으로 검열에 걸려 판매를 금지당하고 압수까지 당하는 사례가 되었다.

『개벽』은 천주교 이념으로 민중들을 계몽, 대중적 지원 아래 조직을 확대하려는 의도로 만들어졌으나 대중과 하나되려는 노력은 결국 대중들과의 공감대를 확대하고 같이 호흡하는 잡지로 모든 분야에서 독자들의 관심을 끌어들이는 데 성공한 잡지였다.

6. 수필의 보고『동광』,『조선문단』의 개성적 성찰

1920년대는 수필의 형성기로 수필이라는 이름으로 명명될 수 없는 수필 이전의 감상 수준의 소박한 것들이었다. 이 당시 모든 장르가 마찬가지로 초창기 장르가 분명하지 않은 실험 수준의 글들로 자연주의와 사실주의의 소박한 감상문 수준이었다. 주로 '기행'이란 명칭으로 여행 경험담이 많았으나 '감상 수필'이라는 명칭으로 주요한 「어렸을 때 본 책」(『조선문단』18, 1927) 등으로 쓰여 뚜렷한 '수필'이라는 명칭이 사용되지 않았다.

1920년 후반에 수필隨筆이라는 명칭은 1926년『동광東光』이라는 잡지에서 비롯되었다. 그러니까 이때부터 수필 양식이 형성, 정착되었음을 알 수 있다.『조선문단』(1927.1)의 수필 감상이란 제목으로 방인근, 김억, 최상덕 등 11명의 수필이 실려 있다. 1920년대 수필양식 형성에 결정적인 역할을 한 것은『동광』과『조선문단』이다.『동광』은 종합지이면서도 대여섯 편의 수필을 매번 실었고,『조선문단』은 시, 소설 창작란과 수필란을 정하여 고정시켰다.

이광수의 「의기론義氣論」, 「우덕송牛德頌」 등 문학적 향취가 서린 본격적인 수필도『동광』에서 비롯되었다. 생활과 인생에 대한 통찰과 달관으로 개성적 성찰을 이루는 수상愁傷 수필은 1920년내 수필의 새로운 경향으로 정착되었다. 염상섭의 「국화와 앵화」(『조선문단』16. 1925)는 꽃의 의미로 망국민의 심경을 보여주고 있다.

1920년대 또 다른 수필은 기행 수필이다. 최남선이 지리산을 중심으로 옛날 마한인馬韓人을 주로 한 백제의 정신적 지주를 찾아 쓴 「심춘순례」

(1926)와 백두산을 찾아 역사적인 안목으로 개인적인 심정이나 사적史的 정황을 그린 「백두산참관기」 등은 기행수필의 백미이다.

2부

일제 하 삶과 작품의 상호연관성

제5장
김유정의 '위대한 사랑'과 글쓰기를 통한 삶의 향유

1. 들어가기

김유정 문학을 한 마디로 표현한다면 민중에 대한 사랑이라 할 수 있다. 김유정이 「병상의 생각」[1]이라는 수필에서 민중을 하나로 꿸 수 있는 위대한 사랑을 역설하였고, 두 번씩이나 홍길동전을 거론하며 최고의 문학적 모델로 잡은 것을 보면[2] 그의 작품은 바로 민중에 대한 사랑의 표현이라 할 수 있다. 여기에서 위대한 사랑은 세계와 민중을 통해 신과 같은 사랑을 실현하려는 데에 의미가 있으며, 사랑을 통해 민중을 축복하고 구원하려는 데 목적이 있다. 김유정이 '위대한 사랑을 찾고 못 찾고에 우리 전 인류의 여망이 달려 있음'을 역설한 것은 바로 문학을 통해 유토피아의 미래, 새로운 비전을 제시하려는 목적이 있었다고 할 수 있다. 그렇다고 민중에 대해

---

1   김유정, 「병상의 생각」, 전신재 편, 『원본 김유정전집』, 강, 2012. 이후 본 책 인용 시 '글명, 쪽수' 형식으로 표기한다.
2   김유정은 「병상의 생각」에서는 홍길동전을 최고의 예술 모델로, 또 독서설문에서 가장 감명 깊게 읽은 책을 홍길동전으로 답하고 있다. 김유정, 「독서설문」, 495쪽.

이광수 류의 교육과 학습이 필요한 계몽의 대상이 아니라, 민중적인 천진하고 따뜻한 인간애, 그것이 바로 전 인류를 하나로 꿸 수 있는 위대한 사랑[3]이며 미래의 비전으로 본 것이다.

레비나스는 윤리학의 중요한 목표는 자아 중심의 가치철학에 있는 것이 아니라 타인 중심적인 타자윤리를 실천하는 것에 있음을 역설한 유태인 철학자다. 즉 타인의 얼굴은 신과 우주의 얼굴이며 사회의 얼굴이며 바로 나의 얼굴이라는 것이다. 레비나스는 '도피'라는 개념을 사용해 자신을 본질적으로 실현시키고자 하는 실존적인 욕망의 과정을 설명한다. 즉 '도피'는 자기 자신을 떠나려는 욕구이며 말하자면 가장 근원적이고 치유될 수 없는 연쇄성, '내가 자기 자신으로서 존재한다는 사실을 탈피하려는 것이다'라며 자기 자신의 현실을 떠난다는 것은 존재 자신에 남고자하는 존재의 안일한 평화 상태와 그 만족을 거부하고 자신과 다른 것을 존재의 본질적인 욕구를 반영한다는 것이다.

김유정의 민중에 대한 '위대한 사랑'은 이런 삶의 본질적인 욕구를 반영하는 것이다. '도피'는 존재 실현을 위해 새로움을 주는 존재론적 이탈행위이다. 이런 욕구는 일종의 즐거움이며 존재실현을 위해 새로움을 주는 존재론적 이탈행위이다. 즉 자기 자신의 포기와 상실, 자신 바깥으로의 탈피, 엑스타시를 의미한다.[4] 김유정 문학에서 나타나는 해

---

3 김미현은 김유정의 이런 '위대한 사랑'을 '숭고'의 개념으로 접근한다. 김유정이 지병과 염인증으로 인한 오랜 칩거 생활로 인해 자기 자신 안에 갇힐 수 있음에도 민중을 통해서 자기를 확장함으로써 자연의 절대성에 저항할 수 있는 용기나 실천력을 확보하게 해준다는 것이다. 이는 김유정이 2년 동안의 투병을 하면서도 30여 편의 작품 발표가 이를 증명한다. 김미현, 「숭고의 탈경계성」, 『한국문예비평연구』 38, 창조문학사, 2012, 198쪽.

4 윤대선, 「새로운 주체성, 주체 바깥으로」, 『레비나스의 타자철학』, 문예출판사, 2004, 102~103쪽.

학, 골계는 이런 자신의 포기로 오는 일종의 즐거움과 해탈의 의미이다. 김유정이 자신의 존재를 도피함으로써 민중에 대한 철학적 주요 관념으로서 제시되는 해학이나 골계는 향유의 감성 형식으로 발전하여 세속에 대한 사랑의 표현이며 민중에 대한 관심으로 나타나는 글쓰기의 형식이다. 김유정에게 삶의 향유는 근원적인 생명에 대한 교감이며 존재론적인 삶의 방식, 글쓰기를 통해 나타난다.

레비나스는 인간에게 사랑은 메시아적인 심성을 표현하는 것이며, 메시아는 인간의 역사를 사랑에 의해 완성시키는 인격적인 구원자로서 인간의 실천적인 의지를 그 역사에 동참하도록 이끌어내는 도덕적인 축의 역할을 한다고 했다.[5] 이런 메시아는 타자의 얼굴을 통해서 드러난다는 것이다. 김유정은 민중을 통하여 메시아적인 것을 보았으며, 자신을 대신하여 일본 제국주의의 수탈로 빚어진 왜곡된 민중의 인간성, 그들로 인해 빚어지는 모욕과 잘못을 자신이 실제 형과 누나를 통해 받은 박해와 동일시하며 그들에 대한 책임감을 통감했던 것이다.

김유정의 작품은 김유정의 민중에 대한 완벽한 사랑의 표현이다. 철저히 민중의 시선으로 그려진 입담 좋은 판소리계 사설식 문체, 계급이 생성되기 이전의 원초적 천진한 인간형, 일본의 제국주의의 수탈에도 끝까지 살아남으려는 강인한 생명력, 따뜻한 가족애를 향한 회귀식 서사구조, 이 모든 것은 민중에 대한 철저한 분석과 그에 대한 실제의 체험이 없으면 구현하기 힘든 문학적 성취이다. 이러한 문학적 성취 뒤에는 김유정의 민중에 대한 사랑과 책임감이 매개되어 있다. 김유정은 민

---

5   윤대선, 「신의 부재와 메시아니즘」, 위의 책, 84쪽.

중을 향하는 자신의 욕망과 그들에게서 메시아적인 생명력을 보았다고
할 수 있다. 민중에 대한 사랑과 책임감으로 문학적 성취를 이루어 낸
것이다. 김유정이 자신을 떠나서 대상화하고 감각화한 존재, 즉 그 민
중은 김유정이 근원적인 낯섬을 가지지 않은 대상이다. 김유정의 작품
은 민중에 대한 타자윤리학의 메커니즘을 통해 드러나는 서사구조를
보여준다. 이 연구에서는 그런 민중적 요소들이 작품 속에서 어떻게 구
현되는가를 분석해보려고 한다.

2. 김유정 문학에서 나타난 타자윤리학의 배경

김유정의 「생의 반려」, 「연기」, 「형」[6]은 김유정 자신의 실재 삶을 소
재로 허구적 형식을 빌어 서사화한 단편소설들이다. 이 세 작품을 통해
서 보면 김유정은 가족들, 특히 형이나 누나로부터 엄청난 박해를 받는
가운데 자기 존재에 대한 심각한 도전을 받는다. 자기 가족으로부터 떠
나 자신의 본래적인 감성, 주위의 헐벗은 민중들의 감각을 자신의 것으
로 받아들인다. 민중들의 원초적인 생명에 대한 교감을 통해 드러나는
삶의 존재방식을 통해서 자신의 고독을 벗어나고자 했다. 민중들이 가
지고 있는 신체적인 물질성과 이것이 원천적으로 품고 있는 자연성과
의 교감은 김유정에게 삶의 향유이다. 삶의 향유는 근원적인 생명에 대
한 교감을 중시하는 삶의 방식이다.

---

6   이 세 소설은 다 김유정의 실제 누나와 형을 모델로 한 작품이다.

김유정은 천석꾼 집안의 팔남매 중 일곱째로 태어나 어릴 적에 가족의 귀여움을 독차지했다. 맏아들 다음으로 다섯 딸을 낳고 얻은 김유정은 부모님의 사랑을 독차지했다. 그러나 부모는 일찍이 작고하고 형의 난봉으로 재산은 거덜나고, 형의 폭행과 재산 분규 불화로 경제적으로 의지 할 곳 없는 외톨이였다. 김유정은 누이에게 얹혀사는 천덕꾸러기로, 금광을 떠도는 떠돌이로 비참한 삶을 살게 된다. 거기다 작가의 생활을 시작한 즈음은 폐병과 치질의 악화로 건강상 가장 힘든 시기였다.

「생의 반려」는 화자 친구의 입을 빌려 김유정 자신을 소재화한 작품이다. 명렬군으로 지칭된 김유정을 비롯한 가족은 가장인 형에게 '순전히 잔인무도한 주정군의 주정받이로 태어난 일종의 장난감'에 지나지 않는 존재였고, 그 가정에는 따뜻한 애정도 취미도 의리도 없고 형의 폭력만이 난무한 가정이었다. 그런 분위기의 가정에서 김유정은 천덕꾸러기이자 외톨이로 자랐다. 가정에서의 아버지의 죽음 이후 당해야 했던 김유정의 어린 시절의 재앙과 고통에 의한 자아 도피는 겸손이 지나쳐 굴욕의 상태로까지 간다. 또 작품에서 보면 형이 얻어준 방 두 칸에 맡겨 놓은 명렬군, 즉 김유정을 박봉의 공장 생활로 벌여먹어야 하는 누나는 자기 설움에 복받혀 김유정을 시시때때로 괴롭힌다. 이런 상황은 김유정이 자기 자신에 대한 심한 혐오로 나타나며 자신으로서 존재한다는 사실을 탈피하고 싶은 것이다. 지주 집 막내로 태어났지만, 물질적인 것뿐만 아니라 인간적인 대우조차 못 받는 김유정은 고독 속에서 자기 자신을 떠나 그 당대의 민중들의 모습 속에서 실존의 본질적인 모습을 발견한다. 김유정은 자신을 심부름하는 아이 선이와 동일시하기에 선이가 받는 괴롭힘조차 자신에게로 전이된다. 선이의 아픔은 곧 자신의 아픔이 되는 것이다. 이것은 바로 선이를 집의 하녀가 아닌, 자신과 동일한 선상의 인간으로 살아있는 생명으로 보호하려는 타자에 대한 책임감에서 나오는 것이다.

> 명렬군은 아직도 성치 못한 몸으로 병석에 누워있었다. 밖에서 나는 시 끄러운 울음소리에 가뜩이나 우울한 그 얼골에 잔뜩 찌프렸다.
> 그리고
> "음! 음!"
> 하고 신음인지, 항거인지 분간을 모를 우렁찬 소리를 내는 것이다. 실토 인즉 그는 선이가 누님에게 매를 맞을적만치 괴로운 건 없었다.[7]

명렬군의 이런 의식은 취직 못한다고 누나에게 구박받고, 비난받고, 빌어먹는다고 내쫓기는 자신의 처지와 자신이 돌보아야 하는 대상으로서의 선이를 바라보는 이중의식이 상충되어 있다. 언어로조차 표현되지 못하는 극심한 고통은 자신의 처지와 다를 바 없는 선이와의 동일선상에서 또 좀 더 인간적인 차원에서 선이를 따뜻하게 배려해주지 못하는 누나와의 동일시에서 나오는 고통이다. 단순히 선이의 처지에 대한 동정만으로는 극심한 고통을 느끼지 못한다. 선이에 대한 동일시와 함께 자신이 선이의 고통을 덜어 줄 수 없는 선이에 대한 책임감이 더 큰 고통을 안겨준다. 즉 명렬군의 의식은 선이를 향해 열려 있으며 선이의 고통이나 불행에 대해 책임감을 느끼고 '음! 음!'이라는 자신의 깊은 내면에서 우러나오는 신음 소리를 내는 것이다.

---

7   김유정, 「생의 반려」, 280쪽.

이런 명렬군의 타자와 동일선상에서 박해받는 자로서의 정체성은 박녹주라고 알려진 명주와의 관계에서도 마찬가지다. 명주에 대한 묘사를 보자.

> 화장 안 한 얼굴은 창백하게 바랬고 무슨 병이 있는지 몹시 수척한 몸이었다. 눈에는 수심이 가득히 차서, 그러나 무표정한 낯으로 먼 하눌을 바라본다. 흰 저고리에 흰 치마를 훑여안고는 땅이라도 꺼질까봐 이렇게 찬찬히 걸어 나려오는 것이었다. 그 모양이 세상고락에 몇벌 씻겨나온, 따라 인제는 삶의 흥미를 잃은 사람이었다.[8]

이 인용문은 읽으면, 화려한 기생의 이미지보다는 마치 그 당시 폐병을 앓고 있던 김유정을 바라보는 듯하다. 명주 속에서 자신을 바라본 것이며 그녀를 통해서 육친과 같은 사랑을 느낀 것이다. 애정에 굶주린 명렬은 자신보다 연상의 여인인 명주에게서 '어머니'와 같은 연인을 찾았고, 그것은 명주에게서 자신이 보호해주고 싶은 열망과 보호받고 싶은 육친과 같은 사랑을 동시에 느낀 것이다. 그러나 명주로부터도 박해를 받는다. 명렬의 편지에 답장은커녕 편지를 돌려보내기 일쑤고, 한 번만 만나달라는 대신 보낸 친구를 따돌릴 뿐만 아니라 마치 명렬군의 편지 자체를 무시하는 멸시를 받는다.

여기에서 형이나 누나, 명주는 명렬군으로 하여금 고통을 받게 하는 타자들이다. 그들은 명렬군에게 정신적 육체적으로 고통을 준다. 그들은 이방인처럼 낯설 정도로 명렬군과 다른 모습을 하고 있으며 주체의

---

8 위의 글, 252쪽.

생명과 지위를 위협할 정도로 명렬군에게 치명적인 대상이기도 하다. 그러나 이들을 혈연이나, 연인 관계 등의 강력한 구속력으로 인해서 떨쳐버릴 수 없으며 오히려 이러한 관계를 글쓰기를 통해서 극복함으로써 자신의 자존을 세워나간다. 조남현은 김유정 소설과 동시대 소설을 비교하면서 김유정의 농촌배경소설이나 도시배경소설은 약자나 피해자를 주인공으로 내세웠다는 공통점을 가지고 있다고 지적했다. 또 김유정 소설에서는 동시대 다른 작가들의 작품들에서 자주 나타나는 지식인 귀농이라든가 야학 활동이라든가 고상한 행동은 찾기 어렵다고 했다. 그것을 작중인물들에 대한 작가적 시선의 문제로 보고 있다.

> 김유정의 도시배경소설에도 여급, 기생, 소설가가 등장하고 거지, 행랑어멈, 지게꾼, 전차운전수 등과 같은 존재도 등장하고 있지만 기생이라고 해서 부정적인 존재로 그리고 있지도 않고 행랑어멈이나 전차운전수나 거지라고 해서 연민의 시선을 보내고 있지도 않다. 김유정은 작중인물에 대해 예상외의 작가적 시선을 보낸 편이라고 할 수 있다.[9]

조남현이 지적한 약자나 피해자에 대한 김유정의 작가적 시선은 레비나스에 의하면 이들에 대한 윤리적 책임감에 의한 것이다.

> 본질적으로 타자에 대한 책임감은 자신의 의지에 따른 선택이 아니라 자신의 근본적인 본성에 의해 외부세계에 자신을 개방하는 행위다. 타인

---

9 조남현, 「김유정 소설과 동시대 소설」, 김유정학회 편, 『김유정의 귀환』, 소명출판, 2012, 33쪽.

에 대한 전시는 외연성이며 근접성이며 이웃에 의한 사로잡힘 즉 본의 아니게 사로잡히는 것, 말하자면 아픔이다. 즉 전적으로 타자에게 전시되는 주체의 본성은 본의 아니게 타자로 향하는 것에 있고 이런 타자성을 주체의 사유와 행위를 결정하여 존재의 가장 원초적인 것을 구성한다.[10]

위의 인용문에서 보는 것처럼 김유정의 민중에 대한 책임감은 '자신의 근본적인 본성'에 의한 것이다. 김유정은 사랑하는 대상조차 자신과 운명적으로 닮은 사람을 선택하여 박녹주와의 사랑을 작품화했지만, 타자에 대한 사랑도 그들과 자신을 동일시, 그들을 통해 김유정은 위로받고 고통을 함께 했다. 약자나 피해자들에 의한 사로잡힘에 의해서 김유정의 욕망은 민중을 통해서만 활동하고 민중을 통해서만 대상을 포착한다.

김유정의 작품은 그 당대의 가장 빈한한 빈농 출신의 농부나 농사로 변변히 가족을 부양하기 힘들자 도시 노동자로 전락한 그 시대의 암울한 타자들에 대한 초상이다. 김유정은 타자들에 대한 책임감을 작품을 통하여 드러낸 것이다. 벌거벗고 고통스러운 얼굴로 나타난 낯선 타자의 얼굴은 자기중심적인 이기적인 삶에서 벗어날 수 있게 해주는 윤리적인 책임감을 가지게 한다.[11] 윤리적인 책임은 약자나 피해자와 같은 타자의 죄까지도 대속한다. 대속은 타인에 대한 책임, 또는 죄책감을 내가 대신 짊어지시고 고통받음으로써 그것을 대신 속죄받는다는 뜻이다. 김유정은 여기서 계급적인 면에서는 형이나 누나와 같은 지주 집안의 자손이라는 면에서 가해자이면서, 한편 형과 누나로부터 박해를 받

---

10 윤대선, 앞의 책, 222쪽.
11 강영안, 『타인의 얼굴-레비나스의 철학』, 문학과지성사, 2009, 30~35쪽.

아 왔다는 측면에서 보면 피해자이기도 하다. 김유정은 가해자이면서 피해자의 입장에서 민중의 죄를 대신 짊어지고 그들과 같은 길을 가고자 한다는 측면에서 대속의 의미를 가진다.

이 부분에서 레비나스는 '전환'이라는 단어를 사용하는데, '전환'이란 것은 자기의 이해 관계에 사로잡히지 않는 존재, 타자로부터 오는 윤리적 절박성을 받아들이는 것, 박해받는 사람들에 대한 관심과 책임으로 향하는 것, 다른 사람의 고통을 돌아보고 타자의 고통에 대해 책임을 완수하는 것이라고 말한다.[12] 이때 주체가 김유정처럼 박해의 고통을 당했다면 이로 인해 더 많은 타자들에게 공감을 보이며 그들에 대한 책임감을 확대한다는 것이다.

김유정 문학에서 드러나는 원초적 천진한 인물형, 강인한 생명력, 입심 좋은 판소리식 사설, 회귀적 사사구조는 김유정이 그 당대 민중과의 자기 동일시를 통해서 윤리적 책임감을 보여주는 서사적 특징들이다.

3. 타자윤리학에 의한 서사구조

1) 원초적 천진한 인물형[13]

김유정의 농민이나 농민 출신의 노동자를 소재로 한 대부분의 작품

---

12 김연숙, 『타자윤리학』, 인간사랑, 2001, 226쪽.
13 전신재는 김유정 소설과 설화적 성격을 연구하면서 김유정 문학에 나타나는 순박한 인물형은 「산골」과 「춘향이야기」를 비교하면서 계급 사회가 형성되기 이전의 원초적 천진성을 보여준다고 했다. 전신재는 몇몇 작품에만 한정시켰지만 실제 김유정 소설에서 나타나는 순박한 인물형은 모두 전신재가 지칭한 원초적 천진한 인물형이다. 그래서 이 용어를 그대로 사용하기로 한다. 전신재, 앞의 책.

에서는 김유정의 타자윤리학에 의한 타자에의 열망이 타자에의 요구에 응답하는 것으로 드러나며 그 책임에 응하는 응답이 원초적 천진한 인물형, 강인한 생명력, 입담 좋은 판소리계 사설, 회귀적 서사구조로 나타난다.[14] 김유정이 농민이나 농민 출신의 노동자를 소재로 작품화했다는 것은 타자에의 요구에 응답하는 것이며, 그 응답은 철저히 민중적 세계관으로 그리며 그 세계관에 맞는 전형적인 인물형과 상황을 그려내는 것이다. 민중적 세계관에 맞는 인물형은 세상 물정에 무지할 정도의 원초적 천진한 인물형으로 드러난다. 김유정이 민중에 사로잡힘에 의해서 민중에 대한 윤리적 책임감을 가지고 민중의 생리를 꿰뚫어보고자 하는 의욕이 없었으면, 민중이 가지고 있는 생리적 특질을 그렇게 정확하게 집어내기가 힘들었을 것이다. 이것은 민중에 대한 사랑으로 인해 드러난 것이며, 이는 바로 민중과 자신을 동일시한 자기 자신에 대한 사랑에 의해 가능한 것이다.

전신재는 「산골」과 「춘향이야기」를 분석하며 몇몇 작품에 한정시켜 계급사회 이전의 원초적 천진한 인물형으로 분석했지만, 김유정의 대부분의 작품에서 나타나는 순박한 인물형은 계급 사회 이전의 원초적 천진한 인물형이다. 「산골 나그네」에 나오는 나그네인 아낙네는 거지 생활보다 나은 덕돌이와 단란한 가정을 꾸밀 수 있음에도 거지 남편을 돌보기 위해 떠난다. 덕돌이와 결혼할 때 받은 은비녀조차 빼놓고 거지 남편의 옷으로 입힐 덕돌이 옷만 훔쳐 달아나는 인물이다. 덕돌이의 엄마도 근거 없이 떠돌아다니는 나그네의 '남편 없고 몸부칠 곳 없다'는

---

14 여기에서의 분석은 입담 좋은 판소리계 사설은 분석을 생략하겠다. 이 부분에 관한 많은 연구가 진행되어 있어, 새로운 분석이 필요 없을 것 같다.

말만 믿고 아들과 결혼을 시키는 남을 의심할 줄 모르는 순박한 인물형이다. 아들 덕돌이 역시 마찬가지다. 남루한 나그네의 모습이나 행색은 아랑곳 하지 않고 20년 가까이 닦지 않던 이빨까지 닦아가며 출처를 모르는 나그네의 마음을 얻으려 하는 인물이다. 이런 인물들은 산업사회의 경쟁체제가 들어서면서 보여준 변덕많고 이기적 욕심으로 가득 찬 인간보다는 자연과의 소통으로 인해 있는 그대로 믿는 소박한 심성의 소유자, 자연적 심성을 간직한 원초적 인물형이다.

「총각과 맹꽁이」에서 홀어머니 밑에서 살면서 가난에 찌들어 결혼을 생각조차 할 수 없었던 뭉태가 마을에 들병이가 왔다는 소문을 듣고 결혼을 꿈꾸는 것도 친구들이 자신과 들병이와의 결혼을 도와줄 것이라는 순박한 믿음이 깔려 있기 때문이다. 즉 뭉태는 자신의 마음과 친구들의 마음을 동일시한다. 그러나 친구들 역시 자신과 같은 욕망의 소유자라는 것을 알지 못하는 무지한 인물이다. 친구들은 뭉태의 부탁 같은 것은 아랑곳없이 뭉태가 내는 술턱만 얻어먹고 자신들의 각자의 욕망을 채운다. 들병이 역시 욕망의 소유자라는 것을 인식하지 못하는 세상물정에 어두운, 모든 사람들의 마음이 자신의 의식에 동의할 것이라는, 순진하면서도 인간에 대한 무지한 의식으로 인해 이 작품은 해학이 발생한다. 「금따는 콩밭」에서 밭이 있는 가까이 금맥이 발견되었다는 친구말만 믿고 농사지어 놓은 콩밭을 추수할 생각은 않고 금을 캐기 위해 땅을 파헤치는 인물 역시 같은 인물 유형이다. 금맥이 지나간다는 콩밭에서 금이 나올 수 있다는 친구의 말만 그대로 믿는 이 인물은 금을 캐지 못한 후의 일을 자신의 이익과 따지고 분석하는 이성적인 인물이 아니고, 단순히 금을 캘 수 있다는 말만 믿는 숙맥과 같은 천진한 인물형이다.

「땡볕」의 남편이나 아내는 아이를 임신해 배속에서 죽을 때까지 그 사실을 모를 정도로 무지한 인물이다.

> 시골서 올라 온지 얼마 안 되는 그로써는 서울일이라 호옥 알 수 없을 듯 싶어 무료진찰권을 내온데 더 되지 않았다. 그렇다 하드라도 병이 괴상하면 할수록 혹은 고치기가 어려우면 어려울수록 월급이많다는 것인데 영문모를 안해의 이 병은 얼마짜리나 되겠는가, 고 속으로 무척 궁금하였다. 아히가 십원이라니 이건 오십원쯤 주겠는가.[15]

이 인용문에서 볼 수 있는 것은 남편 덕순이 아직 시골에서 올라온 지 얼마 되지 않았다는 것을 작가가 강조하고 있다는 점이다. 시골의 순박한 정서를 그대로 간직하고 있는 인물이라는 것이다. 이웃 할아버지의 말을 그대로 믿고 아내의 임신 후 사산을 희귀병이라 혹 병원에서 월급까지 주며 고쳐주지 않을까 생각하는 인물이다. 병원을 가면서 왜떡 세 개 정도밖에 살 돈이 없는 덕순이로서는 이웃 할아버지의 희귀병 운운은 아내의 병을 희귀병으로 믿고 싶은 덕순이의 안타까운 마음이 드러나 있다. 그러면서도 수술을 하면 나을 수 있는 길이 있는데도 아내의 수술을 않겠다는 말을 그대로 따라 죽음을 맞기 위해 집으로 되돌아가는 덕순이의 모습은 처량함을 지나 안타까움을 동반한다. 그러면서 마지막 길이라 생각하고 가진 돈 전부를 털어 왜떡을 사먹이고, 눈물범벅이 돼 왜떡을 먹던 아내가, "저 사촌형님께 쌀 두 되 꿔다 먹은 거 부대 잊지 말고 갚우"하는 말에

---

15 김유정, 「땡볕」, 326쪽.

그것이 마지막 유언이라 생각하고 "그래 그건 염려말아" 말하자 아내는 다시 자신이 죽은 후 이웃에게 남편의 옷근사를 부탁하는 인물이다.

위의 인물들의 공통적인 정서는 남의 말을 있는 그대로 믿는다는 것이다. 자신의 편견이나 왜곡된 시선에 의한 자기 논리 없이 모든 것을 본대로 들은 대로 믿는다는 것이다. 이런 순박한 정서는 전신재가 분석한 계급 사회 이전의 원초적 인간성이 그대로 살아있는 인물형이다. 자연의 심성을 가진 원초적 천진한 인물형은 자신의 심성대로 타인도 그대로 믿고 신뢰하는 훼손되지 않은 인물이다. 김유정은 정직한 자연과의 교섭을 통해 심성이 자연을 그대로 닮은 민중의 가장 중요한 특징을 인물들의 핵심으로 잡은 것이다. 또 이 인물들은 하나 같이 가정을 가지려하고, 그 가정의 따뜻한 가족애를 통해 살아가려는 소박한 인물들이다. 이런 원초적 인물형은 문명에 오염되지 않은 원시 상태의 이상형을 추구한 인물형이다.

2) 강인한 생명력

이런 원초적 천진한 인물형은 일본 제국주의의 수탈에 의해서 일자리를 잃고, 열심히 일해도 가족을 먹여 살릴 수 없는 절대적 빈곤 속에서 타개할만한 능력이나 지혜를 갖고 있지 않기 때문에 뒤틀린 인물형으로 변한다.

김현준은 「김유정 단편의 '반반소유' 모티브와 1930년대 식민수탈 구조의 형상화」라는 논문에서 식민지 사회였던 1930년대 조선이 이러한 물신적 전도 상황을 더욱 두드러지게 나타내고 있음은 분명하다며, 식민지 시대의 미두장, 도박장 뿐 아니라 시장 자체가 수탈의 장場으로서 작용했다고 주장한다. 당대의 전근대-식민지적 근대로 이어지는 과도기적 소유의 양상 변화와 수탈 상황을 소설의 구조에 옮기는 중요

한 모티프로 작용했다는 것이다.[16]

김영택, 최종순의 「김유정 소설의 근대적 특성」에서도 일본 제국주의에 의해서 행해진 토지조사사업 후 토지가 상품화됨에 따라 초기 자본주의의 현상을 보이며, 우리나라 식민지 시대의 모든 관계는 계약에 의해 정하여졌고, 흉년이든지 풍년이든지 계약에 정한대로 이행하여야만 했다는 것이다. 이에 따라 농촌인심은 과거의 인간 중심 가치관이나 온정주의가 사라지고 이 인물들이 보여주는 것은 오직 '돈'의 집착뿐이라는 것이다.[17]

김유정의 작품의 대부분이 짧은 단편 양식을 선택하고 있어, 양식의 특징상 총체적 현실을 담기에는 역부족이다. 그러나 그나마 「만무방」은 다른 작품보다 호흡이 긴 단편으로 총체적 현실을 보여준다. 다른 작품에서 드러나지 않는 현실인식의 문제가 좀 더 심화되어 있다.

> 삼십여년전 술을 빗어노코 쇠를 울리고 흥에 질리어 어깨춤을 덩실거리고 이러든 가을과는 저 딴쪽이다. 가을이 오면 기쁨이 넘쳐야 될 시골이 점점 살기만 띠어옴은 웬일인고. 이렇게 보면 재작년 가을 어느 밤 산중에 낫으로 사람을 찍어죽인 강도가 문득 머리에 떠오른다. 장을 보고오는 농군을 농군이 죽였다. 그것두 만이나 되엇으면 모르되 빼앗은것이 한끗 동전 네닙에 수수 일곱되. 게다 흔적이 탈로 날가 하야 낫으로 그 얼골의 껍질을 벅기고 조깃대강이 이기듯 끔찍하게 남기고 조긴망난이다.[18]

---

16 김준현, 「김유정 단편의 '반반소유' 모티브와 1930년대 식민수탈구조의 형상화」, 『현대소설연구』 28, 한국현대소설학회, 158쪽.
17 김영택·최종순, 「김유정 소설의 근대적 특성」, 『비교한국학』 16-2, 국제비교한국학회 2008.
18 김유정, 「만무방」, 111쪽.

위의 인용문에서 드러나는 것처럼 30년 전과 일본 제국주의 하에서의 시골 현실을 비교, 동전 네 닢과 수수 일곱 되에 농군이 농군을 죽이고 그것도 흔적이 탄로 날까봐 얼굴의 껍질을 벗길 정도로 흉악한 현실임을 역설한다. 반면 삼십 여 년 전은 술을 빚어 놓고 쇠를 울리고 어깨춤을 덩실거릴 정도로 흥겨운 시절이었음을 보여준다. 김유정은 일본제국주의 하의 현실에서 농촌에서의 극빈으로 떨어져 가족과 함께 살지 못하고 거렁뱅이로 전락하고 있음을 「만무방」뿐만 아니라 여러 작품에서 형상화했다.

김유정의 왜곡된 뒤틀린 인물[19]에 의해서 빚어지는 왜곡된 상황 역시 절대적 빈곤이라는 현실에 의해 매개된 것이라 할 수 있다. 그런 대표적인 작품이 「안해」, 「만무방」, 「소낙비」, 「솟」, 「금」 등의 대부분의 작품들이다. 「안해」에서의 남편은 「땡볕」이나 「총각과 맹꽁이」의 뭉태, 「봄봄」의 데릴사위처럼 세상물정에 어두운 인물과는 다른 세상물정에 밝은 인물이다. 한편 대부분의 김유정의 소설에서 남편은 자식이나 아내를 소유물로 생각하는 가부장적 가장이다. 「안해」에서 남편은 계집이 낯짝이 이쁘면 뭐하냐며, 아들만 줄대 같이 잘 빠져 놓으면 고만이라는 가부장적 사고구조를 가지고 있는 인물이다. 아내의 이깐 농사를 지어 뭘하느냐며 우리 들병이로 나가자는 말에 혹해 아내가 외양이 없느니만치 들병이로 만들기 위해 노래를 가르친다. 그러다 아내가 들병이 노릇하려면 술 먹는 연습도 해야 한다며 동네 남편의 친구와 어울려 술을 먹는

---

19 김주리는 근대의 정상적인 질서를 벗어나 파괴되고 폭력을 휘두르는 신체, 괴물적인 신체를 형상화하는 데는 누나와 형의 구박 속에서 자란 김유정 자신을 괴물로 인식하기 때문이라고 했다. 이는 일말의 진실도 있지만, 그 당대의 상황에 대한 고찰의 부족에서 오는 판단이다. 김주리, 「김유정 소설에 나타난 파괴적 신체고찰」, 『문예비평연구』 21, 창조문학사, 2006.

꿀을 보자, 들병이 만들려다 아내까지 빼앗기겠다고 아내의 들병이 만들기를 포기한 서사이다.

> 이년하고 들병이로 나갔다가는 넉넉히 나는 옆에 재워놓고 딴서방차고 다라날 년이야. 너는 들병이로 돈 벌 생각도 말고 그저 집안에 가만히 앉었는 것이 옳겠다. 구구루 주는 밥이나 얻어먹고 몸 성히있다가 연해 자식이나 쏟아라.[20]

위의 인용문에서 보여주는 것처럼 남편은 아내나 자식을 돈으로 환산하는 물신화된 자본주의적 의식을 가지고 있지만 한편으로는 아내나 자식을 소유물로 생각하는 가부장적 가장이다. 그렇기 때문에 반자본주의 의식에 의한 어정쩡한 태도로 물화된 세계를 감당하기 어렵다. 열다섯 명의 아이들이 일 년에 벼 열 섬만 번다면 열다섯 명이니까 일백오십 섬으로 계산하는 물신화된 인물이기에 모든 것을 돈으로 환산하지만 결국 자식을 농사군으로 환산하는 어쩔 수 없는 가부장적 가장에 지나지 않는다. 그러나 농사로는 자식이나 아내를 제대로 먹여 살릴 수 없다고 판단하고 아내를 들병이로 만들기 위하여 노래를 가르친다. 즉 들병이에 필요한 학습을 아내에게 하는 것이다. 가난 속에서도 끝까지 가족을 지켜내려는 가장의 강인한 생명력이 돋보인다. 이 작품 「안해」에서 남편은 아들까지 돈으로 환산하는 교환가치에 익숙한 인물이지만, 철저한 자본주의 속성을 지녔다기보다는 어설픈 흉내 내기를 하는

---

20 김유정, 「안해」, 179쪽.

얼꾼이다. 즉 이면에는 가부장적 가족주의가 자리 잡고 있어, 들병이 세계에서는 의례히 감안해야하는 다른 남자와의 술대작을 참지 못하고 결국 아내를 들병이로 만드는 데 성공하지 못한다. 「금」역시 광부의 임금으로 빈곤한 생활을 면하기 힘들자 덕순이 자신의 발을 돌로 찍어 자해 행위까지 하면서 금덩이를 훔쳐 나오는 참혹한 현실을 그린 작품이다. 이 작품에서도 '쓰러져가는 낡은 초가집, 고자리 쑤시듯 풍풍 뚫어진 방문, 두 자식과 계집을 데리고 무진장 고생하는 현실'에서 목숨까지 버릴 수도 있는 자해 행위를 하지 않으면 안 되는 안타까운 현실과 죽음을 불사하면서 가족을 따뜻하게 먹여 살리려는 가부장적 가장이면서 누구로부터 보호를 받을 수 없는 철저히 버림받아 매달린 것은 자신의 몸밖에 없는 민중들이 가지고 있는 강인한 생명력을 보여준다.

「만무방」에서 형 응칠이는 5년 전에는 사랑하는 아내와 아들과 집을 가진 따뜻한 가정의 주인공이었지만 농사를 열심히 지어도 남은 것은 빚밖에 없자 아내와 헤어져 각자 빌어먹기로 하고 떠돌이 생활을 하는 인물이다. 그러다 보니 아무 걱정이 없다. 아내 걱정, 자식 걱정, 집 걱정이 없으니 떠돌아다니며 손에 걸리는 것은 다 자기 것이다. 그래서 감옥에 가기도 했지만 마음은 편하다. 반면 동생 응오는 진실한 농사꾼으로 3년간 머슴을 산 끝에 아내를 겨우 얻었다. 그런데 결혼 한지 2년도 되지 않아 아내가 중병을 앓아 다 죽어간다. 가을 논농사를 마쳤지만 빚쟁이들이 몰려 올까봐 무서워 타작을 못하고, 아내의 미음을 끓이기 위해 자신이 농사를 한 벼를 훔쳐야 하는 현실을 통해서, 그 당시의 현실이 얼마나 열악했는가를 보여주고 있다.

위의 작품들이나 김유정의 대부분의 작품을 관통하는 것은 빈곤과 그 빈곤을 타개하기 위해 모든 수단과 방법을 다 동원해보지만 결국 현실은 달라지지 않는다는 것이다. 정상적으로 문제를 타개하는 것보다 편파적인 수단과 방법을 가리지 않지만, 거기에는 상황을 타개할 능력이나 지혜를 가지지 못한 농민이나 광부들, 노동자들이 오직 할 수 있는 일이, 자신을 자해하거나 남의 땅이라도 금을 캐기 위해 땅을 파는 수밖에 없다. 혹 아내의 병이 희귀병이라 월급을 받으면서 치료가 가능하지 않을까 하는 요행을 바라는 것이나, 기껏 자신이 농사지은 벼를 자신이 훔친다든가, 그런 방법밖에 없기 때문이다. 그것은 또 자신들의 비참하고 현실적인 고통을 잊기 위해 속는 줄 알면서도 새로운 희망에 기대를 걸고, 조금이라도 희망에 의지하여 행복을 꿈꾸는 서글픈 현실을 보여준다고 할 수 있다.

> 幸福의 本質은 믿음에 있으리라. 속으면서 그래도 믿는, 이것이 어쩌면 幸福의 하날지도 모른다.[21]

위의 인용문처럼 김유정 작품 속 인물들은 속으면서도 믿음 속에서 자그마한 행복을 꿈꾸며 현실을 포기하지 않고 살아가려는 강인한 생명력을 보여준다. 작품 인물들이 이런 강인한 생명력을 보여주는 내면에는 가족이 자리 잡고 있다. 「만무방」에서 떠돌이로 돌아다니며 갖은 나쁜 짓을 하고 다니는 응칠이와 진실한 농사꾼으로 살아가는 응오의 차이는 바로 가정이 있느냐 없느냐의 차이이다. 역설적으로 응칠이나

21　김유정, 「幸福을 등진 情熱」, 438쪽.

응오를 통해 작가는 그렇게 진실하게 농사꾼으로 살아갔지만, 그 가정조차 지킬 수 없는 열악한 현실에서 결국 거지가 되어 빌어먹는 방법밖에 없음을 보여준다.

3) 회귀적 서사구조

이선영은 김유정의 작품에서 농민이거나 혹은 농촌 출신의 도시 막벌이꾼인 주인공들은 절망적인 상황 속에서도 각자의 소망 성취를 시도하지만 현실은 언제나 그것을 조금도 용납하지 않고 좌절시킨다며, 김유정의 이런 비관적 현실인식으로 회귀적 서사구조를 가진다고 했다.[22] 회귀적 서사구조에 대한 이런 해석은 김유정의 작가적 전망과 관련해서 가능한 해석이다. 그러나 회귀적 서사구조에는 일본 제국주의의 수탈구조가 매개된 현실의 완강함으로 현실을 타개하려고 하나 현실은 전혀 변화되지 않고 원점으로 회귀한다. 이런 회귀적 서사구조는 김유정의 비관적 현실인식이라기보다는 자본주의 초기 현상으로 인물들이 물신화되었지만, 아직도 전 농본제의 가부장적 가족주의 의식이 그대로 남아 있어 아직은 자본보다는 따뜻한 가정을 중시하는 인물들이기 때문이다.

「봄봄」에서 데릴사위 '나'는 자신의 사경 따위는 어떻게 계산하든 점순이를 아내만 만들면 된다. 점순이 역시 '나'에게 밤낮 일만 하지 말고 왜 아버지를 설득하지 않느냐고 조른다. 순박한 '나'는 여기에서 점순이를 오해한다. 즉 그렇게 결혼을 강요하는 점순이를 자신의 편이라고 오해한다. 그러나 점순이 아버지는 점순이 키를 핑계 삼아 어떻게 하든

---

22 이선영, 「해설」, 『김유정 단편선 동백꽃』, 창작과비평사, 1995, 261쪽.

'나'에게 일을 더 시키려 한다. '나'는 핑계만 있으면 장인 될 점순이 아버지에게 달려들다 결국 장인을 궁지에 몰리게 한다. 이때 점순이는 장인의 역성을 들어 오히려 자신을 궁지에 빠뜨린다. '나'는 자기 편이 되어 자신과 한편으로 장인을 몰아야 할 점순이가 오히려 아버지 편을 들어 장모와 함께 자신을 궁지에 몰아넣은 것을 이해하지 못하는 '나'는 무지할 정도의 순박한 인물이다. 그렇기 때문에 가부장적 질서 속에서의 가족의 위계질서를 모른다. 그러기에 왜 점순이가 장인 역성을 드는지 이해하지 못한다. 여기에서 해학이 발생한다. 이 작품 역시 서사의 중심에는 가부장적 위계질서가 자리 잡고 있다. 서사구조 역시 점순이 장인 될 아버지에서 '나'에게 이동된 듯 하다 다시 아버지로 돌아가는 회귀적 서사구조를 보이고 있다.

「솟」의 초점 화자인 근식이는 잠시 들병이에게 미쳐 자신의 집에 있는 맷돌, 솟 등의 가재도구와 아내의 솟곡까지 가져다 주며 들병이에게 사랑을 바친다. 그것은 오직 들병이를 따라가면 앞으로 굶지 않고 맘 편히 살게 될 것이라는 욕망 때문이다. 그런데 들병이가 "이사가서 살림을 하려면 가재도구가 있어야 하는데"라는 말에 자신의 집에서 아내 몰래 솟을 뽑아 도망을 하기로 한날 들병이 남편이 나타나 세 명이 함께 떠나자며 채비를 서두를 때는 뒤로 발을 뺀다. 이 작품에도 서사는 근식이 아내에게서 들병이로, 또 다시 아내로 돌아가는 서사구조로 되어 있다.

「안해」의 서사구조는 안해를 들병이로 내보내려다 다시 다른 남자와 정분이 날까봐 도로 가정에 앉히는 회귀적 서사구조이다. 「산골 나그네」에서도 나그네가 거지 남편에서 산골 덕돌이에게로 왔다 다시 거지 남편에게로, 「가을」에서 '아내'는 아내를 판 복만에게서 아내를 산 소장사에게로 그러나 행방불명 후 다시 남편 복만에게로 가는 회귀 구조이다. 또 「금따는 콩밭」, 「만무방」 등의 작품에서도 빈곤으로 일을 저지르지만, 결국 성공을 못하고 다시 가난한 현실로 돌아오는 구조로 되어 있다. 김유정은 이런 농촌 현실에서의 들병이의 역할을 강조한 글 「조선의 집시」에서 다음과 같이 말하고 있다.

> 시골의 총각들이 娶妻를 한다는 것은 實로 容易한 일이 아니다. 結婚當日의 費用은말고 于先 先綵金 을 調達하기가 어렵다. 적어도 四十五圓의 現金이 아니면 賣婚市長에 출마할 자격부터 업는것이다. 이에 늙은 총각은 三四年間 머슴살이 苦役에 不得已 堪耐한다.
>
> 그리고 한편 그들의 後日의 家庭을 가질만한 扶養能力이 잇느냐하면 그것도 한疑問이다 現在 妻子와 同樂하는 者로도 猝地에 離別되는 境遇가 업지 안다. 모든 事情은 이러케 그들로하여금 獨身者의 생활을 강요하고 따라서 情熱의 飽滿狀態를 招來한다. 이것을 週期的으로 調節하는 緩和作用을 卽 들병이의 役割이라 하겠다.[23]

김유정의 작품은 결국 이런 농촌 현실을 반영한 작품이라고 할 수 있다. 이런 구조에는 일본 제국주의의 수탈정책이 매개되어 있다. 일본은 토지조사사업을 통하여 근대적 소유권을 확립하는 과정에서 한국농업에 반봉건적 생산 관계를 유지시켰다. 즉 진정한 의미의 근대적 토지소

---

23 김유정, 「朝鮮의 집시」, 417~418쪽.

유제도였다면 종전의 봉건적 착취자의 관계를 깨끗이 정리하고 한국농업과 농민의 자유로운 발전 방향으로 새롭게 합리적으로 제도화되었어야 했다. 그러나 종전의 지주는 그대로 지주로 그들에게 공납을 바치던 농민들은 자연스럽게 소작인이 되도록 만들어버렸다. 즉 토지조사사업을 통하여 토지를 상품화하는 과정 속에서 폭력적 근대화가 이루어졌다. 그래서 여전히 봉건적 신분 관계는 유지되었고 근대화 봉건적 특권 계급과 비특권 계급과의 관계는 있는 자와 없는 자로 바뀌고 몰락한 많은 소농들은 도시로 흘러 들어가게 만들었다.

김유정의 소설은 이와 같은 일제의 폭력적 근대화에 의하여 우리나라 농민계층이 근대사회의 새로운 하층계급 내지 도시서민계층으로 분화되기 시작하는 당대 사회를 적극적으로 반영하고 있으며, 김유정의 작중인물들은 바로 이러한 역사적 상황과 근대적 변화에 적응해 가는 당대인들을 대변하는 인물들이다.[24]

김유정의 작품들 속의 인물들은 물신화되어 모든 가치를 돈으로 환산하는 교환가치에 익숙해져 있지만 여전히 전근대적 가부장적 가족주의에 연연하는 인물들이다. 이 지점에서 모순이 발생하고 김유정 작품의 해학이 일어난다. 김유정 작품들의 원형적 인물은 순박한 인물형이다. 그러나 원초적 천진한 인물형이 일제의 수탈 과정 속에서 빈곤층으로 떨어져 강인한 생명력에 의해 갖은 고생 속에도 가난을 벗어나려고 별 해괴한 노력을 다 해보지만 결국 원점으로 회귀한다. 이것은 원초적 천진한 인물들이 철저하게 자본주의 교환가치에 의해 인간성까지 물신

24　김영택·최종순, 앞의 글, 101쪽.

화되어야 함에도 인간성은 전근대 가부장적 가족주의에서 오는 따뜻한 가족애를 그리워하는 순박한 인간으로 그대로 남아 있기 때문에 다시 가족에게로 돌아가는 회귀적 서사구조를 띤다.

4. 결론―글쓰기를 통한 삶의 향유

김유정의 수필 「병상病床의 생각」[25]은 김유정의 세계관과 창작에 관한 많은 것을 드러내고 있다. 요약해 보자면 김유정은 이 수필에서 처음으로 홍길동전을 봉건 시대의 소산이지만 예술적 가치가 뛰어나다고 극찬하고, 두 번째로 크로포트킨의 상호부조론과 맑스의 자본론이 새로운 운명을 가졌다며 이 사상에 공감하고 있다. 세 번째로는 위대한 사랑에 대해 역설하며, 사랑은 어느 사회에나 좀 더 많은 대중을 하나로 통합할 수 있는 위대한 생명을 가지기 때문이라 했다. 위대한 사랑이 없으면 옳은 예술이라 할 수 없다고 했다. 또 표현이란 전달의 결과를 예상하고 계략하여 가는 그 과정이라는 것이라고도 했다. 마지막으로 자신이 문학을 함은 천성적인 고질병 염인증厭人症을 고치기 위함이요, 문학을 함은 내가 밥을 먹고 산보를 하는 일상생활과 같은 생활의 과정이라는 것이다.

위의 글에서 추론할 수 있는 것은 홍길동을 거론하고 상호부조론과 자본론을 중시한 것을 보면 김유정은 그 당시의 민중을 꿰뚫을 수 있는

---

25 김유정, 「병상의 생각」, 235쪽.

사랑을 위대한 사랑으로 보고 있다고 할 수 있다. 염인증에서 오는 고독에서 벗어나기 위해 자신의 존재 바깥에 있는 자신의 실존을 민중에게서 발견하고, 그 실존으로서 근원적인 생명에 대한 교감을 글쓰기를 통해서 향유하겠다는 것이다. 김유정이 자신을 떠나서 존재하는 것은 김유정의 감각을 통해서 대상화한 존재, 즉 민중이며 그 민중은 근원적인 낯섦을 가지지 않은 대상이다. 김유정이 일찍이 부모를 잃고 형과 누나로부터의 받은 박해와 경제적인 궁핍은 그 대상들과 일체감을 가지게 한 요건으로 충분하다. 또 김유정 작품에서 드러나는 민중의 언어적 폭력이나 신체상의 위해는 형이나 누나의 폭력으로 받은 박해로 인한 존재의 불안으로 자기 자신, 지주의 아들이나 지식인이라는 정체성으로부터 도피, 민중과의 일체감을 통해 극복된다.[26]

김유정의 작품에서 드러나는 원초적 천진한 인물형, 강인한 생명력, 가부장적 가족을 향한 따뜻한 인간애에 대한 집착으로 인한 회귀적 서사구조, 판소리 사설식 문체 등은 김유정이 그들과 감각적으로 일체감을 가지지 않으면 형상화하기 힘든 작품들이다. 카프 작가였던 이기영, 김남천 등의 작품들이나 빈한한 가정 출신이었던 강경애조차 김유정처럼 민중들의 의식과 생리적 체질, 그들의 감각을 그대로 형상화하기보다는 지식인의 시선으로 비춰진 부정적인 측면이 더 부각되고 있다.

이것은 김유정의 지식인이라는 정체성에서의 도피이며 자신과의 단절이기도 하다. 자기 자신이 놓인 현실성을 떠난다는 것은 존재의 안일한 평화 상태와 그 만족을 거부하고 나와 다른 것을 찾아나가는 존재의 본질적

---

26 조남현은 '언어폭력이든 신체상의 위해이든 형이나 누나가 구사하는 폭력은 김유정의 글쓰기가 트라우마의 폭로나 극복에 있음을 입증해 준다'고 했다. 조남현, 앞의 글, 21쪽.

인 욕구를 민중들에게서 발견한 것이다. 도피는 존재 실현을 주는 존재론적인 이탈행위이다. 이런 욕구는 일종의 즐거움이며 자기 자신의 포기와 상실, 자신 바깥으로의 탈피, 엑스타시를 의미한다.[27] 향유의 삶은 김유정 문학에서 글쓰기를 통해 드러나는 세속적인 것에 대한 사랑이며 김유정의 본질이 그것을 통해 타자의 관심으로 확대되며 거기에서 김유정은 존재의 미를 획득한 것이다.

---

27 윤대선, 「새로운 주체성, 주체 바깥으로」, 앞의 책, 103쪽.

제6장
채만식의 몇몇 작품을 통해 본 내면 풍경

1. 채만식의 비극적 세계인식

채만식은 1902년 전북 옥구군 임피면 취산리에서 비교적 부유한 집의 육남매 중 막내로 태어나 서울 중앙고등학교 보통학교에 오기 전까지 고향에서 살았다. 그의 집안은 몇 대 전의 조상이 아전과 상종하여 장사로 치부하는 부류였다. 그 당시 상황으로는 양반이나 아전보다 직급이 더 낮은 상인의 집안이었다. 채만식의 가정 분위기는 상인의 그것과 같았지만 동시에 예의 범절을 중시하는 양반, 곧 유교적인 가정 분위기였다.

그는 양반도 아전도 상민도 아니면서 여러 요소가 결합된 복합적인 성격의 신분으로, 경제적인 면에서도 중간 계층, 또 객관적으로 상황을 분석할 수 있는 지식인이라는 신분 때문에 조선 사회를 가장 객관적으로 인식할 수 있는 위치에 있었다. 채만식은 조선 역사의 전개와 현실을 제대로 인식하기 위하여 다양한 독서 중에 마르크스주의[1]를 받아들였다. 그로 인해 중산 계층의 몰락을 이해하고 농촌의 객관적 정세를 파악하게 되었다. 즉 자신이 속한 존재의 비극성을 알게 된 것이다.

　　근거 박약한 민족적 적개심과 야욕적 자유주의에 침체된 중산 계급의 막동아들이 여의치 못한 세상에서와 가티 된 것도 결코 무리는 아니었을 것이다. (…중략…) 나에게는 이 삼년 동안이 일생의 운명을 결정하는 크고도 결정적인 시기이었었다. 무엇보담도 나는 그동안에 많은 독서를 하였다. 처음에는 크로포도킨을 심독하다가 마르크스로 옮겼다 (…중략…) 그중에도 농촌의 객관적 정세를 보았고 보는 법을 알았다.[2]

위의 인용문에서 보여주는 것처럼 채만식에게 마르크스주의적 의식의 획득은 생의 새로운 계기로서 작용한다. 그러나 이론의 학습은 현실적 전개 과정을 통하여 확신을 얻게 되는데 그 당시 일제 하 조선의 절망적 상황으로 마르크스 이론의 관념적이고 추상적인 수준에서 더 이상 발전하는 계기로 작용하지 못했다. 관념적이고 추상적인 수준에서 머문 마르크스 이론의 가장 결정적인 것은 자기 계급에 대한 인식이었다. 이것은 결국 채만식이 비극적 세계관을 잉태한다.

　　아니다. 남의 죄가 아니다. 우리는 피착취계급이 아니니까 생산 분배의 불공평 같은 것을 부르짖을 권리가 없다. 우리는 착취계급이었었다. 생산하지 않고 착취한 것을 소비만 하던 부르주아 계급이었었다. 시대의 자연적 경향을

1　채만식이 마르크스주의였다는 것은 작품 「치숙」, 「레디 메이드 인생」, 『태평천하』 등의 많은 작품에서 드러난다.
2　채만식, 「나의 후회」, 『별건곤』, 1931, 97~98쪽. 필자명은 '浩然堂人'으로 되어 있다.

따라서 멸망을 당하고 만 종류의 인간들이었었다. 그중에도 계급 멸망의 맨 선두에 나설 중간 계급이었었다. 그러니까 누구를 붙잡고 원망도 할 수 없는 자연의 운명이었었다. 필연적 운명이다. 우리는 멸망하고 만다.[3]

자전적 내용으로 쓴 위의 인용문에 의하면 부르주아 계급은 생산하지 않는 계급이라는 부정적 인식, 그 계급에 속한 자신은 망할 수밖에 없는 필연적 운명이라는 것이다. 부르주아 계급이 생산하지 않는 계급이라는 것은 마르크스 이론의 기계적 이해이며 전봉건 시대의 한계이다. 마르크스주의에 의한 부르주아 계급의 부정성은 부르주아지들이 자본에 집착한 나머지 노동자들을 소외시키고 사물화시킨다는 것이다.

첫 번째 작품이라고 할 수 있는 『과도기』에 의한 채만식의 작가의식을 본다면 염세적 인생관을 찾아볼 수 있는데, 마르크스주의의 영향으로 더욱더 의식의 교착 상태에 빠져 근본적으로 가지고 있던 비극적 의식이 더욱 강화된다. 그 당시 사회 전반적인 분위기가 마르크스주의 영향인지 조선의 부정적 현실에 대한 책임을 일부 타락한 계급에 전가시키고 조선민을 '민중'이라 칭하며 민중의 힘을 높이 평가하며 민중이 다 같이 합심하여 새로운 조선을 건설하고자 하는 독려하는 글들이 많다.

朝鮮 급 朝鮮人으로 하여금 氣骨'업고 能力업고 生命의 創造가 업게 보이기는 그 본질적 實相이 아니라 腐敗 墮落한 대표계급에 限하는 所有 現像임을 立證하기 爲하여 意識 又 無意識한가운데 幾多한 行爲가 생겼습니다. 일

---

3 채만식, 「생명의 유희」, 『채만식 전집』 6, 창작과비평사, 1989, 434쪽. 이후 본 책 인용 시 '글명, 전집, 쪽수' 형식으로 표기한다.

맛겼던 不忠으로 말미암아 일허버린 그것을 民衆의 힘으로써 恢復하려하는
運動이 과연 敬歎할만치 깁흔 根源과 範圍로써 進行되엇습니다.[4]

채만식은 인용문의 사회 전반적인 이런 분위기 때문인지 자기 중산
층 계층과 현실에 대한 부정적 인식으로 비극적 의식을 드러내고 있다.
초기 작품에서부터 비극적 의식을 드러내고 있던 채만식은 해방 전 작
품 『레디메이드 인생』, 「치숙」, 『태평천하』, 『탁류』 등에서 비극적 의
식이 자기 풍자적 발현 양상으로 우리 문학사에 유례없는 독특한 문학
특질을 보여준다. 그러나 일제 하 절망적 상황과 조선 민족에 대한 부
정적 인식은 초창기부터 가지고 있던 채만식의 염세적 인생관을 더 강
화시키고 결국 악착 같이 현실에 대응하고자 하는 뜻이 없는 허무주의
에 빠져 일본의 파시즘이 절정에 다다르자 더 이상 버티지 못하고 현실
에 순응하게 된다.

2. 채만식의 강박으로서의 근대

채만식의 『과도기』는 발표된 시기와는 다르게 채만식의 첫 작품에
해당되는 작품이다.[5] 손정수의 지적대로 근대로 이행하는 과도기의 인
간 양상을 드러내고 있는 『과도기』는 이후 전개될 채만식 문학의 특징

---

4   권두언, 「朝鮮民是論－摸索에서 發見까지」, 『동명』 창간호, 1922,
5   『과도기』는 집필 시기는 1923년 여름이었지만, 발표 시기는 1973년 『문학사상』 7·8
     월호였다. 이에 대한 자세한 것은 손정수, 「과도기적 실험으로서의 『과도기』」, 군산대
     채만식연구센터 편, 『채만식 중·장편소설 연구』, 소명출판, 2009.

을 징후적으로 보여준다는 데 의미가 있는 작품이다. 채만식 의식의 궤적을 분석하기 위해선 이 작품을 한번 살펴볼 필요가 있다.

이 작품은 일본 동경에서 유학하고 있는 봉우, 정수, 형식 등 세 인물의 대비를 통해 자유연애라는 최초의 근대소설이라고 할 수 있는 이광수의 『무정』과 마찬가지로 1920년대의 사회적 이슈가 되는 소재를 소설적 대상으로 삼고 있다. 일제 강점기 지식인들은 의식적이던 무의식적이던 근대와 민족이라는 양방향의 강압 속에 있었다. 그렇기 때문에 그 당시 양방향에 대해 고심하지 않은 작가는 없었을 것이다. 특히 이광수, 김동인, 염상섭, 채만식까지 모두 대부분의 초기 소설에서 자유연애, 혹은 신여성의 문제에 소설적 관심을 보이고 있다. 이것은 그 당시 작가들이 결혼적령기에 있거나 혹은 『과도기』의 주인공들처럼 이미 전근대적인 기존의 결혼 폐습에 희생된 집안에서의 우애혼으로 구여성을 부인으로 두고 이혼 문제로 고민하는 그들이 당면한 현실문제이기 때문이었기도 했다. 실지로 채만식은 일본 와세다 고등학원 문과 중퇴, 고향으로 돌아 온 이후 집안에서 강압하는, 자신보다 1살 어린 14세의 애정 없는 여인과 결혼 후 심각하게 이혼을 고민하고 있었다. 근대의식을 실천하기 위한 한 방편으로 개인의 개성의 표시로써 결혼에 대한 자기 의사는 마땅히 실천되어야 함에도, 근대를 실현하고자 하는 그 당시의 시식인들과 집안의 물직인 주도권을 쥐고 있는 부모 세대 사이에 갈등이 발생할 수밖에 없었다.

『과도기』에서 허무주의라든가 현실에 대한 비판의식은 인물 간의 갈등이나 소통을 통해서 드러나는 것이 아니라 주로 작가 개입으로 인물의 의식 속에서 서술 형태로 드러난다. 이 작품에서 인물들은 대부분 작가의 편린으로 각자의 몫을 하는데 채만식의 의식을 그래도 가장 많이 대변하는, 글을 쓰고 문학을 전공한다는 정수 의식을 통해서 제일 많이 드러난다. 정수의 공상 속에 나타난 의식이나 대화의 한 부분을 보자.

영자씨하구 결혼을 한다면 물론 잠깐 동안은 피차의 행복이 될지도 모르겠지만 그건 영원한 불행의 원인이 되구만단 말이야. 내가 결혼을 한 뒤에 바로 이튿날부터 영자씰 싫어하게 될지 또는 극단에 이르러서 내가 이혼을 하려 한다든지, 혹은 내가 결혼하는 그날 밤에 자살이라두 해버릴지 어찌 안담?[6]

아! 인생, 인생....기가 막히게 짧은 동안에 한없이 고통만 큰 것이...인생...이럴 듯한 인생으로 태어나서 살려고 허위댈 게 무어야. 좀 더 산단 것은 필경은 고생을 좀 더 하겠단 의미에 지나질 못하지. 아! 인생은 어찌 인생에 지나질 못하는고...아무 내력 없이 슬며시 이 세상에 한번 나와서 어물어물하다가 또 어느 겨를에 팩팩 쓰러져 죽어버리곤 다음엔 아무 것도 남질 않은 것이 인생...[7]

앞의 인용문은 정수와 영자, 서로를 사랑하는 두 사람이 서로의 감정을 소통하지 못하는 것이 안타까워 정수가 자취하는 집을 찾아 온 일본 사람 평야에게 정수가 한 말이다. 뒤의 인용문은 정수가 누워서 공상하는 생각의 한 부분이다. 두 인용문은 채만식의 후반기 해방 직후 작품

---

6 채만식, 『과도기』, 『채만식 전집』 5, 259쪽.
7 위의 책, 283쪽.

에서도 쉽게 발견할 수 있는 인물들의 의식의 편린이다. 위의 첫 인용문은 작품『냉동어』에서 작품의 화자와 비슷하게 사회주의 의식에 물든 일본에서 온 스미코상과 서로 공감을 가지며 소통을 하던 상태에서 같이 일본으로 떠나기로 한 약속을 어기고 중국으로 떠난 스미코상의 편지와 비슷하다.

라캉의 말처럼 인간은 상징계에 난 구멍 속으로 꿈과 도취에 빠져들고 싶을 때가 있다. 그것이 예술의 원천이며 삶의 또 다른 원동력이 된다. 그런데 위의 인용문에서처럼 인물의 의식을 통해서 드러나는 채만식의 의식은 현실에 대한 부정적 인식과 마르크스주의에 의한 경직된 사고에 의해서 현실 혹은 미래에 대한 희망을 처음부터 미리 포기한다. 그러기에 현실이나 미래에 대한 환멸만이 있을 뿐이다. 그것이 바로 채만식의 작품에서 남녀 간의 진정한 사랑의 결말을 찾을 수 없는 이유이다.『과도기』에서 정수가 친구 형식의 애인인 문자와의 사이에서나『냉동어』에서 대영과 스미코상과의 사이에서나 상대방에 대한 관심이 영과 육이 합치된 진정한 사랑이라기보다는 젊은 혈기에서 오는 찰나적인 육적 호기심에 불과하다. 현실이나 미래에 대한 꿈과 낭만과 전혀 상관이 없다.

맹목적이요 찰나적인 두 사람이었다. 정수는 정수였으나 정말 정수가 아니고, 문자도 문자였으나 정말 문자가 아니었었다. 과거나 미래가 없는 금시 하늘에서 떨어진 듯한 찰나의 정수요. 참말 문자를 보지 못하는 맹목의 정수였었다.[8]

---

8 위의 책, 253쪽.

위의 인용문처럼 친구의 동거녀 문자에 대한 육적 호기심과 관능에 빠진 찰나적인 호기심만이 정수를 지배하고 있을 뿐이다. 현재도 미래도 책임질 수 없는 관계는 결국 허무의 그림자에 지나지 않는다. 이 모든 것은 채만식의 의식의 경직성과 그 당시 채만식을 비롯한 나라 잃은 지식인들은 일본의 명치유신과 같은 근대화에 성공하지 못했기 때문에 일본에 강점당했다는 피해의식으로 우리의 모든 제도, 심지어 자기 자신까지도 거부하는 거식증 환자처럼 현실을 거부한다. 채만식은 '방랑작가', '룸펜작가', '동반작가', '카프작가'라고 부르는 것도 모두 거부했다. 채만식의 「과도기」에서부터 나타나기 시작하는 허무주의나 현실의 강한 부정의식은 바로 강박된 근대의식으로 인한 것이다.

> 이처럼 여러 날을 누워서 배도 고프고 힘도 풀어진 두 오뉘는 손목을 마주잡고 어머니를 찾아 머나먼 황천길을 처량히 울며 떠났습니다. 이처럼 복순이와 옥동이가 황천길을 간 뒤에 앞마을 사람들은 불쌍한 오뉘의 죽음을 그 어머니 양편에 조그맣게 하나씩 묻어놓고 댁내들과 처녀들은 흰 옷을 입고 그 옆에 서서 오랫동안 슬피 울었습니다.[9]

위의 인용문은 정수가 쓴 동화의 일부이다. 죽은 어머니를 그리워하던 어린아이들이 어머니를 따라 황천길로 갔다는, 비극으로 끝나는 동화이다. 작품의 인물들을 통하여 드러나는 채만식의 이런 비극의식 속에는 일제 하의 자신이 겪은 각박한 현실을 통하여 미래에 대한 희망과

---

9   위의 책, 371쪽.

꿈을 찾지 못하고 우리 민족과 자신에 대한 신뢰의 상실로 삶에 대한 용기를 잃은 것에 의한 것이다.

밤이나 낮이나 당파싸움이나 하고 가뜩이나 시방 넘싯넘싯 넘겨다보고 있는 외국 세력이나 청하여 들이고, 그러다 필경 와서 나라를 **빼앗기고** 만 것이라 하였다.

조정과 양반들이라는 것들은 백성들을 하나도 살게 하여 주는 것은 없고 일일이 못살게만 굴었고, 백성들은 조정 – 나라가 털끝만큼도 고마울 것이 없고, 소중한 생각이 없었고. 백성들에게는 조정 – 나라가 원수스럽고, 그런 원수스런 조정 – 나라는 차라리 없는 것이 좋았고, 그렇기 때문에, 조정 – 나라가 망하는 것을 보고도 하나도 아까운 생각이 날 것이 없고, 그러느라니 백성들이 나서서 막으려 들지 아니할 것이요. 속절없이 **빼앗기고** 만 것이라 하였다.[10]

위의 인용문은 해방 전이나 해방 후 채만식의 작품 어디에서나 찾아볼 수 있는 내용이다. 이런 인물들의 의식을 통해서 드러내는 현실 비판의식이 결국 채만식의 허무주의로 이어지고 그것은 비극의식을 낳았다. 민족에 대한 꿈과 희망이 없는 '나라가 있어도 그만 없어도 그만인' 허무주의는 채만식을 결국 친일로 몰고 가고 결국 해방 후의 민족 상황도 전혀 과거의 역사와 다를 바 없다는 인식은 채만식의 죽음까지 불러 온다.

---

10 채만식, 「玉娘祠」, 『채만식 전집』 5, 161쪽.

3. 채만식의 현실 비판 의식의 한계

나라를 잃은 일제 강점기 지식인들은 무의식 중에도 국가의 회복이라는 거대한 짐을 가지고 있었다. 그러기 위해서는 식민지국이 달성한 근대화의 길에 대한 다양한 모색이 필요했다. 특히 채만식은 해방 전이나 해방 직후 유명을 달리하기 전까지 작품을 통해서 가부장적인 전 근대적인 것에 의한 여성의 수난, 또 역사물을 통한 우리 민족에 대한 천착에서부터, 현 단계에 필요한 근대 국가로서의 우리 민족의 전망 등 포괄적 관점에서 고찰하고 있다.

채만식의 첫 데뷔 작품인 「세길로」(『조선문단』 3, 1924.12)에서부터 마지막 유고작인 「소년은 자란다」(『월간문학』, 1972.9)까지 거의 25년 여의 창작한 작품, 장편 15편, 단편 70여 편, 희곡, 촌극, 시나리오, '대화소설' 30여 편, 문학평론 40여 편, 수필, 잡문 140여 편 등 다양한 장르의 작품 속에는 일본 제국주의적 현실 속에서 살아가야 하는 지식인으로서의 치열한 고민의 흔적이 그대로 드러난다. 채만식은 이광수, 김동인, 염상섭과 함께 많은 양의 작품으로, 풍자와 해학의 작가로서 새로운 이정표를 던진 문학사에 큰 족적을 남긴 작가이다. 자의식이 강한 채만식은 작품에서도 현실 비판의식이 강한 작품이 주류를 이루고 있다. 채만식의 작품 전체를 꿰뚫어 하나의 작가 정신을 일괄하자면 지식인으로서의 자의식, 치열한 현실 비판의식이라 할 수 있다.

채만식 작품에서의 드러나는 비판의식에 대해 이주형은 이렇게 진단한다.

험난한 시대에만 살아서, 부정적 현실만을 체험할 수밖에 없었다. 그런 그로서는 현재에 대해서는 매우 부정적이었고, 부정적인 것을 그려내는 데 익숙할 수밖에 없었다. 체험하지 못한 긍정적인 것을 쓰는 것은 허구이자 기만일 따름이다.[11]

위의 진단을 어느 정도는 긍정할 수는 있지만 그 이유 때문만은 아니다. 일본에 점령당한 조선의 현실은 부정적 체험을 하지 않더라도 부정적일 수밖에 없다. 피식민지국인 당시 조선인들은 피해의식 속에서 조선의 모든 것이 부정적으로 보일 수밖에 없다. 더구나 채만식은 근대화된 일본, 조선과는 다른 민족, 조선을 강제로 점령한 일본을 경험하고 온 후였다. 채만식이 일본 여성과 조선 여성을 비교한 부분을 한번 보자.

내지의 여인들은 이천육백여 년을 두고 한결같이 나라를 위하여 아들네를 전지에 내보내되, 동치 아니하도록 도저한 도야(陶冶)와 훈련과 그리고 자각 가운데서 살아 내려왔다. 그런 결과 일본 여성은 사랑하는 아들을 나라에 바쳤으되 조금도 미련 겨워하며 슬퍼하는 등 연약한 거동을 함이 없이 가장 늠름하기를 잊지 아니하는 천품이 잡히기에 이르렀다.

(…중략…)

여러 백년을 나라와 나라 위할 줄을 모르고 오직 자아 본위와 가정 본위, 오직 일가족속본위(一家族屬本位)로만 살아 온 조선 백성은 따라서 어머니들의 군국에 대한 정신적 준비랄 것이 막상 충분치가 못하였다. 빈약한 편이 많았다.[12]

---

11 이주형, 「채만식의 문학 세계」, 『채만식 연구』, 태학사, 2010, 18~19쪽.
12 채만식, 「여인전기」, 『채만식 전집』 4, 311쪽.

위의 인용문은 채만식의 후반기 작품이고 또 대일협력 작품에 나온 의도적인 문장이라고 할 수 있다. 그러나 두 민족성의 핵심을 아주 예리하게 지적하고 있다. 채만식은 두 민족 간의 차별성을 이미 이전부터 성찰해오고 있었음을 알 수 있다. 한형구는 채만식의 현실 비판의식을 '강한 비판적 형질과 우유부단한 내면적 성질과 결합된'[13] 특징으로 인해 비판의식이 드러난다고 했다. 또 한수영은 채만식의 이런 현실 비판의식은 채만식이 맑스주의에 대한 관념적 집착에서 비롯, 자본주의를 역사적 구체적 현실 안에서 구하려는 시도를 하지 않았기 때문에 오는 한계로 이런 단초가 결국 채만식을 대일협력으로 이끈 주요 동인이었다고 했다.[14]

해방 전 작품 『태평천하』, 『탁류』, 「치숙」, 「레디 메이드 인생」 등에서는 인물과 현실의 치열한 대결 양상을 통해서 보여준 현실 비판의식이 해방 후에는 몇몇 작품을 제외하고는 작가의 신념과 현실과의 대결이 후퇴하고 있다. 이런 해방 후의 특징은 채만식의 해방 후 대일협력 문제로 위축된 채만식이 낙향, 거취문제와 관련이 있다. 그러나 더 큰 이유는 독립이 되었음에도 불구하고 여전히 혼란만 계속되고 해방 전 여러 외세를 불러들인 구한말의 현실과 다를 바 없는 현실에서 오는 절망에서 비롯된 것이라 생각된다.

채만식의 비판의식은 해방 전의 『태평천하』, 「치숙」, 「레디메이드 인생」, 『탁류』 등은 현실과 부정적 인물과의 팽팽한 긴장을 통하여 현실을 예리하게 파헤치고 있다. 그러나 해방 후 「논이야기」, 「맹순사」 등 해방 초기 몇몇 작품 외의 역사물 시리즈는 압도되는 해방기 혼란 상황을 극복하지 못하고

---

13 한형구, 「작가의 존재와 자기처벌, 혹은 대속」, 군산대 채만식연구센터 편, 앞의 책, 90쪽.
14 한수영, 「주체와 '분열'과 '욕망'」, 군산대 채만식연구센터 편, 위의 책, 175쪽.

절망 속에서 작품 속의 인물들을 통해 드러나는 긴장을 잃어버린다.

해방 후의 작품에서 긴장이 사라지는 것의 첫 번째 이유는 결벽증을 가지고 있는 채만식이 대일협력으로 자기 자신의 문제를 극복하지 못했다는데 있다. 두 번째는 채만식이 작품 속에서 반복적으로 드러내고 있는 과거 우리 민족사의 역사에서 부정적으로 보던 상황이 해방 후에도 반복되고 있기 때문이다. 세 번째는 해방 전에도 사회주의 운동에 동조하면서도 카프운동에는 가입하지 않았지만 민중 위주의 역사를 견인하는 사회주의의식을 가지고 있었고, 신문 기자로서 현실의 촉을 예리하게 느낄 수 있는 현실과의 교류를 풍부하게 가지고 있었다. 그러나 해방 후 채만식은 대일협력이라는 죄의식을 스스로 극복하지 못하고 해방 후 대부분의 문인들이 가입했던 임화, 김남천이 주도했던 문학가 동맹에도 가입하지 않았고 낙향해서 집필 생활만 했다. 문학가 동맹에 가입 자체가 중요한 것이 아니라 그로 인해 해방 후의 현실을 예리하게 관찰할 수 있는 기회를 차단당했다고 할 수 있다.

이것은 그 이전 조선 말 역사에서나 일제강점기 때나 해방 직후가 똑같이 반복되는 민족적 상황이 환멸로 이어졌다고 할 수 있다. 현실에 대한 환멸은 우리 민족에 대한 회의로 이어지고 그것은 역사소설을 통해서 나타난다. 이런 의식이 현실을 비관하고 인생 자체에 대한 회의로 이어지며 비극의식으로 이어진다.

4. 채만식과 대일협력

채만식은 1946년 3월호의 『백민』에 「맹순사」를 발표한 이후 「역로歷路」(『신문학』, 1946.6), 「선량善良하고 싶던 날」(『약업신문』, 1946.6.18~25), 「미스터 방」(『대조』, 1946.7), 「논이야기」(『해방문학선집』) 등 활발한 창작 생활 이후, 1946년 5월 고향으로 옮긴 후 거의 창작 생활을 하지 않는 휴식기를 갖는다. 직접적인 이유는 반민특위위원회의 친일문제와 관련, 자의식이 강한 채만식으로서는 심리적인 정리가 필요했다고 생각된다. 친일문제에 대한 자기 고백서라고 할 수 있는 「민족의 죄인」의 내용 중에 전직 기자인 윤이라는 사람에게 봉변을 당한 서술을 보면 짐작이 간다.

그동안까지는 단순히 나는 하여커나 죄인이거니 하여 면목 없는 마음, 반성하는 마음이 골똘할 뿐이더니 그 날 김군의 p사에서 비로소 그 일을 당하고 나서부터는 일종의 자포적인 울분과 그리고 내 몸뚱이를 도무지 어떻게 주체할 바를 모르겠는 불쾌감이 전면적으로 생각을 덮었다. 그러면서 보름 동안을 머리 싸고 누워 병 아닌 병을 앓았다.[15]

여기서 윤이라는 사람은 대일협력을 일체 하지 않은, 대일협력을 한 화자인 나로서는 만나기가 불편한 사람이다. 윤은 부자 아버지 덕에 중일 전쟁이 일어났던 해 기자직을 그만두고 서울 거리에서 자취마저 사라진 이후 10년 만이었다. 화자인 나는 그러지 않아도 해방된 이후 대

---

15 채만식, 「민족의 죄인」, 『채만식 전집』 8, 414쪽.

일협력 문제로 불편하던 심기에 적나라한 경멸과 야유의 시선으로 나의 대일협력에 대해 평상시에도 어려워했던 윤으로부터 날카롭게 지적당하자 그로 인해 심리적 충격을 받는다. 이 정신적 충격으로 자신의 '몸뚱이를 주체할 수 없을 정도로' 보름을 앓아누울 만큼 공황 상태에 빠진다. 이것은 채만식의 스스로도 극복할 수 없는 대일협력에 대한 자기 혐오감을 대일협력의 혐의가 없는 윤이 지적했기 때문이다. 채만식은 해방 직후 대일협력의 난처하고 곤혹스러운 죄의식의 굴레에서 좀처럼 헤어나기 어려웠던 것 같다.

채만식이 「민족의 죄인」에서 자신이 반성하고자 하는 것은 무엇이었을까? 그것은 소설의 제일 마지막 부분에 있다. 일제 때 친일을 한 선생을 배척하기 위해 동맹 휴학을 하고 있는 동무들에게서 빠져 나와 졸업을 앞두고 상급학교 수험공부를 위해 빠져 나온 조카에 대한 충고를 보자.

학문은 영웅지여사(學問英雄之餘事)란 말이 있어. 사람이 잘 나야 하구, 학문은 그 댐이니라. 인격이 제일이요. 지식은 둘째니라 이 뜻야. 공부보다도 위선 사람이 돼야 해. 옳은 일을 하기 위해선 불 가운데라도 뛰어들어 갈 용기. 옳지 못한 길에는 칼을 겨누면서 핍박을 하더래도 굽히지 않는 절개. 단체를 위한 일이라면 개인을 돌보지 않는 의협. 그런 것이 인격야. 그러구서야 학문도 필요한 법야. 알았어. 이놈아.[16]

「민족의 죄인」의 반성의 기조는 울분과 분노이다. 이 울분은 대일협

---

16 위의 글, 458쪽.

력한 자신에 대한 것과 대일협력을 할 수밖에 없었던 자신의 상황, 그리고 그것을 날카롭게 지적하는 윤에게도 있다. 그러니까 반성의 초점이 위의 인용문의 조카에게 준 훈계와는 다르다. 물론 「민족의 죄인」의 화자는 근본적으로 자신의 대일협력이 민족 전체를 배반하고 오직 자신의 안일을 도모했다는 죄의식을 벗어날 수 없음을 알고 있다. 그러나 「민족의 죄인」의 전체적인 분위기는 민족 전체에 대한 죄의식보다는 일본의 패전 후에 오는 공포와 불안으로 인한 도피심리가 강했다. 그리고 대일협력의 수렁으로 빠져나가는 것이었다. 그러니까 대일협력의 수렁으로 빠져 나가 일본의 패전 이후 불안과 공포로부터 좀 더 안전한 지역으로의 도피가 우선이었다.

> 일본의 패전, 그 다음에 오는 것의 불안과 공포랄지, 눈에 살기를 머금은 일본 병정들의 등덜미를 겨누는 기관총 부리의 위협이랄지, 이런 것 외에도 멀찍이 궁벽한 시골로 낙향을 하여야만 할 또 한 가지의 다른 사정이란, 곧 대일협력의 수렁으로부터의 도피행 그것이었다.[17]

채만식은 해방에 대해 '그런 편안한 해방을 우리가 횡재할 것을 전혀 생각지 못하였다'라고 서두에 해방 자체를 '횡재한 해방'으로 부르고 있다. 채만식의 해방 전 작품에서 나타난 대로 조선 과거 역사에 대한 비판의식과 민족에 대한 신뢰를 찾을 수 없는 절망 속에서 풍자라는 형식을 통하여 소설 속의 부정적 인물을 비판하고 있다. 그런 부정적 현

---

17 위의 글, 441쪽.

실에서 오는 민족에 대한 절망으로 우리 민족의 해방을 채만식은 전혀 기대하지 않았다고 할 수 있다. 단지 일본의 패망 후 일본 군인들의 횡포와 무질서가 공포로 왔을 뿐이다. 즉 해방 전부터 채만식은 정치나 역사에 직접 영향을 미치는 민중의 주체적 역량, 집단화된 민족의식의 실재적 역량을 회의했다고 할 수 있다.[18] 역사를 추진할 관료들이나, 백성들이나 어떤 세력도 신뢰하지 못했고 따라서 미래에 대한 전망도 기대할 수 없는 민족에 대한 불신 속에서 국가의 존재조차도 필요 없다고 생각하고 공포 속에서 대일협력까지 하게 된 것이다. 이런 채만식의 의식은 해방 후에는 더 심화된다. 해방 직후 몇몇 작품을 발표한 후「민족의 죄인」에서 쓴 대로 심리적 충격으로 그 이후 소심하고 자의식이 강한 채만식은 고향으로 낙향,[19] 현실과 멀어지는 생활을 하게 된다.

그럼에도 소설 속에 드러난 해방 직후의 혼란한 현실에 대한 진단은 과거의 역사를 통해서 단편을 통해서 계속 지적하고 있다. 관료들을 관료들대로 국가의 존망은 상관없고 백성들을 속이고, 착실하게 정도의 길을 걷는 백성들보다 정상적인 길이 아닌 자신들의 이익이 된다고 하면 수단과 방법을 가리지 않는 협잡꾼이 잘 살아가는 해방 전이나 다를 바 없는 혼탁한 현실이다.

그러니깐 형님, 전 불행히 북조선 정권이 제주도까지 온다면, 감징성으

---

18 황국명, 「『옥랑사』에 나타난 역사인식과 현실인식」, 군산대 채만식연구센터 편, 앞의 책, 270쪽.
19 채만식의 「민족의 죄인」은 1946년 5월 19일 발표하지 않고 있다가 1948년 10월호에서 1949년 1월까지 『백민』지에 실렸다. 이 때는 정부수립 후 반민특위가 본격적으로 활동하는 시기였다.

로룬 싫으나따나 이론상으룬 승인을 하긴 하겠지만 한 가지 조건이 있어
요. (…중략…) 소련의 위성국가루써 조선인민공화국이 아니라, 어떤 방면
에 있어서두 소련방의 간섭이나 그 제압을 받지 않는 완전 자주독립의 조
선인민공화국이란 조건에서 승인을 하겠어요.[20]

혹은 북조선에서 남조선을 먼저 칠는지는 모르는 것인데, 한번 사단이
이는 날 우리는 남북을 헤아리지 않고 대구모의 동족상잔, 골육상잔이라
는 피의 비극 속에 휩쓸려 들고라야 말 것이었다. 제주도의 사태가 전 조
선적인 규모로 확대가 되는 것이었었다.[21]

채만식은 자신의 대일협력의 문제를 「민족의 죄인」과 그 후에 쓴 다
시 대일협력의 문제를 「낙조落照」에서 자세하게 거론하고 있다. 위의 인
용문들은 채만식이 영면하기 2년 전 쯤 쓴 글인데 해방 후의 여전한 외
세 개입과 남북한의 전쟁을 염려하고 있다. 귀향 후에도 이런 현실 인
식에도 불구하고 해방 후 역사물 소설시리즈에서 보여주는 형식의 파
탄이나 「옥랑사玉娘祀」에서 보여주는 인물들의 절명을 통해서 반성 없는
민족에게 충격요법을 통해서 보여 주고 있다.

---

20 채만식, 「낙조」, 『채만식 전집』 4, 401쪽.
21 위의 글, 398쪽.

5. 『옥랑사』와 『소년은 자란다』, 『낙조』에까지
해방 후 내면의식

『옥랑사』의 집필 시기[22]는 1948년, 그러니까 『소년은 자란다』 전에 쓴 작품이다. 그러나 1939년에 시작된 작품이라는 설도 있으니 우리 민족사에서 가장 어려운 시기에 쓴 작품이라고 할 수 있다. 전체적으로 희망의 빛을 기대할 수 없는 어두운 시대에 태어난 우울한 소설이다. 『옥랑사』와 『소년의 자란다』는 채만식이 죽기 전 최종적으로 어떤 생각을 가졌는지를 보여주는 작품들이다. 『옥랑사』는 채만식의 처녀작이라 할 수 있는 『과도기』에서 징후적으로 보여준 현실에 대한 부정의식, 허무의식, 미래에 대한 환멸이 그대로 반영된 작품이다.

『옥랑사』는 주인공 장선용이라는 인물의 일대기를 핵심 구성으로 선용의 모험의 형식으로 과거 동학혁명에서부터 한일합방까지 우리 민족사를 재구성하는 작품이다. 지배 권력의 전횡에 희생이 된 아전을 아버지로 둔 선용은 우연히 화재로 양반집의 딸 옥랑을 구한 이후부터 사모하게 된다. 사모하는 마음을 옥랑의 부모에게 알리고 청혼하였으나 신분이 다르다는 이유로 냉혹하게 거절당한다. 집안에서 추천하는 신부와 결혼하여 마음을 붙이려고 노력했으나 결국 옥랑을 잊지 못하고 방랑의 길을 떠난다. 여기서 선용이 옥랑을 사모하는 것은 선용의 방랑, 즉 모험길을 떠나게 하는 계기로써 작용한다.

---

22 『옥랑사』의 발표 시기는 채만식의 사후 1955년에서 1956년 사이 『희망』에 분재되고 1961년 성화사에서 단행본으로 출판되었다. 혹자의 말에 의하면 또 1939년에 집필을 시작하여 1948년 완성된 작품이라는 설도 있다. 류종렬, 『가족사, 연대기소설 연구』, 국학자료원, 2002.

선용은 구한말 궁정에서 러시아, 청국, 일본의 세력을 끼고 개화당이니 러시아파니 민비와 대원군 간에 엎치락뒤치락 세력 다툼을 할 때, 잠시 궁정의 병정으로 근무할 당시 소대장이 30년간이나 군인으로 봉직하다 순간적으로 주검으로 변하는 관경을 보고 군대를 그만두고 매부 집으로 온다.

> 경복궁에서 하마 목숨을 날릴 뻔 하였다가, 또 일병의 포로가 될 뻔하였다가 모면이 된 선용은 다시 병문으로 돌아 올 면목도 없고, 흥도 없고 하여, 사직골 누이의 집으로 우선 찾아갔다.[23]

이 인용문처럼 선용은 마치 목숨을 걸고 나라를 지키는 일에 '흥' 타령이나 하는 방관자일 뿐이다. 또 동학에 열심히 참여하고 있는 외삼촌에게도 승패가 뻔한 싸움에 붙어 있지 말고 함께 떠나자고 종용한다. 그러나 외삼촌은 사람의 의리는 그런 것이 아니라며 끝까지 동학에 가담하여 나중에는 비참한 죽음을 맞이한다. 그러니까 선용은 이 작품에서 과거 역사를 전달하기 위한 매개자 역할 혹은 과거 사건의 관찰자이면서 밖에서 과거 역사를 보는 관찰자 역할을 할 뿐이다.

> 보조원이 헌병더러 무어라고 한다.
> 헌병은 보조원더러 지시를 한다.
> 두 보조원이 잔뜩 무서워하면서 나아오려고 한다.

---

23 채만식, 「옥랑사」, 『채만식 전집』 5, 85쪽.

"너이두 내가 힘이 어떤 줄은 알지. 포박을 아니 당하려고 용을 쓰는 마당이면 너희는 하나 둘은 죽어. 차라리 쏘구 말아라."

보조원들은 들은 성은 않고 조촘조촘 나아온다.

"이놈들이."

두 팔을 번쩍 들고 달려들 듯이 하면서 호통을 지르는 다음 순간, 헌병의 총에서 먼저

"탕. 탕"

이어서 보조원들의 총에서도

"탕 탕."

산울림이 멀리까지 울려나간다.

산새가 놀라 깃을 치고 날라간다.[24]

"하긴 그래요. 그렇지만 전 이 세상에서 저 스스로가 제 몸을 내버린터이니까 아무 희망이나 낙을 기대칠 않습니다. 그러니까 얼마 되잖는 세상에 맘대로나 살다가 죽어야지요. 제 자신을 위시해서 이 세상의 무엇 하나로두 즐거운 눈으로 볼 수가 있어야 희망이나 낙이니 하지요?"

"에그 정수씨도 아직 젊으신 이가 왜 그런 말씀을 하세요?[25]

앞의 인용문은 선용이 헌병에게 총살당하는 『옥랑사』의 마지막 부분이다. 뒤의 인용문은 『과도기』에서 정수가 친구 형식의 애인인 문자와 대화하고 있는 대화의 한 부분이다. 두 작품에서 가장 핵심인물인 선용

---

24 위의 글, 166쪽.
25 채만식, 『과도기』, 『채만식 전집』 5, 252쪽.

과 정수의 의식을 통해서 작가의식을 드러내고 있다. 선용이 단체나 조직의 중요성을 대단치 않게 여기는 것은 해방 전 채만식이 카프에 가입하지 않으면서 동반자 작가로서의 행보나 해방 후 낙향, 고향에서의 고립된 생활을 하던 일면과 닮아있다. 뒤의 인용문은 채만식 전체의 작품을 꿰뚫어 보면 채만식의 작가의식 중에 하나인 현실의 환멸에서 오는 허무주의 의식을 요약해서 설명해주고 있는 듯한 대화의 한 부분이다. 이런 비관적인 작품은 죽기 전 마지막 작품인『소년은 자란다』,『낙조』에 와서는 조금 달라진다.

해방 직후의 작품 중 부정적 인물을 통한 전망을 드러내는 작품은 채만식이 낙향하기 전 쓴「논이야기」,「맹순사」,「도야지」등에서 보여주지만, 총체적 현실을 통해서 전망을 드러내는 작품은『낙조』나『소년은 자란다』가 거의 유일하다.『낙조』는 좀 더 구체적인 해방 직후의 남북 관계에 의한 전쟁의 도발 위험성을 경고하면서 해방 후 우리 민족이 나아갈 길을 제시하고 있다. 남쪽이 통일하든 북쪽이 통일하든 역사적 합법칙적 발전에 의해서 통일이 된다면 어쩔 수 없다는 것과 결국 민족의 단결과 외세로부터 독립이다. 이 작품 역시 채만식 특유의 해방 직후 부정적 현실을 비판적 인물인 영춘을 통해 전망을 드러낸다.

　"그러니깐 형님, 전 불행히 북조선 정권이 제주도까지 온다면, 감정상으로는 싫으나따나 이론상으룬 승인을 하겠지만 한 가지 조건이 있어요. (…중략…) 소련의 위성국가루써의 조선인민공화국이 아니라, 어떤 방면에 있어서두 소련방의 간섭이나 그 제압을 받지 않은 완전 자주독립의 조선인민공화국이란 조건에서 승인을 하겠어요."[26]

위의 인용문은 작품의 초점 인물 '나'와 대화하는 중에 나온 박영춘의 대화이다. 박영춘은 해방 직후 북한에서 재산을 몰살당하고 형 박재춘이 총살당한 아픔을 가지고 남하한 인물이다. 위의 인용문에서 보여주는 것처럼 자신은 감정상으로 싫지만, 그것이 민족의 갈 길이라면 민족 단결을 위해서 받아들이되 절대 소련이 개입된 독립이 아닌 자주독립 국가인 조선인민공화국은 받아들이겠다는 것이다. 해방 직후 채만식이 지속적으로 강조해 온 민족의 단결과 완전 민족자주 독립이라는 외세로부터의 철저한 독립과 일치하는 대목이다.

이러한 객관적 현실이 바탕이 된 작품의 현실을 통한 민족적 전망은 『소년은 자란다』에서 좀 더 비극적으로 변한다. 『낙조』는 『소년은 자란다』에 비해 해방 직후의 상황이 발전, 민족적 전망을 제시할 수 있을 만큼의 시간적 여유를 가진 이후의 작품인데 비해 『소년은 자란다』는 작품의 배경이나 집필 시간이 그런 여유를 가지기는 시기 상조의 작품이다. 두 작품 다 해방 직후의 혼란상을 보여주기는 하지만 『소년은 자란다』에서는 그런 시간 간격으로 인한 해방 후의 현실적 전망을 예후적으로 전망할 수밖에 없었다.

『소년은 자란다』는 만주 전재민으로 해방 직후의 혼란 중에서 조국을 찾아 나섰지만 엄마, 아빠를 다 잃고 어린 동생을 데리고 혼자 살아가야 하는 영호의 삶을 통해서 고립무원의 우리 민족이 혼란 가운데서도 홀로 서지 않으면 안 되는 민족적 상황을 상징적으로 보여준다.

『소년은 자란다』에서의 의식의 단면 중 '횡재한 해방'으로 해방을 받

---

26   채만식, 『落照』, 『채만식 전집』 4, 401쪽.

아들이는 작가의식에는 전혀 예상하지 못한, 갑작스레 닥쳐 온 해방이라는 의미가 담겨 있다. 이런 채만식의 의식 내면을 들여다보자면 결벽증을 가진 채만식이 해방 전 대일협력이라는 큰 수렁에서 벗어나기 힘들었고 일본군의 횡포에 대한 두려움으로의 낙향 후 전혀 사람들과의 교섭이 없었기 때문에 일본으로부터의 해방을 전혀 예상 못했다고 생각된다. 맑스 세계관을 받아들인 후 객관적 세계에 대한 인식을 통해서 채만식이 볼 때 우리 민족이 해방될 전망은 전혀 없었다고 판단한다. 또 채만식의 비극적 세계관으로 인한 우리 민족의 역사적 발전에 대한 부정적 인식으로 전망을 기대하기 힘들었을 것이다. 일제 하 대일협력이라는 채만식이 생각하기에 자신의 생애에서 큰 오점은 조선 해방을 생각하고 싶지 않았고 할 수도 없었을 것이다.

6. 결말

채만식은 1902년 생으로 칼을 찬 일본 군인들이 거리를 활보하며 일본 세력을 과시하고, 조선을 합병하기 위해 조선을 옥죄었던 시대, 즉 철이 들기 전부터 무엇이 잘못되었는지 모른 채 반성부터 해야 하고 민족에 대한 성찰을 강요당하던 시기에 태어났다. 그렇기에 채만식은 피식민지로서의 우리의 현실, 그런 현실을 잉태하게 한 민족에 대한 성찰을 치열하게 하지 않을 수 없었다. 채만식의 개인적인 환경 역시 집안이 부농에서 출발하여 채만식이 와세다 대학에서 유학을 하다 중도 귀국, 일본으로 되돌아갈 수 없었던 이유가 일본 제국주의적 수탈과 연관이 있는 집안의 몰락 때문이었다.

채만식은 해방이 된 이후에도 대일협력과 관련하여 자신 스스로도 극복을 하지 못한 채 혼란의 와중에서 죽음을 맞았다. 채만식은 우리 민족의 가장 어두운 시대를 살았다. 그렇기에 민족적 전망의 빛을 조금도 찾을 수 없는 시대에 작품의 전망을 현실 속에서 찾을 수 없고 징후를 통해서 드러낼 수밖에 없을 것이다.

채만식의 비판의식이 잘 드러나는 채만식의 주요 작품을 통해서 미래의 전망이 어떻게 드러나는가를 보자. 「치숙」, 「레디메이드 인생」, 『태평천하』, 『탁류』, 「논」, 「낙조」, 『소년은 자란다』에서 현실을 통해서 드러내는 총체적 전망은 나타나지 않는다. 단지 『태평천하』의 사회주의운동을 하는 손자 종학이나 『소년은 자란다』에서 민족 공산주의운동을 하고 있는 김일성을 쫓아 간 영호의 배다른 형 영만이나 해방 직후 좌측 사회주의운동에 헌신하기 위해 사라진 오 선생 같은 사람에 대한 기대로 소극적인 전망으로 그친다. 『소년은 자란다』에서 보여주는 전망은 잘못된 의식 속에 살아온 어른들이 아닌 험난한 민족적 현실 가운데서 살아남은 영호나 형 영만이 같은 소년 세대가 건강한 의식으로 민족의 미래를 짊어져야 함을 또 하나의 다른 전망으로 보여주고 있다. 그렇지만 그것은 작품 너머의 작가의 소망일 뿐 현실을 통해서 드러나는 전망은 아니다.

채만식이 해방 후 자기반성을 통해서 보여준 민족적 전망을 『낙조』나 『소년은 자란다』를 통해서 보자면 역사의 합법칙적 발전에 의해 통일이 되어야 한다면 사회주의 국가로서 소련의 위성국가가 아닌 주체적인 국가로 탄생되어야 함을 역설한다. 이 두 작품에서 해방 후 채만

식이 지속적으로 강조해 온 민족의 단결과 완전 민족자주 독립이라는
외세로부터의 철저한 독립을 전망하고 있다.

『소년은 자란다』와 『낙조』는 채만식의 거의 마지막 작품으로 민족의
전망을 위해 의도적으로 쓰여진 작품이다. 그동안 채만식의 모든 작품
의 핵심 내용을 포괄적으로 내포하고 있으며 지금까지 채만식의 작품
에서 거의 드러나지 않았던 적극적 전망까지 보여주고 있다. 이런 점은
채만식이 죽음을 예감하고 의도적으로 쓴 소설들이 아닌가 하는 생각
을 가능하게 한다.

제7장
강경애의 여성으로서의 글쓰기

1. 강경애 문학에 대한 기존평가

식민지 시대에 사회주의가 등장하게 된 것은 3·1운동 이후 부르주아 민족주의의 한계가 드러나면서부터였다. 우리나라에서 사회주의는 부르주아 민족주의의 한계를 넘어서서 자본주의와 식민주의의 모순을 극복하려는 의도에서 출현했다. 그러나 계급 문제에 너무 치중한 사회주의는 민족해방 독립운동에 완전한 대안이 될 수 없었고 민족담론과 경쟁적인 관계에 있게 된다. 사회주의는 실상 식민지 시대에 현실 변혁을 기획한 유일한 담론이었다. 그러나 사회주의 역시 또 다른 한계를 가지고 있었다. 사회주의 국가 혹은 공산주의 국가라는 단일한 목표를 가지고 있었기 때문에 남성 중심적인 목적론적 성격[1]을 가지고 있었다.[2] 사회주의적 서사를 목표로 하는 문학이 도식주의에 빠졌다고 비판

---

1 남성적인 소유성(property)은 대상을 수단화하거나 대상화하는 목적론적 성격을 가진 권력 지향적이다. 반면 여성적 허여성(gift)은 대상과의 공존을 목표로 한다.

을 받는 것 역시 이런 목적론적인 성격과 관련이 있다. 강경애의 초기 문학에서 보여주는 도식성은 이런 사회주의 의식이 가지는 목적론적 성격으로 인한 것이다.

강경애의 문학에 대한 동시대 평론가들의 평가 역시 이와 관련이 있다. 한 때 강경애와의 동거로 강경애의 약점을 가장 잘 파악하고 있는 양주동은 '미세한 부분은 재치가 보여도 전체의 테마를 선명하게 잡을 줄 모르며, 현실에 전면적인 파악 능력 부족'을[3] 제시한다. 홍구는 '기교는 어느 점까지 좋다고 할 수 있으나 씨는 아직 사상적 불명료'[4]를 말하고 있다. 김기림 역시 '관념을 앞세웠을 때 작품의 효과가 뒤범벅이 되었다'[5]는 비슷한 평가를 하고 있다. 이무영 역시 이념을 드러내려는 작가적 의도 때문에 추상성에 떨어진 것을 경계하고 있다.[6] 반면에 백철 같은 작가는 '세계관이나 무슨 명확한 이데올로기가 서 가지고 작품을 통일해 나가는 작가는 아니다'며 강경애를 경향작가라든가 이데올로기 작가로 볼 수 없다고까지 하였다.

최근의 연구자들의 평가 역시 이 범주에서 벗어나지 않는다. 이재선은 그의 소설에 나타난 문제의식을 '궁핍'의 문제로만 초점, 세계관에 대한 철저한 인식이 없었기 때문에 사회문제 해결에 해답을 제시하지 못했다고 평가한다.[7] 김윤식은 『인간문제』를 중심의 장편 연구에서 인

---

2 나병철, 「식민지 시대의 사회주의 서사와 여성담론」, 『여성문학연구』 8, 한국여성문학
   학회, 160쪽.
3 김기림 · 양주동, 「여류문인 편감촌평」, 『신가정』, 1934, 36쪽.
4 홍구, 「여류작가군상」, 『삼천리』, 1933.
5 김기림 · 양주동, 앞의 글, 29쪽.
6 이무영, 「여류작가개평」, 『신가정』, 1934, 54쪽.
7 이재선, 『한국현대소설사』, 홍성사, 1979, 437쪽.

154   제2부_ 일제 하 삶과 작품의 상호연관성

천부두 묘사와 방적 공장에 대한 묘사는 한국 근대소설 공간에 처음으로 포착된 소재로서 소재 확대의 의의로 보고 있다.[8]

1959년 발간된 북한의 『조선문학통사』에는 『인간문제』를 이기영의 『고향』과 함께 1930년대 장편소설의 가장 탁월한 성과로 꼽고 있다. 여기에서 작가는 다양한 인간형상을 통하여 조선현실의 제반 특질을 계급적 입장에서 사실적으로 반영했다고 보고 있다.[9] 또 강경애를 "언제나 사회적 주제를 계급적 립장에서 형상하기에 노력하였는 바 그의 이러한 진보성은 그 당시 프로레타리아 문학활동의 등의 사상적 영향과 아울러 그 자신의 인민적 생활 체험에서 온 것이다"며 평가하고 있다.

강경애론으로 석사학위를 받은 이상경 역시 초기 문학 「어머니와 딸」을 거론하며 강경애의 관념적 조급성을 지적하고 있다. 반면 그 이전의 여성 주인공으로 한 작품들의 대부분이 조혼의 비극을 폭로한다든가, 신여성의 자유연애를 주창한다든가, 궁핍의 문제를 도덕성의 문제로 환치시키는 등 반봉건의식의 테두리에서 여성의 문제를 보는 대신 강경애는 식민지하 문제의 본질을 포착하려는 진지한 노력을 보여주고 있다며 그 성과가 『인간문제』로 집약된다고 했다.[10]

서정자는 이상경과 다른 시각을 보인다. 서정자는 『인간문제』, 『소금』은 창작방법을 달리하는 작품으로, 『인간문제』는 보편적 인간의 문제 중에 여성문제를 중심으로 다루고 있지만 여성문제를 적절히 지적해 내기는

---

8 김윤식, 『한국근대작가론고』, 일지사, 1981, 242쪽.
9 사회과학원 문학연구소 편, 『조선문학통사 현대문학(판)』, 인동, 1988, 152쪽.
10 이 논문에 인용되는 강경애 작품에 관한 자료는 이상경 편, 『강경애 전집』, 소명출판, 2002를 참고로 함. 이후 본 책 인용 시 '글명, 쪽수' 형식으로 표기한다. 이상경 편, 「강경애의 시대와 문학」.

했지만 그 처절한 고통의 묘사에서는 그 핍진성이 떨어진다고 평한 반면, 『소금』사회주의 창작방법의 강요성에서 벗어났을 때 여성문제가 보다 실감나게 그려지고 있다고 오히려 『인간문제』보다 『소금』을 높이 평가하고 있다. 이것은 작품을 보는 평가 기준의 다름에 의해서 작품의 평가 또한 달라 질 수밖에 없다. 이런 강경애의 동시대의 평의 대부분이 남성성에 근거한 남성들의 평가이고 어떤 작품을 대상으로 했느냐에 따라 다르게 평가될 수 있지만 전혀 무시할 수 없다. 그 근거는 『소금』, 「지하촌」, 『인간문제』 등에서는 그런 관념성이 극복이 되기 때문이다. 남한의 최근의 평, 북한문학에서 거론된 작품 평은 강경애의 어느 작품을 다루었느냐에 따라 달라진다. 가장 최근의 연구자의 대부분의 연구가 『인간문제』, 『소금』, 「지하촌」에 집중되어 있고 이 세편의 평가에 대해서는 긍정적인 평가를 내리는 것은 앞의 강경애의 사회주의 이념에서 가져오는 관념성이 이 세편에서 어느 정도 극복되었음을 인정하는 증좌라고 할 수 있다.

2. 강경애의 하층민 의식 형성 과정

『인간문제』와 『소금』등에서 나타난 여성 작가 강경애의 독특한 문학 세계는 어릴 때의 가난의 체험으로부터 간도에서의 민중들의 착취와 궁핍, 첨예한 제국주의적 갈등 등의 생활 체험이 바탕을 이루고 있다. 어릴 때의 가난의 체험이 현실인식을 바탕으로 철저히 하층민의식으로 변모하는 과정을 살펴보자.

강경애는 1920년대 후반부터 문필 활동을 했지만, 초기에는 시를 주로 발표했고, 1931년이 되어서야 첫 단편 「파금」[11]을 발표했다. 시는 총 다섯 편을 발표했지만, 초기의 3편과 1931년 이후 발표된 2편 「오빠의 편지 회답」[12]과 「참된 어머니가 되어주소서」[13]는 편차를 보여준다. 초기 3편 중 가난을 노래한 시는 「책 한권」[14]뿐이다. 그러나 이 시에서도 가난 자체를 묘사했다기보다는 오히려 책을 사랑하는 마음을 드러낸 시이다. 다음 두 편의 시, 「가을」[15]이나 「다림불」[16]은 가을에 대한 낭만적 감상과 다림불에 대한 여성적 감상을 노래한 시이다. 그러나 후에 발표한 두 편의 시는 확연히 달라진다.

「오빠의 편지 회답」에서는 공장을 다니는 누이의 시점으로 잡혀 간 오빠에게 보내는 서간문 형식의 시이다.

> 오빠!
>
> 당신이 잡혀 가신 뒤 이 누이는
>
> 그렇게 흔한 인조고사 댕기 한 번 못 드려 보고
>
> 쌀독 밑을 긁으며 몇 번이나 몇 번이나 입에 손 물고 울었는지요.[17]

이 시에서 오빠는 아마도 사회주의 운동을 하다 감방살이를 하는 인물이다. 고무 공장에서 고무신을 만드는 여성 화자는 '흔한 댕기 한번

---

11 「파금」, 429쪽.(『조선일보』, 1931.1.27)
12 「오빠의 편지 회답」, 801쪽.(『신여성』, 1931.)
13 「참된 어머니가 되어주소서」, 803~805쪽.(『신여성』, 1932.)
14 「책 한권」, 796~797쪽.(『금성』 3, 1924.)
15 「가을」, 798~799쪽.(『조선문단』, 1925.)
16 「다림불」, 800쪽.(『조선일보』, 1926.8.18)
17 「오빠의 편지 회답」, 429쪽.(『신여성』, 1931.)

못 드려 보고, 쌀독 밑을 긁으며'의 궁핍의 원인이 오빠의 부재에서 오는 것이라 서술한다. 이 시에서는 오빠의 부재에서 오는 궁핍과 공장 노동자로서의 자긍심, 앞장서서 공장주와 투쟁할 것을 서술하고 있는 시이다. 이 시에서는 초기의 낭만성이 자취를 감추고 있다.

「참된 어머니가 되어 주소서」 역시 사회주의적 전망을 드러내는 시이다. 이 시는 삼백 량의 빚에 민며느리로 들어 온 화자의 시선으로 서술되고 있다. 삼백 량의 빚에 팔린 자신의 처지를 원망하기보다는 오히려 그 삼백 량의 돈을 어머니 손에 한 푼도 쥐지 못한 비참한 상황을 일깨우며 ✕✕회에 들어 올 것을 권유하고 있다.

이 두 편의 시를 통해 보면 초기 시에서 보여주는 소녀적 감상이 후의 두 편에서 보여주는 사회주의적 인식의 틀로 바뀌고 있다는 것을 알 수 있다. 물론 강경애는 2년 전 염상섭의 「명일을 읽고」에 대한 비판을 담은 글[18]에서도 부르주아에 대한 비판의식을 통해서 계급의식을 분명히 보여주고 있다. 고로 어릴 때 궁핍한 삶을 통해 획득한 하층민 의식이 강경애의 의식의 토대가 되고 있었다고 할 수 있다. 그러나 그것이 방향성을 갖지 못하다 시 창작에서 소설 창작으로 장르를 바꿀 즈음, 즉 1931년쯤 확실한 방향성을 잡았다고 할 수 있다. 이런 변화 과정에는 강경애와 결혼한 장하일이 가로 놓여 있다.

이상경의 연구[19]에 따르면 강경애가 간도 방랑에서 돌아와 장연에서 작가 수업을 하던 중 장하일과 연애 끝에 결혼, 1931년 6월 쯤 간도 용정으로 이주하여 본격적인 작품 활동을 하게 된다고 했다. 강경애의 어

---

18 「염상섭 씨의 논쟁을 「명일을 길」을 읽고」, 705~725쪽.
19 이상경, 「강경애와 간도 체험」, 『한국근대여성문화사론』, 소명출판, 2002, 215쪽.

릴 때의 궁핍의 경험은 자연 자신과 하층민과의 동일시가 이루어지고, 장하일[20]을 만남으로써 사회주의 운동에 대한 확실한 방향성을 갖게 되었다고 할 수 있다. 서정자는 간도에서 쓴 초기 소설들은 계급의식을 뚜렷이 드러내는 데 이것은 강경애가 장하일과의 만남 후 영향을 받은 데서 오는 것이 아닐까 추정한다.[21]

장하일의 사상성에 대한 뚜렷한 기록은 없다. 그러나 「연변문사자료」[22]에 의하면 동흥중학교는 간도 사회주의 운동의 온상이었던 것으로 미루어보아 장하일 역시 투철한 사회주의 의식을 지니고 있었으리라 짐작된다. 강경애의 자전소설이라는 「원고료 이백 원」이나 '부부에게 즐거웠던 일 서러웠던 일'을 묻는 설문에 답한 「원고 첫 낭독」에서 보여준 남편에 대한 존경심이 절대적인 것으로 보아 장하일의 사회주의 사상은 강경애보다 투철했으리라 충분히 짐작된다. 장하일의 투철한 사상성에 영향을 받은 강경애는 결혼 이후 주로 두 사람이 생활했던 간도에서의 열악한 환경과 항일무장투쟁의 현실로 인해 더욱더 사회주의 사상이 강화되었으리라 생각된다. 대부분의 소설 소재가 간도를 배경으로 하고 있고 간도에 대한 특별한 애착[23]은 간도에 대한 여러 편의 수필을 통해서 확인된다.

20 장하일은 화요회 북풍회 구성원이었고 1926년 제2차 공산당 사건으로 검거된 김경재와 같은 수원 고등학교를 나와 그의 소개로 간도 동흥중학교에 근무 한 적이 있다. 이 동흥중학교는 사회주의 운동가들이 자리를 잡고 있었고 장하일은 이들과 일정한 관계를 유지하고 있었다. 이상경, 앞의 책 참고 또 이상경은 장하일은 『인간문제』의 이판본은 북한의 노동신문사 부주필이었던 강경애의 남편 장하일이 신문을 스크랩하여 보관하였다가 출판한 것으로 보인다고 했다.

21 서정자, 「체험의 소설화, 강경애의 글쓰기 방식」, 『여성문학연구』 13, 한국여성문학학회, 260쪽.

22 리종홍, 「파란곡절을 걸어 온 길 – 동흥중학교」, 『연변문사자료』 6.

23 강경애의 간도에 대한 글은 「간도를 등지면서, 간도야 잘 있거라」, 『동광』, 1932.8.10; 「간도의 봄 – 심금을 울린 문인의 봄」, 『동아일보』, 1933.4.23; 「이역의 달밤」, 『신동

강경애의 간도에 대한 애착은 어디에서 연유하는 것일까.

위의 수필들에 나타난 것은 강경애의 간도에 대한 연민과 처절한 현실에 대한 안타까움 등이 교차되어 있다. 처음 간도에 도착하였을 때[24] 강경애가 목격한 간도는 길거리에 낯선 사람들을 따라다니는 거지 떼들, 빈번히 벌어지는 피비린내 나는 항일 무장투쟁운동을 하던 한인 공산주의자의 검거 등 살벌한 현실은 제국주의적 현실을 적나라하게 목격할 수 있는 투쟁의 장이다.

> 나는 얼결에 구외(構外)로 밀려 나왔다. 군대는 행렬을 정돈하여 유량한 나팔 소리에 맞춰 보무당당(步武堂堂)히 군중 앞으로 걸어간다. 우렁차게 일어나는 만세소리! 그중에서도 천진한 어린 학생들의 그 고사리 같은 손에 잡혀 흔들리는 일장기(日葬旗) 그 까만 눈동자!
> 햇볕에 빛나는 총검에서 피비린 냄새가 나는 듯 동시에 ××단의 혐의로 무참히도 원혼으로 된 백면장정의 환영이 수없이 그 위를 달음질치고 있었다.[25]

위의 인용문에서 보여준 것처럼 항일무장 투쟁과 대검거, 제국주의적 전쟁을 준비하기 위한 살육과 파괴 등으로 피폐해진 간도는 거지 떼들로 우글거리고. 집이 없는 피난민들의 움막수가 날로 늘어가는 처참한 현실이다. 이런 제국주의적 모순과 자본주의적 계급 모순이 중첩된

아」, 1933.12; 「간도」, 『조선중앙일보』, 1934.5.8 등의 수필과 「그 여자」, 「채전菜田」, 「축구전」, 「유무」, 「동정」, 『소금』, 「모자」, 「원고료 2백원」, 「번뇌」, 「마약」, 「검둥이」 등의 12편의 소설이 있다. 고향 장연을 배경으로 한 소설 8편에 비하면 3분의1 이상의 많은 편수다.

24 이 때는 강경애가 장하일과 결혼해 간도를 왔을 때, 1931년 6월경을 발한다.
25 「간도를 등지면서, 간도야 잘 있거라」, 723쪽.

현장의 궁핍에 대한 체험은 사회주의 의식을 가지고 있고, 작가의 사명 의식에 불타는 강경애가 놓칠 리가 없다.

강경애는 자신의 의식의 토대가 되는 하층민에 대한 연민은 결국 사회주의를 자신의 신념으로 받아들이고, 남편 장하일을 만남으로써 그 방향성이 더욱 더 뚜렷해졌으며, 간도의 궁핍과 제국주의적 모순의 현장에 대한 체험은 더욱 더 사회주의 사상을 견고하게 하는 버팀목이 되었다고 할 수 있다.

3. 여성성과 계급 담론의 결합

1) 계급의식이 여성성을 왜곡·변형한 예

「파금」, 「부자」 등 초기 작품에서 계급의식인 하층민 의식이 작가의 여성성을 짓누르고 있다. 여성으로서의 생리적인 특징, 자연적인 흐름, 따뜻함, 감각적이고 직접적인 접촉성 등은 초기 작품에서는 나타나지 않고 오히려 여성성인 특징들이 부정적으로 작용한다.

앞에서 동시대의 비평가들이나 최근의 연구자들이 강경애의 관념성을 지적한 작품들은 초기 몇몇 작품들에서이다. 이 작품들에서는 가난의 원인을 추적하는 과정 속에서 도식주의적 계급 관계를 작품 속에 그대로 형상화하고 있다.

1931년 1월에 발표한 데뷔작인 「파금」에서는 대농을 경영하던 주인공의 아버지가 학비 조달로 어려웠던 차 불경기가 겹쳐 간도 이주를 할 수밖에 없는 현실을, 「부자」에서는 아버지와 아들이 모두 선주船主와 농장주의 미움을 사 일자리를 잃은 억울함을, 「장산곶」에서도 「부자」와 비슷한 내용을, 「채전菜田」에서는 전실 자식의 눈으로 보이는 머슴들에게 저지르는 중국 지주의 비인간적인 횡포를, 「해고解雇」에서도 실컷 농토를 개간해 주었음에도 당하는 부당한 해고를 형상화하고 있다.

이 대부분의 작품에서 강경애의 관념성은 지주와 머슴, 선주와 고용자 등으로 도식적이고 계급적인 인간관계로 그려진다. 인간의 복잡한 관계를 단순화시켜 물질을 소유한 자와 소유하지 않은 자, 착취하는 자와 착취당하는 자로 이분화시키고 있다. 지주 계급은 한결같이 봉건적 가부장적 의식을 지니고 있다. 즉 아들을 선호하고 여성들은 성적 유린을 하는 인물로 그려진다. 지주의 친절이나 인간성은 언제나 성적 욕망을 채우기 위한 수단일 뿐이다. 머슴이나 고용인은 대부분 억울한 누명이나 부당한 해고로 일자리를 잃어 지독한 가난과 절망 속에서 사는 인간으로 그려진다.

앞에 열거한 작품에서 형상화한 이런 지주나 선주, 머슴 혹은 고용인의 모습은 인간의 일면일 뿐, 다양한 인성을 지닌 인간은 아니다. 그 당시의 대부분이 양반의 후손인 지주에게도 따뜻한 인간적인 모습도 있으나 그 계급이 가지고 있는 한계 또한 지니고 있다. 또 하층민인 경우, 그들의 근본적인 단순함을 보여주는 성실성, 그들의 노동에서 오는 건강성도 있지만 이기영의 『고향』에서 그려진 게으름, 눈속임 등 다양한 인간의 속성을 통해 보여주는 인물형이 있다. 강경애의 초기 작품들의 인물들은 계급의식에 의해 죽은 인물형이다. 그리고 남루한 옷을 입거나 노동하는 사람에게는 일방적으로 하층민과 동질감을 느끼는 것으로 부자나 일을 하지 않는 사람은 적대적인 것으로 판단하는 이율배반적인 오류에 빠져 있다.

"어서 가보우. 그리고 위로나 잘 해주우."

그들은 울음이 복받쳐 어쩔 줄을 모르다가 부인이 앞을 떠나감을 알았을 때 휘끈 돌아보니 아주 남루한 옷을 입은 부인임을 새삼스럽게 발견하였다. 그들은 순간 어떤 힘을 불쑥 느끼며 축구장으로 달려왔다.[26]

「축구전」에서 인용한 위의 작품은 어떤 종류의 학교라고 분명히 명시되지 않은 학교의 검거 사건이 일어 난 후의 절망적인 현실을 극복하기 위해 축구 전에 출전했지만, 경제적으로 궁핍, 제대로 못 먹은 선수들이 상대방에 지자 안타까워하는 '남루한 옷을 입은 부인'의 말 한마디에 용기를 얻는다는 이야기다. 여기서 '남루한 옷을 입은 부인'은 하층민이기 때문에 이쪽 축구부 학생들이 자기 동일시를 통해 위로를 얻고 용기를 얻는다는 이야기이다. 이런 자기 검증되지 않은 도식적으로 일하는 사람, 일하지 않는 사람, 가난한 사람과 부자 등의 대립적인 구도를 통해 서사는 구체적인 현실을 매개로한 서사가 아닌 계급적인 도식성만을 보여준다.

어떡하나…맹서방도, 추서방도, 이서방도, 그러구 그러구 모두 다들 좋은 사람들이 이렇게 나와 같이 일만 할 줄 알지. 일만하는 사람은 나쁜 사람인지 몰라? 바바와 같이 마마와 같이 노는 사람이 좋은 사람일까.[27]

「채전」은 위의 인용문에서 보여주는 것처럼 어린아이의 시점으로 그

---

26 「축구전」, 480쪽.(『축구전』,1933.)
27 「채전」, 469쪽.

려지는 작품이다. 인용문에서 보는 것처럼 어린아이 답지않게 일만하는 사람, 노는 사람 등으로 계급적으로 파악한다. 일방적인 계급의식을 적용, 일면적인 모습만 그린다는 것은 강경애의 조급한 계급의식에 의한 것이다. 강경애는 이 작품과는 달리 「그 여자」에서 주인공 신여성을 비판하기 위해 쓴 글에서는 '농부들이란 오직 먹는 것과 애 낳는 것, 일하는 것, 밖에는 모르는 듯했다'며[28] 또 농부의 무식함을 비판, 부정적인 측면만 나열하고 있다. 이러한 강경애의 조급한 계급의식은 결국 서사 전개 과정에서 파탄을 보여준다.

「파금」에서는 작품의 서사의 초점을 알 수 없다. 선명치 않은 전개 과정 속에서 제일 마지막에 두 줄로 주인공 인물과 누이가 한 사람은 총살을 당하고, 한 사람은 감옥에 복역 중이라는 결말을 요약하고 있다. 만일 작가의 의도가 조선의 척박한 현실 속에서 견디지 못하고 간도까지 이민을 갈 수밖에 없었고, 현실을 극복하기 위해 ××회에 가입, 결국 한 사람은 총살형을 당하고 한 사람은 감옥으로 갔다라는 의도였다면 조선의 척박한 현실이 좀 더 구체성을 가지든지, 아니면 간도에서 체험이 최서해의 「탈출기」처럼 더 리얼하게 그려졌어야 했다. 초반부에 주인공 인물과 애인과의 관계를 서술하다 느닷없이 부농의 아버지의 몰락으로 간도를 떠나게 되었다는 설정도 필연성이 부족하다. 작가는 이 작품에서 간주로의 이민이 단순한 이민이 아니라 경제적인 궁핍에 의한 어쩔 수 없는 이민이었다는 것과 그 당시 간도에서 창궐했던 항일무장투쟁의 필요성을 역설하기 위한 의도로 이 작품을 쓴 것 같다.[29]

---

28 「그 여자」, 434쪽.
29 「채전」, 866쪽.

「부자」 역시 마찬가지다. 서사 과정 속에서 아버지나 아들이 선주나 농장주에게 해고당한 사연이 핍진하게 그려져야 함에도 그 과정은 생략된 채 해고 된 이후의 심리적 과정만을 서술하고 제일 마지막의 결말 부분에서도 농장주의 창고로 쳐들어가 개인의 감정에 의해 움직일 것이 아니라 ××회의 회원이기 때문에 그 지령을 따라야 하지 않겠느냐고 반문하는 것으로 끝낸다.

「채전」 역시, 전실 자식 수방이 머슴들에게 쫓겨날 것을 미리 귀띔한 것으로 인하여 소문 없이 죽은 것을 결말로 처리하고 있다. 핵심 서사는 생략한 채 에피소드 서사의 전개를 통해 주제를 약화시키고 있다. 동시대 남성 작가들이 '테마를 선명하게 그릴 줄 모른다'는 평을 받게 되는 원인이 여기에 있다. 이런 여성들의 직감적인 특징에 현실의 충분한 매개를 통해서 이루어져야 함에도 자신의 관념에 현실을 조급하게 적용시킨 결과일 것이다. 여성의 특징인 직감이 이처럼 부정적으로 작용하기도 하지만, 『소금』에서는 긍정적으로 적용되기도 한다.

강경애의 여성적 감수성은 작품 속에서 주위의 세밀한 풍경을 정서적으로 세밀하게 묘사한다. 그러나 이것조차도 이러한 환경의 세부적 묘사가 계급의식과 일체감을 가질 수 없는 정서적 불일치를 보여주는 묘사가 가끔 드러난다. 「부자」에서 주위 환경을 인식하는 인물은 바위라는 인물이다.

> 어슴푸레한 황혼은 농장을 싸고 어슬어슬 얽히었는데 그 뒤로 꿈인 듯이 솟아오르는 달은 잠깐 송림으로 몸을 숨기고 두어 날의 긴 빛을 던지고 있었다. 농장 집을 중심으로 막연히 넓어 보이는 농장! 언제 보아도 대견한 농장! 이 농장만은 바위를 반겨 맞는 듯 싶었다.[30]

위의 인용에서 '어슴푸레한'이나 '어슬어슬 얽히었는데' '꿈인 듯이 솟아오르는 달은 잠깐 송림으로 몸을 숨기고 두어 날의 긴 빛을 던지고 있었다' 등의 이런 정서는 머슴이나 고용자의 정서는 아니다. 사물이나 주위를 세밀하게 관찰하는 지성인의 정서이다. 물론 이것은 여성작가인 강경애의 것이기도 하다. 강경애의 계급의식은 가난의 원인을 계급적으로 인식하는 데는 성공했지만, 계급의식에 대응하는 문체와의 합치에는 성공하지 못하고 있다.

이런 것은 체험과 직감을 중시하는 여성으로서의 강경애가 이성과 논리를 필요로 하는 당위성에 입각한 계급문학을 만나 문학적 형상화를 얻기 위해서는 현실에 대한 인식의 철저, 세계관에 대한 확신 등을 통해서 자기 확신이 필요하다. 그러나 강경애의 현실 인식이 이때까지만 해도 계급의식에 의해서 파악된 편파적인 현실인 것이다. 여전히 가부정적 의식이 세계를 지배하고 여성들을 성적 욕망의 대상으로 전락시키며 경제적 불균형과 제국주의적 모순은 여전하고 여성들은 살아남기 위해서 남편이나 남성들에 굽혀야만 살아갈 수 있는 세계이다. 이러한 현실에서 계급문학은 여전히 당위문학일 뿐이며 현실을 올바로 개혁할 수 있는 힘의 문학이라 할 수 없다. 현실이 그러할 때, 경제적 모순과 성적 모순 이중 모순 속에서 살고 있는 여성적 체험에 입각한 직감에 의존하거나, 아니면 자기반성적 글쓰기를 통한 충실한 자기 재현일 때 극복이 가능하다.

---

30 「부자」, 446~447쪽.

2) 여성성과 계급의식의 올바른 결합, 『인간문제』

이상경은 『인간문제』의 문학사적 의의를 '1920년대 중반부터 1930년대 중반까지 카프의 작가들을 중심으로 하여 전개된 프로문학운동이 소설 상에서 지향했던 목표에 가장 가까이 있는 작품이 『인간문제』라 할 수 있다'[31]며 극찬 하고 있다. 또 김재용은 또 세부의 구체성, 인물의 전형성, 계급적 전망의 바른 구현 등을 들어 프로소설의 한 정점을 형성한 작품이라 높이 평가하고 있다.[32] 이 두 사람은 작품을 작품으로서의 가치보다는 프로문학운동이라는 차원에서의 평가이다. 연변에서 대학 교재용으로 출판된 『조선문학사』에서 『인간문제』를 '당대 현실에 있어 인간 문제의 가장 기본적인 것은 일제 통치 하의 자본주의 사회 제도를 전복하는 혁명운동이라고 생각하였으며 그것의 승리를 위하여 피압박, 피지배의 근로 인민 대중은 어떠한 길을 걸어야만 하느냐에 대하여 예술적 해답을 주고 있다'[33]고 평한다. 북한문학사나 연변문학사[34]에서는 강경애를 30년대의 대표적인 작가로 평가하고 있다.

강경애의 작품을 페미니즘 시각으로 본 서정자는 『인간문제』를 1930년대 여류소설에서 유일하게 일제의 경제침략에 희생되고 있는 여성노동자의 실태를 문제 삼고 여성해방론의 주요 논점을 소설화한 작품으로 평가했다. 송인화 역시 『인간문제』를 통하여 자본주의의 제도적 모순, 그로 인한 궁핍이 여성에게 행사하는 폭력을 포괄적이고 체계적으로 제시하고 있다고 긍정적으로 평가한다.[35] 남성이면서 유일하

---

31 이상경, '만주항일혁명운동의 문학적 수용', 「강경애 연구」, 서울대 석사논문, 1984.
32 김재용, 「일제하 리얼리즘 문학 연구」,연세대 박사논문, 1993.
33 연변민족교육연구소 편, 『조선문학사』, 연변교육, 1956, 322쪽.
34 박충록, 『한국민중문학사』, 열사람, 1988.

게 페미니즘 시각으로『인간문제』를 조명한 나병철은 계급담론과 여성담론의 접합을 통해 식민지 현실을 구체적으로 그린 소설이라며, 이 소설이 하층민 여성의 위치에서 식민지 현실을 조망하고 있다고 평가한다. 특히 남성 초점 인물 첫째의 주체적 삶의 욕망의 자각 과정이 여성 초점인물 선비의 대한 사랑을 깨달아가는 과정과 겹치는 여성담론과 일치하는 계급담론과의 접합 과정을 주목하여 평가하고 있다.[36]

위와 같이 소설을 평가하는 기준은 각자 소설을 보는 시각에 따라 다르다.『인간문제』를 리얼리즘 소설이라고 규정한다면 리얼리즘에 준하는 가치 평가가 있어야 할 것이다. 위의 김재용이 말한 인물의 전형성이라든가, 현실의 세부적 진실, 계급적 전망 등의 요건 등이 있을 것이다. 필자가 본 리얼리즘의 요건은 그 당대의 객관적 현실이 올바르게 매개되었느냐 하는 것이다. 그것이 단지 계급적 관념성에 의해 재단된 주관적인 것이 아니라 그 당대의 전형적 현실을 보여주는 올바른 현실이 매개 된 것이냐가 관건이 될 것이다.

『인간문제』의 농촌 용연을 배경으로 일어나는 초반전의 현실은 선비를 중심으로 한 지주의 비인간적 횡포이다. 즉 주인공 선비의 아버지를 비롯한 소작농에 대한 경제적 억압 구조를 지주 덕호를 통해서 보여주고 있다. 이 경제적 억압은 지주 덕호의 횡포라기보다는 조세 제도의 포탈에 의해서 소작농은 죽으라고 일을 해도 지주 덕호에게 빚만 지는 폭압적인 현실이다. 마름의 역할을 하던 선비 아버지가 소작농에게 인

---

35 송인화, 「하층민 여성의 비극과 자기인식의 도정」, 『페미니즘과 소설비평』, 한길사, 1995, 277쪽.

36 나병철, 앞의 글, 171~172쪽.

간적인 정을 베푼 죄 때문에 지주 덕호에게 산판으로 맞아 죽은 것은 포악한 현실을 상징적으로 보여준 사건이다.

전반부에서 드러내는 현실은 성적 유린을 통해 드러나는, 종족 보존을 위한 자본의 왜곡된 흐름이다. 농촌의 농사를 통해서 벌어들인 돈은 지주와 소작농의 몫이지만, 소작인은 항상 가난에 허덕이며 지주에게 장리쌀을 얻지 않으면 살아갈 수 없다. 소작인을 착취해 모은 재산을 지주 덕호는 종족 보존을 위해, 혹은 자신의 성적 욕망을 채우는데 사용된다. 딸 옥점이가 있음에도 자식이 없다는 말로 봉건적 가부장적 의식을 드러내는 덕호는 간난이를 비롯한 선비 등의 어린 소녀들을 첩으로 삼아 아들에게 자신의 재산을 물려주고자 하는 왜곡된 욕망을 통하여 자본을 행사한다.

덕호의 딸 옥점이와 신철이의 휴가와 산책으로 이어지는 지주 가족의 여유로운 삶과 대조적으로 그려지는 선비는 설거지에, 빨래에 노동으로 하루 종일 소일하는 것으로 그려진다. 또 옥점의 신선한 노동에 대한 경멸을 통해서 지주 가족의 전형을 드러낸다.

"뭘 김을 매시겠어요?"

"그러면요, 김 매는 것 좋지요.!"

"참…우스워 죽겠네."

"왜 그러셔요?"

"김을 매고 어떻게 살아요! 그렇게 할 바에는…"

위의 대화는 옥점이와 옥점이를 따라 휴가를 온 신철이의 대화이다. 이 대화를 통해 작가는 선비와 대조적인 옥점이의 전형을 보여주고 있다.[37] 또 선비가 계란을 애지중지하면서도 계란 한 알 먹을 수 없는 처지인데 비해 옥점이는 매일 같이 계란을, 그것도 선비의 손을 통하여 가지고 온 계란을 먹는다. 선비의 노동의 결과로서 나온 계란을 일하지 않은 유한계급인 옥점이가 독점함으로써 자본주의의 모순을 드러내고 있다.

> 선비는 찬장의 시렁을 붙들고 흑흑 느껴운다. 모녀한테서 모욕받은 것
> 도 분하지만, 봄 내 모아 온 계란을 한 개도 남김없이 빼앗긴 것이 더욱 억
> 울하였다. 눈물이 술술 쏟아지면서도 그 눈에는 옹골차고 예쁘장스러운
> 타원형의 계란들이 수없이 나타나 보인다.[38]

여기에서 '옹골차고 예쁘장한 타원형의 계란'은 선비를 투사한 선비의 분신이다. 계란을 옥점이 먹는다는 것은 선비를 먹는 것이나 마찬가지다. 여기에서 착취의 구조를 상징적으로 드러낸다.

이와 대비적으로 그려지는 동네의 말썽쟁이인 첫째는 몇몇 동네 사람들과 동시에 성적 관계를 가지는 윤락녀인 엄마와는 달리 동냥으로 살아가고 있는 이 서방과의 돈독한 관계를 가지고 가족처럼 살아간다. 여기에서 작가는 엄마에게서조차 버림받고, 동네사람들에게서도 인간적인 대우를 받지 못하는 첫째의 소외된 삶을 통하여 드러내는 욱하는 성격은 모순된 현실에 대한 저항을 드러낸다.

자본과 권력을 한꺼번에 움켜쥔 지주이면서 면장인 덕호가 면사무소는 농민들을 잘 살게 하기 위하여 존재한다면서 농민들을 착취하고, 자

---

37 「인간문제」, 199쪽.
38 위의 글, 216쪽.

신에게 저항한다고 소작하던 밭을 떼어버리는 모순된 발언에 첫째는 자본주의의 법에 대해 천착하기 시작한다. 자신들이 살기 위한 당연한 행동에 '법'으로 인하여 구속받고, 행동의 제약을 받음으로서 특권 계급 덕호를 비호하는 것이 '법'이 아니냐는 의문으로 전전긍긍하다, 이 서방의 말을 듣고 농촌을 떠나기로 결심한다.

첫째는 모순된 현실을 조장하고 농민을 꼼짝 못하게 하는 법에 대한 의문을 제기함으로써 왜곡된 현실의 본질에 대한 물음을 제기하고 있다. 이 작품에서 계급주의적 도식주의에 빠지지 않고 올바른 현실을 매개한 것이 바로 이 법에 대한 첫째의 천착이다. 힘없고 소외된 많은 사람들이 가장 무서워하는 것은 바로 법이다. 법이 인간다운 삶을 위해 존재해야 함에도 권력과 자본을 비호하는 지배 세력의 '채찍'으로 작용하는 것이다. 여기에 계급담론과 여성담론의 결합이 드러난다. 경제적으로나 가족적으로 소외된 인물인 첫째의 여성주의적 시각인 '인간다운 삶'은 결국 지배 세력의 '법'이 막고 있는 평등한 세상을 통하여 '인간다운 삶'을 주장하는 계급담론과 결국 맞닿아 있음을 보여준다.

덕호의 왜곡된 성적 욕망에 의해서 선비의 학문에 대한 순수한 열정이 가차없이 짓밟히게 된다. 절망 속에서 선비는 자신의 전철을 밟았던 친구 간난이의 행방을 찾게 된다. 여기서 성적 유린을 받고 경제적 착취를 당했던 여성들과의 연대가 형성된다. 선비는 간난이를 찾아 인천으로 올라온다. 선비는 간난이의 지도와 인천 공장의 열악한 환경과 착취, 감독들의 노동자 여성들에 대한 성적 유린 등의 현실을 매개로 서서히 계급의식에 눈뜨게 된다.

선비는 인천에 온 후 우연히 첫째와의 해후를 통하여 마음속으로 첫째를 생각한다. 여기서 선비와 첫째와의 관계는 성적 유린을 하던 덕호나 공장 감독들과는 달리 서로가 서로를 염려하는 인간적인 관계 내지는 동지적인 관계로 그려진다. 덕호가 선비 엄마가 아팠을 때 돈을 미끼로 선비를 성적으로 유린하기 위한 전략으로 선심을 쓴 것이라면, 첫째가 선비 엄마를 염려한 나머지 밤새 애를 쓰고 캐 온 소태나무 뿌리는 바로 첫째의 순수한 선비에 대한 열정의 상징물이다. 첫째는 성적욕망으로만 가득 채워진 덕호를 비롯한 자본주의 지배 세력에 비해 언제나 선비에게 다가가지도 못하고 그리움에 애태우는 인간적인 모습으로 그려진다. 이런 두 사람의 관계는 소유의 관계가 아니다. 상대방을 자신의 안에 가두려는 소유를 통해서 보여주는 것이 아니라 자신을 상대방에게 내어 줌으로 상대방이 다가오기를 바라는 허여gift의 관계이다. 그것은 동지적 결합에 의해서 계급적 열망이 이루어졌을 때 그들은 함께 해방됨을 의미한다. 이 소설의 마지막 장면은 바로 이것을 보여준다.

> 이 시커먼 뭉치! 이 뭉치는 점점 크게 확대되어 가지고 그의 앞을 캄캄하게 하였다. 아니, 인간이 걸어가는 앞길에 가로질리는 이 뭉치...시커먼 이 뭉치, 이 뭉치야말로 인간의 근본 문제가 아니고 무엇일까?[39]

자본주의 억압과 착취로 인한 열악한 작업환경에서 죽음을 맞은 선비의 죽음이 바로 인간의 문제에서 무엇을 해결해야 하는지를 말하고 있다는 것이다. 위의 인용문에서 "뭉치"는 자본주의의 억압과 착취의

---

39 위의 글, 413쪽.

구조를 말한다. 이 착취의 구조를 끊기 위해서는 결국 하층민, 간난과 선비, 첫째 등과의 연대에 의해서만 극복할 수 있음을 말한다.

이 작품에서는 계급문학의 잣대가 되는 당대의 다양한 현실의 전형을 통하여 선비, 첫째, 간난이 등의 노동자 계급의 전형과 착취와 성적 유린으로 일관하는 지주, 자본가의 전형, 우유부단하고 의지박약한 지식인의 전형 신철이를 통해 인간적인 삶을 살기 위해서는 하층민들과의 연대에 의해서만 가능하다는 것을 설득력 있게 보여주고 있다. 특히 첫째의 권력의 상징인 '법'에 대한 질문을 통해 법이 인간적인 삶을 가로막는 걸림돌이라는 것을 보여주고 있다. 인간적인 삶의 대안으로 형상화한 하층민들과의 연대와 성적 유린이 아닌, 상대방에 대한 진정어린 염려가 첫째의 선비에 대한 사랑을 통하여 잘 나타나고 있다. 이 하층민의 연대나, 상대방에 대한 소유의 욕망이 아닌 자신을 내어줌으로 상대방의 마음을 얻는 진정한 인간관계는 바로 강경애가 여성이기 때문에 가능한 서사문법이다.

4. 반성적 글쓰기, 「그 여자」, 「원고료 이백 원」

강경애의 도식성과 관념성은 강경애 자신도 극복해야 할 사항으로 인식하고 있었던 듯하다. 「커다란 문제 하나」[40]라는 수필에서 다음과 같이 쓰고 있다.

---

40 「커다란 문제 하나」, 728~729쪽.(『신여성』, 1933.)

나는 반드시 자기의 희망과, 또한 나 자신의 관념적 태도를, 객관적 현실과 바꾸어 놓고 선동적 언사를 희롱하려는 위험한 과오를 범하지 않으려고 힘쓰고 있으나, 나는 이 해를 어쩐지 폭풍우의 전날 밤을 맞는 듯한 느낌으로써 보지 않을 수가 없다.

이 글은 1932년을 결산하면서 쓴 글이다. 1931년 7월 만주 사변은 1932년 만주국을 세우면서 '치안 숙정 공작'이란 이름으로 대대적인 토벌을 감행했다. 그에 강경애는 1932년 6월 간도를 떠나면서 「간도를 등지면서, 간도야 잘 있거라」를 발표했다. 이 글에서 강경애는 거지떼가 창궐하는 거리에는 군인들이 활보하고 지배하는 살벌한 현실을 그리고 있다. 이러한 현실 속에서 강경애는 전쟁을 방지하여 인류 사멸의 몰락에서 구원하는 길은 '역사적 필연적 진행에 의하여 변증법적 자기운동에 의식적 적극 운동을 취할'[41] 때 가능하다고 역설하고 있다. 여기에서 역사적 필연성이란 하층민의 계급투쟁이다. 하층민의 계급투쟁은 올바른 현실에 대한 인식이 필요하다. 작품 속에 서사에서도 올바른 현실이 매개되었을 때만이 관념성이 사라진다.

「그 여자」와 「원고료 이백 원」은 강경애의 자전적인 체험을 바탕으로 서사화된 작품이다. 이 작품들은 구체적인 여성의 체험을 매개로 작품 형상화에 성공하고 있다.

「그 여자」는 비판적 리얼리즘의 형식을 취하고 있는 글이다. 이 작품에 나오는 신여성은 강경애의 분신이면서 강경애의 앞 세대 신여성 김명순,

---

41 위의 글, 729쪽.

나혜석, 김일엽의 분신이기도 하다. 이 글을 쓴 당시 1932년 9월이면 김명순은 행방불명, 나혜석은 이혼 후 몰락의 기로에 있었고, 김일엽은 입산을 기획 중이었다. 제1세대라고 할 수 있는 세 신여성의 몰락은 강경애에게 반면교사로서 작용했을 것이며 자신의 생존을 위하여 자기비판을 통한 올바른 신여성상을 정립하는 것이 우선 필요했을 것이다.

「그 여자」의 화자는 그 당시 신여성에 대한 시중의 비판적 시각을 그대로 반영한 인물상이다. 주인공은 감각이 예민한 시기, 장난 비슷하게 남자의 편지 화답 끝에 써 보낸 것이 일약 여류 문사가 된 마리아다. 삶에 대한 진정성이 결여된 그녀의 태도는 서양의 추수적인 이름에서도 상징적으로 드러나고 있다. 문사로서의 화려한 면모에 보내는 청중들의 관음적인 시각에도 오히려 즐거운 비명을 지르는 여성이다.

마리아는 '농민'에게 강연을 하면서도 농민에게 부정적인 생각만을 가지고 있고 농민들의 현실에는 무지하다. 지주의 횡포와 착취에 견디지 못해 어쩔 수 없이 조국을 떠난 용정의 농민들에게 그녀는 막무가내식으로 조국을 떠나 이 용정에서 왜 모욕을 받으며 여기 와서 한 일이 무엇이냐고 다그친다. '동포들과 외로울 때나 즐거울 때 함께 즐기고 괴로울 때 함께 괴로워해야 같은 동포가 아닙니까'하며 열변을 토한다. 이에 용정의 농민들은 지주에게 당한 고통과 착취를 생각하며 현실과 동떨어진 강연에 분노를 느끼며 마리아를 단상에서 끌어내려 옷을 찢으며 분노한다는 서사 구조를 가지고 있다.

여기서 마리아는 당위성만 내세우는 농민의 현실에 무지한 여성이다. 마리아의 부정적 측면을 통하여 드러나는 농민과의 정서적 거리감은 작품의 긴장감을 주면서 파국으로 내닫는 결말 부분은 도식주의적 관념을 내세우는 이전 소설과는 다르다. 정서적 부조화를 통하여 이미 마리아와 농민들과의 파탄을 예고하고 있는 것이다.

1932년에는 카프 해체 후 사회주의 사상의 비판과 함께 민족주의 바람이 불면서 서구 사상의 유입에 비판의 바람이 불기 시작했다. 그 대표로 서구 사상의 유입에 대표적인 제1세대 신여성에 대한 비판이 일기 시작했다. 이런 시기에 강경애가「그 여자」를 쓴 것은 여러 관점에서 생존전략의 일환이 아니었나 생각이 든다. 강경애는 한 때 양주동과의 동거로 물의를 일으켜 고향으로 돌아가 형부에게 뺨을 맞아 귓병을 앓기까지 하였다. 1931년 양주동의 신춘평론에 대한 반박문 역시 같은 궤도 위에 있었을 것이다.[42] 강경애의 양주동과의 행적은 자신이 앞으로 사회주의 계급문학으로 입지를 세우려는 그녀에게 큰 부담으로 작용했을 수 있다. 이에 자신의 반성문이면서 제1세대 신여성을 비판하는 글을 발표, 새로운 자신의 창작의 걸림돌을 제거할 수 있다고 생각할 수 있었을 것이다. 아무튼 강경애의 문학뿐만 아니라 그녀의 행적은 제1세대 신여성과 판이한 여성들의 모델상을 제공하고 있다. 이것은 강경애의 반성적 글쓰기를 통해 끊임없는 자기 성찰을 통해 창작 생활과 실제 생활에 적용해 온 결과라고 할 수 있다.

「원고료 이백 원」역시 자전적인 소설이다. 이것은 졸업을 앞두고 장래에 대한 번민을 하고 있는 동생에게 보내는 서간문 형식의 글이다. 여성 화자가 생전 처음으로 큰 돈의 원고료를 받고, 그동안 자신의 과거 궁핍했던 생활을 떠올리며, 여러 가지 욕망이 교차된다. 그러나 남

---

42 강경애,「양주동 군의 신춘 평론 - 반박을 위한 반박」,『조선일보』, 1931.2.23.

편이 그동안 돈이 없어 입원시키지 못했던 동지를 병원에 입원시켜야 하고, 복역 중에 있는 가족을 돌보아주어야 한다는 말에 화자는 깜짝 놀란다. 그러면서 소설이 반등된다.

이 작품은 여성이면 누구나 다 조금씩은 가지고 있는 물질적인 허영을 화자의 과거 회상을 통해 잘 드러내고 있다. 돈 이백 원에 대한 기대와 희망이 충분히 작품 속에 반영되어 있다. 그러다 남편의 등장으로 반등된다. 평생 처음 여성으로서의 자신의 욕망을 충족시킬 수 있는 유일한 기회가 무산될 위기에 처하게 된 것이다. 이백 원을 남편의 동지를 위해 사용해야 한다는 것이다. 그러나 남편과의 갈등 속에서 뺨을 맞고 머리카락을 들리면서까지 굴욕적인 승복을 한다.

이 작품은 결국 당위적인 관점에 의해서 결말이 났지만, 충분히 소설적 효과를 거둘 수 있었던 이유는 화자의 돈 이백 원의 용도를 위해 과거의 궁핍했던 회상이 충분히 독자들에게 설득력을 가지면서 그 돈의 효용가치를 높여주고 있기 때문이다. 그러면서 소설 속 반등 구조로 인하여 남편에 대한 사랑을 충분히 납득하게 하고, 화자의 안타까운 마음에 더 동조를 하게 만든다.

이 작품 역시 강경애가 제1세대 신여성을 얼마나 염두에 두고 있는지를 보여주는 작품이라고 할 수 있다. 남편이 화자를 비판하면서 한 대화를 한번 보자.

너도 요새 소위 모던껄이라는 두리홰눙년이 되고 싶은 게구나. 아, 일류 문인으로서 그리해야 하는 게지. 허허 난 그런 일류 문인의 사내 될 자격은 못 가졌다. 머리를 지지고 볶고, 상판에 밀가루 칠을 하구, 금시계에 금

강석 반지에 털외투를 입고, 입으로만 아! 무산자여 하고 부르짖은 그런 문인이 되고 싶단 말이지. 당장 나가라![43]

이것은 비록 남편의 입에서 나온 말이지만, 강경애의 의식을 지배하고 있는 전 세대 신여성 상이다. 이런 신여성과 변별력을 가지는 것은 허영과 사치에 빠지지 않고, 노동을 중시하고 입으로만 무산자를 외치는 것이 아니라 실제 생활에서 무산자와 같은 생활을 하는 것이다. 이 작품에서 남편에의 굴복은 남편에 대한 굴복이 아니라 바로 무산자에 대한 굴복이다. 즉 권위적인 남편에 대한 굴복이 아니라 자신이 돌보아야 하는 노동자들의 대리인으로서 남편에 대한 굴복이다.

이 두 편에서 보여준 철저한 자기반성을 통한 글쓰기, 회상적 글쓰기를 통한 심리적 갈등의 서술은 그 앞의 몇몇 소설에서 보여준 관념성과 도식성을 벗어나고 있다. 이것은 남성의 권위주의적 세계관에 의해 하나의 진리, 계급주의를 신봉하는 당위성에서 벗어나 여성이라는 인간에 대한 성찰을 통해 자기반성적 글쓰기를 하고 있기 때문이다.

5. 여성으로서의 글쓰기—『소금』, 「지하촌」

남성의 경제는 소유property의 경제이고 여성의 경제는 증여gift의 경제이다. 여성은 자신이 소비한 것을 되돌려 받으려고 애쓰지 않는다. 여

---

43 「원고료 이백 원」, 566쪽.(『신가정』, 1935.2)

성은 그녀 자신에게로 돌아갈 수도 없다. 어느 한 곳에 정착하지도 못한 채 늘 타자가 있는 곳이면 어디든지 그것으로 흘러 들어갈 뿐이다. 만약 여성만이 가질 수 있는 고유한 자아가 있다면 그것은 역설적으로 아무런 이익도 추구하지 않고 스스로를 탈고유화시킬 수 있는 능력일 것이다. 이는 경계를 갖지 않은 육체이며 그런 의미에서 '목적'이나 '종말'이 없는 것이다.[44] 그래서 여성들은 리비도적 충동의 리듬을 찾기 위한 노력이 필요하다.

강경애의 문학에서 계급의식에 사로잡혀 당위적인 소재를 형상화했을 때 가져오는 관념성과 도식성은 여성으로서의 감각인 인간의 본래적인 생명 흐름에 서사 과정을 맡겼을 때 그것이 극복된다. 그리고 작품의 긴장감을 높인다. 바로 이것이 『소금』, 「지하촌」의 주요한 특성이다.

『소금』의 봉염 엄마는 봉건적 가부장적 의식이 내면화된 여성이면서 인간의 근본적인 본능에 자신을 맡기고 사는 여성이다. 이런 여성들의 대부분은 남성들에게 의존적이며 상황에 대한 윤리적인 판단보다는 순간적인 직감에 자신을 맡기는 경향이 많다. 그렇기에 현실에 대한 인식도 자신의 주체적인 시각도 가지지 못한 인물이다. 남편을 하늘과 같이 떠받들고, 남편만을 의지하며 살고 딸보다 아들을 귀중히 여기는 봉건적 여성이다. 자식에 대한 애착 역시 동물적인 본능적인 것이다. 자신의 정체성을 가족에 대한 희생과 자식에 대한 사랑을 통해서 표현하는 인물이다.

봉염 엄마는 남편이 죽었을 때 남편을 공산당이 죽였다고 생각하여 막연히 공산당을 미워한다든가, 자신을 강간한 팡둥을 그리워하고 팡

---

44 팸 모리스, 김열규 역, 「여성으로서의 글쓰기」, 『문학과 페미니즘』, 문예출판사, 1990, 199쪽.

등의 아내를 부러워하기까지 한다. 남성 의존도가 높은 봉염 엄마가 남편을 잃고 아들까지 행방불명인 상황 속에서 또 다시 의존할 상대는 그나마 자신을 가두어 둔 팡둥이라 생각하고 성을 매개로 자신의 안락을 꿈꾸게 된다. 이것은 신분 상승을 위한 것이 아니라 생존본능이다.[45] 팡둥으로부터 쫓겨난 봉염 엄마가 갈 곳도 없다고 생각하자 그때서야 '그는 순간에 팡둥집으로 달려 들어가서 모조리 칼로 찔러 죽이고 자기도 죽고 싶은 충동이 강하게 일어났'고 느낀다. 봉염 엄마는 자신의 일신상에 불편을 느낄 때 그때서야 본능적인 증오를 일으킨다.

자신이 아이를 낳아 키우기가 힘들다고 판단, 뱃속의 아이를 지우려고 노력해보지만 결국 실패, 자신이 낳은 아이의 목을 조르려다 '전신을 통하여 흐르는 모성애' 때문에 손끝에 맥이 탁 풀리는 것을 느꼈다고 한다. 이 역시 아이의 생존본능을 자신의 모성본능으로 몸소 느끼는 것이다.

> 봉염의 신발 소리가 아직도 사라지기 전에 그는 애기의 얼굴을 자세히 들여다보았다. 볼수록 뭉치 정이 푹푹 든다. 그리고 애기의 얼굴에 얼룩을 맞대지 않고는 견디지 못하였다.[46]

그토록 미워했던 '팡둥'의 아이건만 그런 생각은 추호도 없고, 아이 그 자체에 대한 모성을 그대로 순순하게 받아들이는 것이다. 이것은 이

---

45 이영심, 「강경애 소설에 나타난 여성 정체성 연구」, 제주대 석사논문, 1998, 38쪽. 여기서 이영심은 봉염 엄마가 신분 상승을 위해서 팡둥 아내를 부러워했다고 서술하고 있다. 그러나 봉염 엄마는 신분 상승과 같은 이성적인 판단보다는 자신과 봉염이를 돌보아 줄 의존할 남자가 필요할 뿐이다.
46 「소금」, 515쪽.

성적 판단에 의해서 경계를 지으려는 남성보다는 여성의 감성이 흘러가는 대로, 늘 타자가 있는 것이면 흘러가는 여성만이 가지고 있는 고유한 자아인 것이다. 이는 경계를 갖지 않는 육체이며 '누구의 아이'라는 목적이나 종말이 없다. 단지 아이기 때문에 귀엽고 정이 푹푹 솟아나는 것이다. 봉염에게도 자신들을 구박해 쫓아낸 팡둥의 자식 봉희가 아니며 단지 귀여운 동생일 뿐이다. 밥벌이로 봉염 엄마가 유모로 들어간 후, 제대로 돌보지 못해 봉염을 열병으로 잃고 봉희마저 병으로 죽는다. 유모 자리에서도 쫓겨난 후 봉염 엄마는 자신이 유모로 있을 때 자신이 돌보던 명수까지 자신의 아이와 남의 아이라는 경계를 벗어난 여성의 원초적인 모성본능으로 돌보았던 것이다.

결국 혼자 남게 된 봉염 엄마는 혼자라도 일신을 먹고 살려면 '악을 쓰고 벌지 않으면 누구 뜨물 한술 거저 주겠는가' '굶는다는 것은 차라리 죽음보다도 무엇보다 무서운 것이다'[47]며 현실에 대한 새로운 인식을 하게 된다. 이것은 생존본능에만 의존해 살던 봉건적 봉염 엄마가 처절한 궁핍의 경험을 통해 새로운 삶의 시각을 가지는 것이다.

그 후 소금 밀수입을 하기 위해 일행을 따라 길을 나선다. 자신의 능력보다 더 욕심을 내 소금을 머리에 인 봉염 엄마가 걸음이 빠른 남자 일행을 따르는 것은 바로 고역 그 자체였다. 그러나 간신히 버티고 따라 온 산마루턱에서 만난 공산당은 봉염 엄마의 또 다른 현실을 일깨워주는 역할을 하게 된다. 그중 한 공산당이 바로 당신들의 이 고생과 고통의 원인이 어디 있느냐고 묻는 질문에 문득 봉염이 학교 선생님의 음

---

47 위의 글, 528쪽.

성을 떠올린다. 그들 앞에서 소금을 빼앗기지 않을까에만 노심초사하던 봉염 엄마는 무사히 통과시켜주는 공산당 앞에서 '남편을 죽이고 자기를 이와 같은 구렁이에 빠친 저들 원수를 마주서고도 말한 마디 못하고 떨고 섰던 자신!' 자신이 그렇게 공산당에 쩔쩔 맨 자신이 세상에서 제일 못난 바보였다는 생각을 하며 용정까지 온다.

그러나 가족도 없이 이제 와서는 자신의 목숨과 같이 생각하는 소금을 밀수입했다는 것이 들켜 순사가 집에 들이닥쳐 위험에 처하자 공산당의 말, '여러분! 당신네들은 왜 이 밤중에 단잠을 못자고 이 소금 짐을 지게 되었는지 알으십니까?'[48]라는 말을 떠올리며 순사들 앞에 벌떡 일어선다. 이것은 봉염 엄마의 처절한 삶을 사는 동안 쌓이고 쌓였던 분노의 표출이다. 그렇게 처절할 정도로 몸부림치며 살려고 노력했지만, 남편과 아들을 잃고 두 딸마저 잃고 지금 자신의 목숨과도 같은 소금마저 뺏으려 하는 그들에게 몸으로 저항하는 것이다.[49] 이상경은 자신의 논문에서 봉염 어머니의 저항을 비현실적이라고 했지만, 봉염 엄마가 봉희나 봉염에게 보냈던 동물적인 본능이 소금으로 이전되었으며, 봉염 엄마의 특징상, 이성적인 판단에 의해서 사고하는 것이 아니라 자신의 본능에 따라 의식이 작동하는 인물이기 때문에, 공산당이 원수라는 생각은 깜빡 잊은 채 자신의 필요에 따라 공산당의 말을 떠올리

---

48 이 문장은 이상경이 편집한 『강경애』전집에서는 □로 처리되어 있다. 참고로 그 부분은 『한국소설문학대계』, 동아출판사, 1995, 353쪽으로 참고로 한다.

49 이상경, 앞의 글, 63쪽. 이상경은 이 부분에서 '봉염 어머니는 자기가 처한 현실의 근본적인 원인을 알지 못할 뿐 아니라 알려지도 않는 단지 생명을 유지하기에 급급한 인물'로 설정되어 있다며 그런 봉염 어머니가 '그런 그가 공산당이 자기 남편을 죽인 원수라는 것도 잊고 한 번 들었던 공산당의 연설을 생각해내서 순사에게 벌떡 일어나 저항을 한다는 것은 비현실적이다'라고 지적했다.

는 것은 당연하다.

『소금』을 구성하는 현실적 세계 속에서 봉염 엄마는 단지 가부장적 질서에 의해 지정된 위치, 본능적인 감정에 따라 움직이는 여성이다. 이런 봉염 엄마의 생래적인 특징은 절실한 생존을 위해서만 움직인다는 것이다. 봉염 엄마에게 '소금'은 지금 자신의 남편이나 아들, 딸들과 마찬가지로 자신의 생존을 위해서 없어서는 안 될 자신의 목숨과도 같은 것이다. 이럴 때 봉염 엄마의 감각은 '공산당'이야 말로 자신이 의지할 유일한 빛이라는 것을 파악한 것이다.

우리 문학사에서 경제적 모순과 시대적 질곡이라는 이중 모순에 빠진 여성의 의식을 이렇게 철저히 파헤친 작가는 전무후무하다. 남성에 대해서 타자이고 신여성에 대한 타자로서의 삶을 살아가는 구여성 즉, 봉건 여성의 삶을 이토록 집요하게 그녀들의 생래적 특징에 맞게 서사의 흐름을 진행함으로써 이 작품에서는 계급문학의 관념성이 스며들 틈을 주지 않는다. 인물의 생래적 특징에 맞는 서사 흐름과 사건을 통해서 몸서리치도록 가난한 봉염 엄마의 삶에 분노와 함께 현실의 모순은 각인된다. 이러한 경험의 흐름에 서사의 질서를 맡기는 것이야말로 여성적 글쓰기의 전형이다.

「지하촌」은 1936년 작품으로 이미 군국주의화가 시작된 시기이다. 강경애는 『인간문제』 발표 후의 작품들은 계급 속의 인간이 아닌 그 당시 사회에서 가장 소외된 하층민을 소재로 작품을 쓴다. 「지하촌」 역시 가장 밑바닥 인생을 사는 칠성의 가족을 소재로 가난의 극치를 보여준 작품이다. 강경애의 하층민에 대한 세심한 관심을 통해서 획득된 생생한 현실에 여성적 감수성이 덧붙여 발휘하는 작품의 긴장미는 여기에서 빛을 발휘한다.

이 작품에서의 인물은 절대적인 빈곤 속에서 거지 동냥을 하러 다니는 절름발이 소년이다. 칠성의 집의 가난은 아버지의 부재와 아버지 대신 가장의 역할을 해야 하는 칠성이 다리를 제대로 쓸 수 없는 절름발이로 인한 것이다. 그는 동냥으로 끼니를 이어간다. 이 작품에서 드러나는 정서는 칠성이의 불편한 심리를 통하여 드러난다. 자신이 집안을 책임져야 함에도 책임질 수 없는 불편한 심리는 동생들에게 부리는 횡포와 어머니에게 부리는 신경질로 나타난다. 외면하려야 외면할 수 없는 집안의 궁핍은 그를 자신의 집보다는 다른 것에 몰입하게 한다. 같은 동네에 이웃하고 있는 장님 소녀 큰년에 대한 몰입이다.

칠성이의 이런 모순된 감정이 이 작품의 생생한 긴장감을 유발한다. 문체 또한 탄력 있는 문체로 서사의 생생함을 살리는 데 한 몫을 한다. 서사에서 칠성이와 큰년이의 직접적인 접촉은 일어나지 않고, 칠성이의 의식 속에서만 큰년이 존재한다. 칠성이의 큰년에게 몰입은 현실 도피적인 것이다. 미래도 꿈도 가질 수 없는 칠성이의 처절한 현실은 큰년이를 통해서만 삶의 열망을 가질 수 있기 때문이다. 큰년이 아들 없는 부잣집에 아들을 낳기 위해 첩으로 들어간다는 소문을 어머니로 듣고는 칠성이 큰년에게 옷감을 끊어주기로 한 것도 그것으로 큰년이를 잡아 보기로 한 조그만 소망 때문이다. 큰 빚 속에서도 옷감을 가슴에 품고 온 그날 자신의 동생들은 둘 다 눈병으로 죽을 지경에 이르렀고, 큰년이는 시집갔다는 소식을 접한다. 그 뿐만 아니라 큰년이 집 논에 이어 자신의 집 밭까지 물에 떠내려 갈 참이다. 더 이상 희망이 보이지 않는 절망적인 현실이다.

"어마이! 저것 봐!"

칠운이는 뛰어 일어나서 응응 운다. 그들은 놀라 일시에 바라보았다. 아기는 언제 그 헝겊을 찢었는지 반쯤 헝겊이 찢어졌고 그리로부터 쌀알 같은 구더기가 설렁설렁 내달아 오고 있다.

"아이구머니, 이게 웬일이야 웅, 이게 웬일이야!"

어머니는 와락 기어와서 헝겊을 잡아 걷으니 쥐가죽이 떨려 일어나고 피를 문 구더기가 아글바글 떨어진다.[50]

위의 인용문은 눈병이 든 칠성이의 여동생 영애에게 약 살 돈이 없어 대신 눈에 붙인 쥐가죽이 떨어지면서 구더기가 바글거리는 모습을 형상화한 부분이다. 이 부분은 칠성이 동냥으로 모은 돈으로 산 큰년이에게 줄 옷감과 약만 바르면 금방이라도 나을 눈병을 방치하여 죽음에까지 이르게 될 지경으로 만든 모순된 상황을 극대화한 묘사 부분이다. 칠성의 이런 모순된 정서는 자기 연민과 자기 자존 사이의 갈등에서 유발되는 정서이다. 어디서든지 절름발이라고 아이들, 어른들 할 것 없이 자기를 천대하는 현실과 아버지를 잃고 동냥으로나마 자신의 가족을 부양해야 하는 책임을 진 가장이라는 자기 자존은 모순된 정서를 유발한다. 특히 어머니의 칠성이에 대한 연민, 빨리 의사에게 보이지 못해 불구를 만들었다는 후회는 칠성을 더욱 유아독존처럼 만들었고 집에서 부리는 칠성의 횡포를 모른 체 할 수밖에 없다. 두 번째 원인은 칠성이가 궁핍한 가난 속에서도 그 가난을 극복할 수 없다는 처절한 절망에서 비롯된 것이다.

---

50 「지하촌」, 633쪽.

그는 하늘을 바라보고 제발 이 손을 조금만이라도 놀려서 어머니가 하는 나무를 내가 하도록 합시사 하였다. 평소에 이런 생각을 한 번도 해본 적이 없건만, 어머니가 나무를 이고 걸음도 잘 걷지 못하는 것을 보아도 무심했건만, 웬일인지 이 순간엔 이러한 생각이 일었다.[51]

인용문에서처럼 어머니를 도우고 싶은 마음은 간절하지만 도울 수 없는 현실이 그를 이런 모순된 정서를 가지게 한다. 강경애는 그 당시 사회에서 가장 타자로만 살아왔던 칠성이라는 인물을 통해 가장 최하층민의 현실을 드러내 보임으로써, 왜 이들이 이렇게 살아야 하는가를 묻고 있다. 이것은 작품 속에서 환자를 돌보아야 하는 의사가 환자를 외면하고[52] 부잣집 사람들은 가난 한 사람을 외면하는 현실[53] 때문이다. 이 작품에서 강경애는 계급적 해석보다는 사회의 경제적 모순에 의해서 가난할 수밖에 없음을 시사하고 있다.

---

51 위의 글, 610쪽.
52 위의 글, 609~610쪽.
53 위의 글, 622~627쪽.

제8장

「역마」와 「메밀꽃 필 무렵」의 토포필리아적 비교연구

1. 토포필리아적 접근의 의미

김동리의 「역마」와 이효석의 「메밀꽃 필 무렵」은 장터와 주막집을 배경으로 한 장돌뱅이의 삶을 소재로 하고 있다는 점에서 충분히 비교의 대상이 될 수 있다. 두 작가가 다 장터라고 하는 한국적 전통적 정서의 원형적 공간을 작품 배경으로 설정한 것은 인간 본연의 성향이 가지고 있는 '장소애topophilia'에 있음을 드러낸 것이라 할 수 있다. 토포필리아는 Topos와 phila는 장소에 대한 애착, 사랑을 뜻한다. 즉 인간 스스로가 머물고 있는 환경공간에 대해 남다른 애착을 갖게 되고 특별한 의미를 부여하기도 하며, 특정 장소에 애착을 보이는 문화적 인접성까지도 확보한다.

이푸 투안Yi-Fu Tuan이 창안한 장소애는 인간을 둘러싼 자연적, 인공적 환경을 장소로 만들고자 하는 인간 본연의 성향을 말한다. 투안에게 자연환경에 대한 개인의 가치를 결정하는 요인은 사회 문화적 요인이 아니라, 자연적 조건과 거기서 파생된 원형의 상징체계이다. 그렇기 때문에 투안에 의하면 '개인은 문화적 영향을 초월한다. 서로 다른 개인적 세계관에도 불구하고 모든 인간은 공동된 관점과 태도를 공유한다.'[1] 모든 인간 개별자는 비분절적 공간을 친숙한 장소로 만듦으로써 자아 동일성이라는 가치를 추구한다. 인간의 보편적 동일성과 자아 동일성을 향한 가치 추구의 보편성이야말로 투안의 휴머니즘적 성격을 규정하는 핵심요소이다.

장소란 개인들이 부여하는 가치들의 안식처이고, 안정과 애정을 느낄 수 있는 고유한 중심이 된다. 직접적이고 간접적인 인간의 다양한 경험을 통하여 미지의 공간을 친밀한 장소로 바꾼다. 이것은 낯설은 추상적 공간이 의미로 가득한 구체적 장소로 전환됨을 의미한다. '장소애'란 개념 속에는 이미 자연주의가 함축되어 있다. 투안이 추구한 것은 인간의 삶과 자연 환경적 본원적 관계를 해명함으로써 궁극적으로는 자연환경과 적대적이지 않는 인간의 삶을 모색하는 것이다.

김동리나 이효석의 작품은 근대 이전의 순수세계에 살던 사람들에게서 발견된 자연과의 결속과 장소에 대한 사랑을 전형적으로 보여준다. 작품 속 인물들의 감각은 동식물의 생명작용과 교감하며, 그들의 정서는 자연의 변화에 호응하고 그들의 운명은 자연과의 합일여부로 결정된다. 이런 작품 경향은 자연의 생리를 담는 것이야말로 문학 본연의 임무라는 작가 정신과 상통하는 것이다. 투안과 마찬가지로 두 작가는 인간의 생리가 발현되는 장소는 자연이지 사회가 아니라고 본다. 물론 이효석이 동반자 작가로 시작한 초기에는 이념적 성향이 짙은「행진

---

1 이 푸 투안 저, 구동회·심승희 역, 『공간과 장소』, 대윤, 1995, 16~17쪽.

곡」, 「노령근해」, 「상륙」 등이 있지만, 후기에 와서는 특정 장소를 배경으로 한 인간 본연의 성적 생명력을 중심으로 서사화한다. 김동리는 작품 초기부터 일관되게 자연의 생명력에 부응하는 인간의 본연의 자세가 운명이라는 관점에서 작품을 서사화한 작가이다.

「메밀꽃 필 무렵」은 1936년 『조광』에 실린 작품이고 「역마」는 1948년 발표작이다. 10년 이상의 시간적 간격에 의한 역사·정치적 상황이 다름에도 불구하고 두 작품의 구조나 외견상 보이는 작품의 정서는 상당히 닮아 있다. 두 작품의 주요 배경이 장터와 주막집인 것도, 주막집의 안주인, 옥희와 중추댁이 작품의 주요 인물로 등장하는 것도 그렇다. 그러나 작품의 배경과 인물이 같음에도 서사적 전개 과정에 의해 작품은 전혀 다른 방향으로 지향하고 있음을 보여준다. 「역마」와 「메밀꽃 필 무렵」 두 작품의 비교를 통해서 두 작가가 가지고 있는 장소애의 특징을 보자.

2. 「역마」의 토포필리아

1) 화개장터와 주막집의 토포필리아

소설에서의 공간은 인물이 서 있는 장소와 배경으로서 의미론적 측면에서부터 소설의 구조적 특성, 나아가 하나의 세계가 구축되어 독자에게 전달되는 과정을 포괄하는 개념이다. 소설에서의 사건의 전개란 한 공간에서 다음 공간으로의 이동이라 할 수 있다. 즉 사건전개는 공간과 공간의 선형적 또는 입체적 이동인 것이다. 그럼 점에서 소설의 공간은 소설의 모든 요소를 포괄하는 핵심이다. 공간은 소설 구조의 틀

속에서 시간은 물론 인물의 행위나 제반환경까지를 포괄하기 때문에 작가가 공간을 설정한다는 것은 소설의 전모를 구성한다는 것이나 마찬가지 결과가 된다. 또한 소설의 공간 설정은 필연적으로 그런 공간을 필요로 하는 작가의식의 산물이다.[2]

그러니까 「역마」의 '화개장터'와 '주막집' 등의 공간 설정은 김동리의 작가의식인 '구경求竟적 삶의 형식'인 것이다. 「역마」는 인간과 자연의 유기체적 조화 속에서 인간이 자연적 본성을 깨닫고 운명에 순종하는 서사 과정을 토포필리아적 세계관을 통해서 보여준다.

「역마」의 서사는 '장터'와 '주막집'이 없었으면 서사가 이루어질 수 없는 작품이다. '화개장터'로부터 한 곳 한 곳 공간 이동을 통해서 서사의 전개 과정을 살펴보자.

> 하동, 구례, 쌍계사의 세 갈래 길목이라 오고 가는 나그네로 하여 '화개장터' 엔 장날이 아니더라도 언제나 흥성거리는 날이 많았다. 지리산 들어가는 길이 고래로 허다하지만, 쌍계사 세이암(洗耳岩)의 화개협 시오 리를 끼고 앉은 '화개장터'를 두고 일렀다. 장날이면 지리산 화개민들의 더덕, 두릅, 고사리 들이 화갯골에서 내려오고 전라도 황아장수들이 실, 바늘, 면경, 가위, 허리끈, 주머니끈, 족집게, 골백분들이 또한 구롓길에서 넘어오고, 하동길에서는 섬진 강 하류의 해물 장수들의 김, 미역, 청각, 명태, 자반 조기, 자반 고등어 들이 올라오곤 하여, 산협치고는 꽤는 성한 장이 서는 것이기도 했으나, 그러나 〈화개장터〉의 이름은 장으로 하여서만 있는 것이 아니었다.

---

2   김종수, 「「소나기」와 「驛馬」의 공간적 특성 비교」, 『우리어문연구』, 17-1, 우리어문학회, 2001, 269쪽.

장이 서지 않는 날일지라도 인근 고을 사람들에게 그곳이 그렇게 언제나 그리운 것은, 장터 위에서 화갯골로 뻗쳐 앉은 주막마다 유달리 맑고 시원한 막걸리와 펄펄 살아 뛰는 물고기의 회를 먹을 수 있기 때문인지도 몰랐다. 주막 앞에 늘어선 능수버들 가지 사이사이로 사철 흘러나오는 그 한 많고 멋들어진 〈춘향가〉 판소리 육자배기들이 있기 때문인지도 몰랐다. 게다가 가끔 전라도 지방에서 꾸며 나오는 남사당 여사당 협률 창극 광대들이 마지막 연습 겸 첫 공연으로 여기서 으레 재주와 신명을 떨고서야 경상도로 넘어간다는 한갓 관습과 전례가 〈화개장터〉의 이름을 더 높이고 그렇게 하는 것인지도 몰랐다.[3]

위의 인용문에서 보듯이 서술화자는 '화개장터'에 사람들이 스스로 머물게 하고 남다른 애착을 갖게 되는 특별한 의미를 부여한다. 서술화자에 의하면 '화개장터'에 남다른 애착을 보이는 것은 '화개장터'가 자리 잡은 장소성 때문이라는 것이다. 즉 '화개장터'는 하동, 구례, 쌍계사의 세 길목에 자리 잡았으며, '화개장터'의 냇물은 경상·전라 양도의 경계를 그어주며 남으로 흘러 섬진강의 본류와 합쳐진다는 것이다.

'화개장터'가 가지고 있는 이런 지역성은 오랜 동안의 역사의 숨결을 더듬어 문화적 공간으로 만들어지며 남사당 창극 광대들의 무대로 '화개장터'를 정서적 그리움의 장소로 거듭나게 한다. '화개장터'가 가지고 있는 지역적 특성으로 인한 문화적 관습과 관례가 생겨나고 그것은 토포필리아, 그 장소에 대한 애착을 불러 온다. 투안이 토포필리아라는

---

3   김동리, 「역마」, 김동리기념사업회 편, 『김동리 문학전집』 10, 계간문예, 2014, 115~116쪽.

단어를 생성시키기 이전에 김동리는 이미 토포필리아적 세계관을 이 작품을 통하여 그대로 보여준다고 할 수 있다.

'화개장터'에 자리 잡은 성기의 어머니 옥화가 운영하는 주막집 역시 '화개장터'가 가지고 있는 지역적 이점과 주막집이 가지고 있어야 할 덕목을 가진, 즉 술이 맛있고, 술값이 싸기 때문에 사람들이 몰려드는 곳이며 거기다 옥희의 후한 인간성으로 인해 언제나 사람들이 들끓는 곳이다. 또한 성기 할머니에 이어 어머니까지 2대에 걸쳐 40년 가까운 세월 동안 화개장터와 고락을 함께 한 역사의 현장으로써 서민들의 애환이 서린 추억이 쌓인 주막집이다.

이 작품은 사람들의 왕래가 들끓는 화개장터와 그 장터에서의 문화적 관습과 관례로 인한 풍부한 추억을 가진 인물들의 빈번한 왕래가 잦은 주막집, 또 그런 공간에서의 추억을 나눈 인물들이 화개장터와 주막집의 토포필리아를 바탕으로 서사가 전개된다. 18년 동안 진도에서 살다, 구례에 잠시 들러 다시 하동 화개장터 옥희네 주막집을 찾은 체장수 역시 한때 남사당 광대로 옥희네 주막집과는 추억을 나눈 인물이며 36년 전 옥희네 엄마와의 하룻밤의 사랑으로 옥희가 탄생한 것이다. 떠돌아다니는 남사당패의 한 사람이었던 체장수와 옥희 엄마와의 인연은 누구나 드나들 수 있고 길을 가는 경유지로서 주막집은 공간이 지닌 인연의 원리가 인간적인 의지를 지배하는 토포필리아를 보여주는 곳이다.

2) 주막집 토포필리아의 태생, 성기

성기의 태생을 살펴보자. 주막집의 아들 성기는 수많은 사람들이 들끓는 주막집이라는 것이 주는 속성상, 성기에게는 자신의 가족보다는 타인들로 들끓는 곳으로 자신의 집이지만 자신의 집이 아니다. 안정을 상징하는 가족이 거처하는 집이 아니라, 타인으로 둘러싸인 떠나고 싶은 집이다. 그러니 많은 사람으로 들끓는 주막집은 주막집일 뿐이다.

주막집 주인 옥화 역시 아들 성기보다는 타인을 위해 더 많은 시간을 할애하는 육체적으로는 어머니이지만, 실제적으로는 어머니가 아니다. 그것은 성기가 어릴 때 할머니가 성기를 절에 맡겼다든가, 작품의 현재 시점에서도 성기는 책전을 여는 날 외엔 절에 가 머무는 것으로 서술되는 작품 속에서도 제시된다. 성기의 사주가 역마살을 타고났다는 운명이 아니었다 해도 주막집이 가지고 있는 토포필리아로 인해 태생적으로 정착할 수 없는 인물이다.

이런 경우 장소가 이야기에 깊숙이 개입하게 됨에 따라 그것이 단지 서사적 배경이나 장치에 머물지 않고 그 장소애에 의해 구체적 인물을 탄생시킨 것이다. 특수한 시공간 경험을 지니고 특수한 위치에 처해 있는 성기는 공간에 대한 무의식적 체험을 통해 자신의 운명을 감지하고 그 길로 나아가는 것이다.

그런 성기에게 할머니와 어머니 옥화는 성기의 운명을 인위적으로 바꾸려 한다. 할머니는 역마살의 운명을 비껴가게 하기 위해 절에 맡긴다든가, 어머니 옥화 역시 책전을 차려 주고 역마살의 운명을 막으려 한다. 체장수가 딸 계연을 데리고 주막집에 나타난 이후 옥화는 성기를 집에 정착시키기 위해 체장수 딸 계연과 맺어주는 데 적극적이었다. 옥화의 권고에 의해 성기가 계연을 데리고 칠불암七佛庵까지의 나들이가 바로 성기와 계연의 관계를 맺어주려는 노력의 일환이다.

성기가 칠불암까지 가는 도정의 산길에서의 공간 체험은 자신의 집,

주막집보다 훨씬 편안한 심리적 상태를 보여준다. 또 성기와 계연이는 산야와 혼연일치가 된 모습을 보여준다.

계연은 입 안의 것을 뱉고 나서 성기 곁으로 갔다. 해는 벌써 점심때도 겨운 듯 갈증과 함께 시장기도 들었다.

'일어 나 샘물 찾아 가장케'

계연은 성기의 어깨를 흔들었다.

성기는 눈을 떴다.

계연은 황당하여, 쥐고 있던 새파란 으름 두 개를 코끝에 내어 밀었다. 성기는 몸을 일으켜 그녀의 둥그스름한 어깨와 목덜미를 껴안았다. 그러고는 입술이 포개졌다. 그녀의 조그맣고 도톰한 입술에는 한나절 먹은 딸기, 오디, 산복숭아, 으름들의 달착지근한 풋내와 함께, 황토 흙을 찌는 듯한 향긋하고 고소한 고기 냄새가 느껴졌다.

까악까악하고 난데없는 까마귀 한 마리가 그들의 머리 위로 울며 날아갔다.[4]

위의 인용문에서 보여주는 것처럼 성기와 계연의 관계는 누이처럼 친숙하고 편안하다. 그리고 열매들의 달착지근한 풋내는 계연과 환치되어 성기와 일체를 이룬다. 이런 황홀한 감각적 체험은 어릴 때의 행복했던 기억을 떠올리는 무의식적인 기억[5]이다. 즉 산을 둘러 싼 공간은 성기에게는 정서

---

4 위의 글, 127쪽.
5 무의식적 기억은 두 가지 관점으로 살펴 볼 수 있다. 첫째, 추억의 다발에서 풀려난 감각적 인상은 유별난 행복감이 일도록 작용하며 거기서 신비롭고 무아경적인 순간의 하나가 된다. 둘째, 그런 다음 그러한 감동과 연관된 체험 영역의 의식에 와 닿으면 진정한

적인 유대 속에서 보냈던 친근한 고향이나 마찬가지의 공간이다. 산을 둘러싼 공간은 생명의 근원적 공간으로서 성기의 에로스를 건드리는 애착과 그리움을 불러오는 토포필리아이다. 성기와 계연이 혼연일치가 된 산을 둘러싼 공간은 구체적인 감각과 친밀한 경험을 기반으로 자연과 합일된 이상향 내지 유토피아의 세계이다. 두 사람은 이 세계 속에서 자연과 혼연일체가 된 인간의 원초적 본능을 누린다.

이런 두 사람의 혼연 일체가 된 사랑과 옥희의 노력에도 불구하고 성기와 계연의 운명은 엇나간다. 옥희가 계연의 머리를 빗겨주다 계연의 귀에 있는 사마귀를 발견, 체장수가 바로 36년 전의 남사당패의 한사람으로 옥희의 아버지가 되면서 옥희와 계연과는 자매가 된다는 것을 알게 되었기 때문이다. 즉 옥희와 계연은 배다른 자매가 되고 성기는 계연의 조카가 되는 것이다. 그때부터 옥희는 다시 성기와 계연을 떼어 놓기 위해 고심한다. 마침 체장수가 돌아와 계연을 데리고 고향 여수로 돌아간다. 성기는 그로 인한 심리적 고통을 힘겹게 견뎌내고, 전국을 떠도는 엿장수로 살아가겠다는 결심을 하게 된다.

결국 성기의 운명은 할머니와 어머니 옥희의 갖은 노력에도 불구하고 바꿀 수 없음을 보여준다. 성기는 사람으로 흥성거리는 화개장터의 주막집에 태어났기 때문에 집이 있어도 안정을 찾을 수 없고, 어머니가 있어도 어머니의 모성을 흠뻑 향유할 수 없는 항상 부재와 고독을 체험할 수밖에 없는 운명이었다. 부재와 고독을 잊기 위해서는 자신과 자연의 일체감을 가지는 유기체적 조화 속으로 진입할 수밖에 없다. 그것이

기억 형상이 생성된다. 위르겐 슈람케 저, 원당희·박병화 역, 『현대소설의 이론』, 문예출판사, 1995, 209쪽.

바로 성기의 숙명이다.

이 작품은 화개장터라는 지역성, 어느 곳이나 통하는 세 갈래 길과 그로 인해 사람들이 흥성거리는 주막집의 토포필리아를 바탕으로 성기라는 인물이 발생했으며 성기의 숙명을 만들었다고 할 수 있다. 장터나 주막집이 가지고 있는 특성, 즉 오는 사람 막지 않고 가는 사람 잡지 않는 낙천지명樂天知命의 동양적 자연관을 가지고 있는 토포필리아적 특성을 가지고 있는 환경이 바로 성기라는 인물을 만들어냈다고 할 수 있다.

김동리의 문학관은 동양적 삶과 인생관에 바탕을 두기에 인간과 삶, 세계와 우주를 포괄하는 내용적 체계를 가지고 있다. 그의 문학관으로 거론되는 '구경求竟적 삶의 형식'은 주객일체, 천인합일, 낙천지명의 동양적 자연관에 바탕을 둔 것이다. 즉 인간과 자연의 유기체적 조화 속에 놓여 있다는 것, 그리고 그 속에서 인간이 자연적 본성을 깨닫고 그것에 순명順命하는 것, 그것이 그의 철학의 중심이다. 요컨대, 천天, 지地, 인人이 하나로 융합되어 지천知天, 지인知人의 달관하는 인간관과 세계관을 추구하는 것이 그의 철학의 요체이자 문학관이라 할 수 있다.[6]

3. 「메밀꽃 필 무렵」의 토포필리아

1) 길의 도정

「메밀꽃 필 무렵」은 자신의 내밀한 기억 속의 이상향과 지금, 여기의

---

[6]   정희모, 「반근대와 문학의 자율성」, 『현대문학의연구』 16, 한국문학연구학회, 2001, 76쪽.

현실이 교섭하여 작가 스스로의 미적 이상향을 실천하는 토포필리아적 공간을 만든다. 삶에 대한 무한한 열정과 동경의 정서를 메밀꽃이 피는 봉평의 일상적 공간으로 환치시켜 자신의 미적 이상향을 실현하고 있다.

이효석은 자신의 기억 속에 깊숙이 각인된 장소, 기억 속에 존재하는 장소성을 재현하기 위해 자신의 작품 곳곳에 장소의 기억을 배치한다. 이효석의 글이 주목하고 있는 대목은 바로 이러한 내밀한 장소감이며, 장소의 다양한 의미화에 따라 이효석의 미적 이상향이 구축되고 있다고 볼 수 있다.[7] 「메밀꽃 필 무렵」 역시 봉평 장터를 배경으로 하는 듯하지만, 허생원의 내밀한 기억 속에 있는 장소는 따로 있다.

「메밀꽃 필 무렵」은 일본 제국주의 억압된 현실 속에서 정착 할 수 없는 떠돌이의 삶, 장돌뱅이의 삶을 통하여 그리움과 회한의 상징인 '봉평'에의 정착의 꿈을 그린 작품이다. 이 작품의 장터와 주막집은 서사의 중심인 애욕적 세계를 그리기 위한 예비 서사 장면이다. 「메밀꽃 필 무렵」의 장터와 주막집은 「역마」와 다르게 인간의 필요와 욕구를 충족시켜주는 생존과 일상의 공간일 뿐인 비장소非場所이다. 이 비장소는 별다른 애착이나 정체성, 안정성을 느낄 수 없는 장소라는 의미이다.

장터, 주막집, 길은 지금 여기에는 없지만 어딘가에 있을 이상적인 곳으로 가기 위해 이효석이 선택한 자연이며 사랑(성애)을 그리는 방식이다. 이효석이 상정한 이상향은 '어디에도 존재하지 않는 곳'이거나 현실에는 존재하지 않지만 언젠가는 도래하게 될 이상을 향한 과정으로서의 장소이다. 즉 장터, 주막집, 길은 장돌뱅이의 삶의 현재 혹은 도

---

7   정여울, 「이효석 텍스트의 공간적 표상과 미의식 연구」, 서울대 박사논문, 2012, 18쪽.

정으로서의 지금 여기를 제시하는 존재론적 의미를 가진다.

개인을 억압하는 전체주의적 폭압은 고향조차 개인의 자유를 보장하지 못한다. 태어난 고향에서 자신의 존재 근거를 찾을 수 없었던 이 작품의 허생원은 여행이나 이주를 통해서 비로소 삶의 진정한 의미를 찾게 된다.

> 고향이 청주라고 자랑 삼아 말하였으나 고향에 돌보러 간 일도 있는 것 같지는 않았다. 장에서 장으로 가는 길의 아름다운 강산이 그대로 그에게는 그리운 고향이었다.[8]

이 작품의 허생원뿐만 아니라 이효석의 작품들의 인물들은 어디에서도 '고향의 편안함'을 느끼지 못했다. 계속 도시에서 시골로, 시골에서 시골로 옮겨다니며 만나는 자연적 공간은 여기에는 없지만 어딘가에 있을 이상적인 곳으로 가기위해 선택한 도피처이다. 이 인물에게 진정으로 평화와 안식을 주는 공간은 환상적 공간으로 재배치된다.

또 이 작품은 장터를 배경으로 하고 있지만, 장터가 가지고 있는 역동적이고 흥성거리는 정서가 아니다. 뜨거운 여름 햇살이 쏟아져 등줄기가 훅훅 찌고 파리떼나 각다귀들만 득실대는 쓸쓸하고 을씨년스런 막장 분위기이다. 그러니까 장터는 이 작품의 주요배경이 아니다. 주막집인 충줏집 역시 「역마」의 고향과 같은 푸근히 품어주는 이미지나, 멀리서 온 손님들과 정을 나누고 소통하는 장소로서의 주막집이 아니고, 장돌뱅이들의 애욕의 대상으로서의 주막집 여자가 초점 대상이다. 허생원에게 충줏집의 주인여

---

8 이효석, 『메밀꽃 필 무렵』, 삼중당, 1992, 9쪽.

자는 '생각만 하여도 철없이 얼굴이 붉어지고 발밑이 떨리고 그 자리에 소스라쳐버리'는 애욕의 대상이다. 또 서사의 마지막에 밝혀질 아들 동이의 어머니 이야기를 끌어내기 위한 복선으로 제시된 이야기이다.

첫 번째 중촛집으로 표현되는 주막집의 정서는 이 작품에서는 중촛집 주인 여자로 상징적으로 드러난다. '중촛집'은 장소와 주막집 여인을 드러내는 이중적 함의를 가지고 있다. 중촛집은 바로 허생원에게는 한 때의 자신의 숨은 추억을 떠올리게 하는 대상이다. 장터를 지나는 모든 남자의 애욕의 대상인 중촛집은 쾌락, 혹은 성적 호기심을 불러일으키는 여인일 뿐이다. 즉 애욕의 대상이지만 영원한 노스탤지어의 대상을 떠올리는 대상이다.

이 작품의 서사 전개는 장과 장으로 이어지는 '길'의 진행에 따라 진행된다. 길과 길로 이어지는 강산 즉 특정 공간을 규정짓는 것이 아니라 '떠남' 자체, '길' 위의 장소, '사건'이나 '인물의 구체성'이 아니라 장소의 '분위기'와 정서를 강조함으로써 고유의 장소성을 창안해내는 것이 바로 이효석의 토포필리아가 형상화되는 방식이다.[9]

> 장에서 장으로 가는 길의 아름다운 강산이 그대로 그에게는 그리운 고향이었다.[10]

장돌뱅이의 허생원이 인생을 그대로 드러내는 듯한 인용문은 길의 서사를 압축해 놓은 글이다. 이 작품에서 길은 과정이면서 연결고리이다. 장과 장을 연결해주는 과정이면서 산천과 산천을 연결하여 아름다

9 　정여울, 앞의 글, 40쪽.
10 　이효석, 앞의 책, 9쪽.

운 강산, 그리운 고향을 드러내는 길이다. 또 길은 이야기이다. 대부분의 시간을 길에서 보내는 장돌뱅이들은 길에서 이야기가 시작되고 이야기가 끝난다. 정여울은 이효석의 주인공들은 여행 자체보다는 여행을 상상하는 행위자체를 향유하는 특징을 보여준다고 했다.[11] 이 작품에서도 길에서 이 작품의 핵심 서사라고 할 수 있는, 허생원의 첫 사랑 이야기와 동이와의 부자 관계가 다 길을 걷는 도중에 밝혀진 서사이다. 도정의 길을 통해 과거에 생명을 불어 넣어 현재에 존속하게 하는 힘을 갖고 있고, 이를 통해 사회적 기억을 재생산하는 데에 공헌한다.

2) 도래할, 혹은 도래하지 못할 환상적 공간의 토포필리아

이효석은 장터를 중심으로 한 중춧집과 같은 일상적 공간보다 '길'을 따라 진행되는 여행, 여행보다는 환상적 공간인 내밀한 공간을 기억의 장소로 토포필리아를 만들어낸다. 결국 작품의 서사는 한 때의 아름다운 추억을 간직한 달밤이 있는 물레방아간의 토포필리아를 향해 여행이 시작된다.

핵심 서사인 허생원의 첫사랑 서사에서 또 빠질 수 없는 토포필리아는 '봉평의 밝은 달'의 토포필리아이다. 첫사랑이 진행된 곳과 시간, 이야기가 진행되는 곳과 시간도 똑같이 봉평에서의 달 밝은 달밤이다. 이것은 밝은 달의 이미지에 봉평이 합쳐져 달의 장소화한 개념이다. 봉평의 달 밝은 달밤은 스스로의 주체화이며 대상이며 행위자이자 행위의 장소이자 활동의 장소가 된다. '달밝은 달밤' 혹은 가장 밝은 보름달은 동양의 생활

---

11 정여울, 앞의 글, 37쪽.

습속과 관련 큰 의미를 가지는 문화적 은유어이다. 동양인에게 친밀한 정서이면서 우리의 고유한 정서를 확보하고 있는 상징체이다.

그리고 봉평의 메밀밭이다. 봉평의 메밀밭과 달 밝은 달밤, 첫날밤, 이런 요소들이 서로 어울려 정서적 상승효과를 주면서 봉평 달밤이 주는 환상, 애욕의 정서를 완성한다.

> 길은 지금 긴 산허리에 걸려 있다. 밤중을 지난 무렵인지 죽은 듯이 고요한 속에서 짐승 같은 달의 숨소리가 손에 잡힐 듯이 들리며, 콩포기와 옥수수 잎새가 한층 달에 푸르게 젖었다. 산허리는 온통 메밀밭이어서 피기 시작한 꽃이 소금을 뿌린 듯이 흐붓한 달빛에 숨이 막힐 지경이다.[12]

인용문의 '짐승 같은 달의 숨소리'는 서술 화자의 허생원의 관능적 정서를 대리 체험케하기 위한 환유적 표현이다. 길에서 시작된 첫사랑의 이야기를 듣기 위한 완벽한 분위기를 갖춘 허생원의 물레방아의 첫사랑의 이야기는 한 편의 드라마로 완성된다. 물레방아 토포필리아 역시 우리에게 친숙한 정서이다. 허허들판만이 자리를 차지하고 있는 시골에서 물레방아간은 갖가지의 만남이 이루어지는 친밀한 장소이며 마을에서 추억을 생산하는 장소이기도 하다.

물레방아는 지금은 아니지만, 과거의 한때의 추억을 가졌고, 또 미래에 도래할 이상적 공간, 가족 로망스를 꿈꿀 수 있는 집 혹은 스위트 룸이라는 미래의 비동질성의 시간 속에 현존하는 매개처가 된다.

---

12 이효석, 앞의 책, 11쪽.

첫 번째의 길의 도정의 서사를 거쳐서 동이가 허생원 아들이라는 것을 밝힌 이후, 허생원 일행이 지나가는 길 역시 높은 고개를 건너야 하고 장마로 물이 불은 개울을 건너야 하는 험난한 굴곡은 비록 허생원이 안착할 마지막 도피처, 스위트 룸에 도달하는 것이 쉽지 않음을 보여주는 서사이다. 일본 제국주의 하의 억압 속에서 평범한 가정을 이룬다는 것조차 쉽지 않음을 통해서, 여전히 '어디에도 존재하지 않을 스위트룸'이나 혹은 도래하지 못한 불안을 통해서 환상적 이상향을 제시한다.

나이 든 허생원은 고개에서는 헉헉거리고, 여름 장마 끝의 개울은 물이 깊어 허리에 찼고 물살이 센데다 발에 채는 돌멩이는 미끄러워 어쩔 수 없이 동이에게 업힌다. 동이가 왼손잡이라는 것을 굳이 밝히지 않더라도 육체적 접촉으로 가까워진 두 사람의 도란거리는 이야기를 통해서 동이는 허생원의 아들이라는 것이 밝혀진다. 완성된 길의 서사를 통해서 이 작가의 토포필리아는 '어디에도 존재하지 않은 혹은 언젠가는 도래할 이상향' 토포필리아를 보여준다고 할 수 있다.

서사는 허생원의 사랑 이야기이고, 그 이야기를 통해서 아들이 밝혀지고 동이를 통해서 동이 어머니도 아버지를 만나고 싶어 하고, 봉평에서 어머니를 모시고 싶다는 동이의 이야기 속 이야기를 통해서 추론하자면 서술 밖에서 허생원은 첫사랑인 동이 어머니, 동이와 세 가족이 함께하는 가족 로맨스를 꿈꾸는 서사이다. 그것은 장돌뱅이로서 평생을 살아 온 허생원이 평생 품고 있던 이상적 삶이라 할 수 있다. 허생원이 놓여진 일상 속에서 최대의 심미적 만족을 줄 수 있는 삶이다.

이 작품에서 동이 어머니는 부재하는 존재일 뿐이다. 존재들이 결핍되어 있을 때 존재는 마치 숨김의 깊이처럼 모습을 드러낸다. 그 숨김의 깊이 속에서 존재가 결핍되기 때문이다. 모든 것이 결핍 상태에 있을 때 결핍은 존재의 본질을 드러나게 한다. 존재의 본질, 그것은 존재가 결핍된 곳에 아직도 남아 존재하는 것이다. 장돌뱅이에 얼금뱅이라는 태생의 결핍과 결혼조차 하지 못하고 자식조차 없어 미완으로 마감하려던 완전한 결핍을 동이와 동이 엄마의 이야기를 통해 다시 관계를 확인함으로써 상실감의 근원을 탐색하게 되는 것이다.[13]

첫사랑인 동이 엄마와의 재회는 미지의 세계, 미래에 대한 막연한 그리움, 노스텔지어의 한 형태이다. 이효석은 현실의 재현을 넘어선 환상의 재현이야말로 가상의 노스텔지어를 투사하는 효과적인 방식이었다.

장돌뱅이에게 안식과 편안함을 주는 미래의 공간은 기억 속에 각인된 수많은 장소, 허생원의 노스텔지어를 불러오는 장소를 통해서 이루어진다. 장터, 중촛집, 길, 달밤, 메밀꽃, 물레방아간이라는 공간성 자체가 특정 공간만을 규정짓는 것이 아니라, '떠남' 자체, '길 위의 장소'로 완결을 향한 미완의 토포필리아를 이루는 길이다.

4. 「역마」와 「메밀꽃 필 무렵」의 토포필리아적 비교

「역마」와 「메밀꽃 필 무렵」은 다 같이 장터와 주막집을 배경으로 하고 있지만, 두 작품에서 장터와 주막집의 토포필리아가 다름을 보여준다. 「역마」에서의 화개장터의 토포필리아는 세 갈래 길로 인해 전라·

---

13 모리스 블랑쇼, 박혜경 역, 『문학의 공간』, 책세상, 1998, 124쪽.

경상도로 나아가는 문화적 역사적 소통의 장으로서의 토포필리아라고 한다면, 「메밀꽃 필 무렵」의 장터는 제천이나 다른 장터로 옮기는 도정의 장소로서 토포필리아이다. 주막집 역시 「역마」에서는 몇 십 년의 세월을 통해서 인간과 인간이 만나고 헤어지는 인연의 장소로서 정이 쌓이는 장소이다. 「메밀꽃 필 무렵」에서는 충줏집은 인간과 인간이 만나서 정을 쌓고 정보를 교환하는 주막집으로보다는 여자를 대상으로 애욕적 갈등을 일으키는 주인집 여자 자체가 그리움의 대상이 된다.

그리고 그 다음으로 이어지는 토포필리아 역시 다른 방향으로 진행된다. 「역마」에서 이어지는 토포필리아는 산을 둘러싼 공간으로 그 곳은 성기에게는 정서적인 유대 속에서 보냈던 친근한 공간으로 생명의 근원적 공간으로서 성기의 에로스를 건드리는 애착과 그리움을 불러오는 토포필리아이다. 성기가 계연과 함께 한 산을 둘러싼 공간은 구체적인 감각과 친밀한 경험을 기반으로 형성된 이상향 내지 유토피아의 공간이다. 두 사람에게 이 공간은 자연과 혼연일체가 된 인간의 원초적 본능을 자극하는 세계로 역마살을 타고 난 성기가 돌아가야 할 원초적 고향이다.

「역마」는 화개장터라는 지역성, 어느 곳이나 통하는 세 갈래 길과 그로 인해 들끓는 주막집의 토포필리아를 바탕으로 성기라는 인물이 발생했고, 성기의 숙명을 만들었다고 할 수 있다. 장터나 주막집이 가지고 있는 토포필리아, 오는 사람 막지 않고 가는 사람 잡지 않는 낙천지락 樂天知命의 동양적 자연관을 가지고 있는 토포필리아적 특성을 가지고 있는 환경이 바로 성기라는 인물을 만들어내었고, 그것을 바탕으로 서사가 완결되었다고 할 수 있다.

「메밀꽃 필 무렵」의 핵심 서사는 허생원의 첫사랑 서사이다. 첫사랑은 현실적으로 이루어지기 힘들지만, 또 인간이 이루고 싶어 하는 소망 중의 하나이다. 그러기 때문에 이 작품은 현실적 공간이라기보다는 첫사랑의 꿈을 이루고 싶어 하는 인간들의 보편심리를 환상적 공간으로 그린 작품이라 할 수 있다. 그렇기 때문에, 길, 달밝은 달밤, 물레방앗간, 메밀꽃 피는 공간 등 그리움의 정서를 불러일으키는 모든 공간이 배치되어 있다. 물론 서사 밖에서 이루어지지만 이런 공간들이 정서적 상승효과를 주면서 첫사랑의 꿈을 완성한다. 그러기에 이 작품에서 일상적 공간인 장터나 주막집은 일상적 공간으로 더 이상 들어설 자리가 없다. 단지 첫사랑 이야기를 시작하기 위한 계기로서만 작용할 뿐이다. 이 모든 서사의 완성은 길의 토포필리아를 통해서 완성된다.

참고문헌

제1장

김영민, 「이광수의 새 자료 「크리스마숫밤」 연구」, 『현대소설연구』 36, 한국현대소
　　　설학회, 2007.

김학동, 『최소월작품집』, 형설출판사. 1982.

나영균, 『일제시대, 우리 가족은』, 황소자리, 2004.

서은경, 「1910년대 유학생 소설 속에 드러난 지식과 젠더의 상관 관계」, 『현대문학
　　　의 연구』 38, 한국문학연구학회, 2008.

양문규, 「1910년대 이광수와 나혜석 문학의 대비적 고찰」, 『민족문학사연구』 43, 민
　　　족문학사연구소, 2010.

염상섭, 「감상과 기대」, 『조선문단』, 1925.

염상섭, 「추도」, 『신천지』, 1954.

柳志永, 『이상적 결혼』, 『三光』 1, 1919.

이광수, 「사랑하는 영숙에게」, 1918, 『이광수전집』 18, 삼중당, 1963.

이덕화, 「날몸'의 시학」, 『여성문학연구』 5, 한국여성문학학회, 2002.

정우택, 「첫사랑의 영원한 연인」, 『나혜석 연구』 7, 황금알 출판사, 2015.

최승구, 『학지광』 5, 1915.

제2장

권보드래, 「연애의 형성과 독서」, 『역사문제연구』 7, 역사비평사, 2001.

김지영, 「'연애'의 형성과 초기 현대소설」, 『현대소설연구』 7, 한국현대소설학회,
　　　2001.

김동식, 「연애와 근대성」, 『민족문학사연구』 18, 민족문학사연구소, 2001.

김영민, 「염상섭 초기 산문 연구」, 『대동문화연구』 85, 성균관대 출판부, 2014.

김윤식, 「모델소설의 유형」, 『염상섭 연구』, 서울대 출판부, 1999.

서영채, 「사랑의 리얼리즘과 장인적 주체」, 『사랑의 문법』, 민음사, 2004.

심진경, 「세태로서의 여성」, 『대동문화연구』 82, 성균관대 출판부, 2013.

이덕화, 「주체의 훼손을 통해서 본 소설의 권력」, 『현대소설연구』 18, 한국현대소설학회, 2003.

이덕화, 「1920년대 자유연애론과 신여성 배제 메커니즘」, 『현대문학의 연구』 23, 한국문학연구학회, 2004.

이덕화, 「염상섭의 작품을 통해서 본 신여성에 대한 오인 메커니즘」, 『현대소설연구』 28, 한국현대소설학회, 2005.

이동하, 「한국 예술가소설의 성격과 전개 양상」, 『현대소설연구』 15, 한국현대소설학회, 2001.

윤영옥, 「염상섭 소설에서의 자유연애와 자본으로서의 젠더인식」, 『현대문학이론연구』 58, 현대문학이론학회, 2014.

장수익, 「이기심과 교환 관계 그리고 이념」, 『한국언어문학』 64, 한국언어문학회, 2008.

하타노 세츠코, 최주한 역, 『일본 유학생 작가 연구』, 소명출판, 2011.

제4장

박찬승, 『한국 근대정치 사상사 연구』, 역사비평사, 1992.

손해일, 『심리학으로 푸는 한국 현대시』, 시문학사, 2018.

상허학회, 『문학의 재인식』, 깊은샘, 2013.

상허학회, 『1920년대 동인지문학과 근대성 연구』, 깊은샘, 2000.

장덕순, 『한국 수필문학사』, 박이정, 1995.

백철, 『신문학사 조사』, 신구문화사, 1982.

제5장

강영안, 『타인의 얼굴 - 레비나스의 철학 』, 문학과지성사, 2009.

김유정, 「병상의 생각」, 『원본 김유정전집』, 강, 2012.

김준현, 「김유정 단편의 '반소유' 모티브와 1930년대 식민수탈구조의 형상화」, 『현대소설연구』 28, 2005.

김연숙, 『타자윤리학』, 인간사랑, 2001.

김영택·최종순, 「김유정 소설의 근대적 특성」, 『한국현대소설』 16-2, 국제비교한국학회, 2008.

윤대선, 『레비나스와 타자철학』, 문예출판사, 2004.

이선영, 「해설」, 『김유정 단편선 동백꽃』, 창작과비평사, 1995.

전신재, 「김유정 소설과 설화적 성격」, 김유정학회 편, 『김유정의 귀환』, 소명출판, 2012.

조남현, 「김유정 소설과 동시대 소설」, 김유정학회 편, 『김유정의 귀환』, 소명출판, 2012.

제6장

김홍기, 『채만식연구』, 국학자료원, 2006.

류종렬, 『가족사, 연대기소설 연구』, 국학자료원, 2002.

손정수, 「과도기적 실험으로서의 『과도기』」, 군산대 채만식연구센터 편, 『채만식 중·장편소설 연구』, 소명출판, 2009.

조창환, 「해방 후 채만식 소설연구」, 『현대문학이론연구』 3, 현대문학이론학회, 1993.

이주형, 『채만식 연구』, 태학사, 2010.

채만식, 「권두언 : 朝鮮民是論－摸索에서 發見까지」, 『동명』 창간호, 1922.

한수영, 군산대 채만식연구센터 편, 「주체의 '분열'과 '욕망'」, 『채만식 중·단편소설 연구』, 소명출판, 2009.

한형구, 군산대 채만식연구센터 편, 「작가의 존재와 자기 처벌, 혹은 대속」, 『채만식 중·단편소설연구』, 소명출판, 2009.

군산대 채만식연구센터 편, 『채만식 중·장편소설 연구』, 소망출판, 2009.

황만복, 「채만식 민족의 죄인 서평」, 『책읽는 황민복』, 휴너니스트, 2012.

제8장

김열규, 「토포스를 위한 새로운 토폴로지 시학을 위하여」, 『한국문학이론과 비평학회』 20, 한국문학이론과비평학회, 2003.

김종구, 「「메밀꽃 필무렵」의 시공간과 장소애」, 『한국문학이론과 비평』 20, 한국문학이론과비평학회, 2003.

김종수, 「소설 공간과 시간」, 『우리어문연구』 17-1, 2001.

김택중, 『현대소설의 문학지형과 공간성연구』, 푸른사상, 2004.

정여울, 「이효석 텍스트의 공간적 표상과 미의식 연구」, 서울대 박사논문, 2012.

정희모, 「반근대와 문학의 자율성」, 『현대문학의연구』 16, 한국문학연구학회, 2001.

한국소설학회 편, 『공간의 시학』, 예림기획, 2002.

모리스 블랑쇼, 박혜경 역, 『문학의 공간』, 책세상, 1990.

이-푸 투안, 구동회 · 심승희 역, 『공간과 장소』, 대윤, 1995.

쉬람케, 원당희 · 박병화 역, 『현대소설의 이론』, 문예출판사, 1995.